文
景

Horizon

北京世纪文景文化传播有限责任公司　出品

章小东
著

小狮子

世纪出版集团 上海人民出版社

我唱一个人以及他被流放的命运

…………

我只求缪斯给我灵感，

让我能讲述这一切是怎样开始的

…………

——维吉尔《埃涅阿斯纪》

目 录

巫婆

天还没有大亮，我穿戴整齐地站在饭厅里那座老式的立钟旁边，最后看了一眼在面孔前面晃来晃去的黄铜钟摆，默默地和它告别，然后别转身体，推开了母亲卧室的房门，拉起来还在睡梦当中的你。这一年你刚刚五岁，我们将踏上漂洋过海的道路，就好像埃涅阿斯一样。

母亲从外面走进来，手里拎着一只黄表纸的盒子讲："时间还早，让小狮子再困一歇。"

我没有搭腔，只是闷声不响地低着头把准备好的衣裤套到你的身上。你的脑袋从左边掉到了右边，两只脚无力地荡在座椅的旁边。母亲从手里的盒子里拎出一双土头土脑的猪皮鞋，看了看，有些无可奈何地递了给我。

我把手伸到这双新皮鞋的里面，拔出塞在当中的两团申报纸，然后一下子就套到了你胖胖的小脚上。"嗨，正好！"我说。

"当然正好，这是巫婆自己用申报纸楦好了，刚刚送过来的……"母亲说。

"巫婆来过了？她为什么不进来？"我问。

"她说昨天已经说过再见了，要讲的话都已经讲透，最后只要你记住一句话：'树挪死，人挪活。'熬到小狮子入命了，就算是出头了。"母亲的回答有些颠三倒四。

我听得似懂非懂，一头雾水，想起来和巫婆成为朋友还是因为你的这双脚。那时候到了你刚刚可以穿皮鞋的时候，却发现你的两只胖脚根本塞不进皮鞋。我抱着你走遍了淮海路和南京路，再漂亮的皮鞋都被你顶在脚尖上，好不容易把你的脚塞进去，还没有踩到地板上，你就张开嘴巴哇哇大哭。

“我怎么会生出这么一个粗坯，两只脚就好像乡下人在烂泥上面走来走去的赤脚板，又宽又厚？”我有些气急败坏。

母亲在一边说：“不要乱讲，脚宽脚厚说明站得稳，将来要做大事体的呢。”

母亲总是站在你一边，你有再大的缺点在她的眼睛里也会变成优点。可是这个优点给我带来最棘手的现实就是买不到皮鞋。后来，还是南京路上那家“蓝棠”皮鞋店里的一个老师傅对我说：“这种脚的皮鞋只有到乡下去买，那里可能还会有‘文革’遗留下来的工农兵皮鞋。”

你实在是给我开了一个大玩笑，大家都知道我是一个最痛恨“文革”的人，为了你的脚，让我心甘情愿地到处寻找“文革”的遗物——工农兵的皮鞋，这种皮鞋又宽又厚，猪皮的鞋面，胶皮轮胎裁剪出来的鞋底，虽然粗劣，却非常结实。无论水里还是石子堆里，你的脚到处乱插，也不见坏，我很快就喜欢上了这种皮鞋。可是这样的皮鞋在大上海已经找不到了，只有到乡下，到那些简陋的农村合作社才有可能“觅到”。就这样，在一间既卖油盐酱醋，又卖锄头铁锹的合作社的供销社里，我为你找到工农兵皮鞋。同时，我遇到了巫婆。

事实上，我老早就认识巫婆了。那时候她还不是巫婆，是我小学里的同班同学，红颜绿色的橡皮筋扎着两只牛角辫子，就住在对马路上的猎枪店楼上。她的外公是猎枪店的老板，公私合营以后仍旧留在那里当资方代理人。

巫婆家的房子相当洋派，三个层面的一幢小楼，二楼和三楼都有宽敞的阳台，后面的落地玻璃门里面飘逸着雪白的乔其纱窗帘，常常引起过路人抬起头来张望，那里面究竟会生出一个怎样温馨的故事呢？没有人知道。我从来也没有走进过她的家门，那是因为我的保姆胖妈不允许我和这家人做朋友，她讲：“侬看，猎枪店门口走进走出的人，都好像白相人，不正经的样子。”

这还是在“文化大革命”之前的故事，我家的后窗隔着马路对准了猎枪店的大门，大门旁边的橱窗里站立着一支支长短不一的猎枪，猎枪的枪筒是乌黑的，枪托也是乌黑的。据说这些都是观赏枪，是艺术品。那些进进出出的客户多数是来观赏的，举起枪对准了橱柜顶上的动物标本瞄准，然后说一声：“好枪！”又摸来摸去摸了几个回合，这才依依不舍地放回到老板的手中。一次，有顾客问及“子弹”，老板义正辞严地回答：“我们这里是猎枪店，不是子弹店！”

老板也就是巫婆的外公了，巫婆按照上海人的习惯叫他“阿公”，大概因为是和枪打交道的，阿公不苟言笑，有些凛然威严的样子。每次面对面看到他，总是想办法躲到马路的对面，绕道而行，不敢招呼。

尽管胖妈不允许我和猎枪店的巫婆做朋友，但自己却和巫婆家的保姆姐妹相称，于是她家的曹阿姨就常常会带着小时候的巫婆过来串门。曹阿姨和胖妈不同，一副上海人打扮，白净的面孔上涂满了雪花膏，脚上蹬了一双“小花园”买来的黑颜色平绒布鞋。她一来就坐在胖妈的梳妆桌前，仰着脸让胖妈为她绞脸。胖妈把两根棉纱线搓绞在一起，上上下下地抽动，发出“呼啦，呼啦”的声响。胖妈说：“你的皮肤真好，一点也不像一个当保姆的人，用针轻轻戳一下就冒出鲜血来了。”

“啊哟，你要死啦，真的用针戳我啊！”曹阿姨尖叫起来。

胖妈大笑：“我只是碰了一下，不料你细皮嫩肉的，一碰就出血啦！”

两个保姆笑着打打闹闹，滚落在胖妈的小床上。这时候小巫婆向我招了招手，让我带她到花园里去。因为小巫婆的家是楼房，没有花园，所以她对我家的花园特别有兴趣。她会在我家的花园里一连串地翻跟头，她最喜欢的是墙角里的桑树，有一次偷偷把几条扭来扭去的蚕宝宝放到桑叶上，把我胆小的姐姐吓得发了高烧，胖妈就不许曹阿姨再把小巫婆带来了。

不久以后，“文化大革命”开始了，猎枪店的老板第一个被拖到马路上游街。八月天里，红卫兵捉牢小巫婆的外婆，按在一张条凳上让她下跪，勒令她一手举着个簸箕，一手握着根擀面杖敲打，嘴里还要叫喊：“我是牛鬼蛇神！”

记得这个不年轻的外婆，身穿春夏秋冬一年四季的“奇装异服”，最外面还套了一件裘皮大衣，热得大汗淋漓，那点点汗珠一连串地从鼻尖上滴落在水泥地上，立刻蒸发成一粒泛白的碱迹。这个外婆大概实在是气不过，竟然一边叫：“我是牛鬼蛇神！”一边还要在后面加上三个字：“哪能啦？！”

一开始，那些杀气腾腾的红卫兵大吃一惊，哪里冒出来这么一个胆大包天的牛鬼蛇神？回过神来以后便一顿拳打脚踢。小巫婆的外婆不畏强暴，任凭血流满面，却更加高声地把“哪能啦”这三个字一吐为快。不一会儿连看热闹的也忍不住大笑，一些不识时务的人还跟着她一起大叫“哪能啦”，把那些红卫兵气得瞠目切齿，更加恼羞成怒起来，只有蜷缩在一边陪斗的曹阿姨瑟瑟发抖。

让曹阿姨出来陪斗，是因为红卫兵发现曹阿姨的丈夫是跟随国民党逃到台湾去的，因此曹阿姨就变成了国民党潜伏下来的特务。几天以后，来了部警车把曹阿姨捉到监狱里去了，小巫婆的一家被遣送回原籍的乡下，猎枪店变成了红卫兵的司令部。

从此以后，小巫婆就在我们所居住的淮海路上消失了。

这是一个礼拜天的早上，我还赖在被窝里，母亲就拿了一双开了口、磨穿底的小布鞋走进来对我说："侬真要想想办法为侬儿子的宽脚板买双皮鞋了，侬幼时的保姆奶无奶，三天两头在乡下找人为他做布鞋，还是来不及。侬看，又坏了。"

"好，我再去找找看。"我一边不情愿地起床，一边已经想好了我的目的地，那就是莘庄。莘庄是我刚刚进初中的时候，被强行送过去接受贫下中农再教育的乡下。还记得那是穿着草鞋一步步走过去的，草鞋里粗糙的草绳，嵌进了我的皮肉里，鲜血渗透了我的两只脚。其中刻骨铭心的疼痛，我一辈子也无法忘记。现在同样的道路，只需要在家门口跳上无轨电车，到了徐家汇再倒换一辆公共汽车就到了。

我在变了样的莘庄镇上转来转去，鬼使神差一般，转进了一条泥泞的田间小道。高一脚低一脚来到了半爿倒塌的土墙后面，先看到一棵爬满了蚕虫的桑树，紧接着就听到巫婆在叫我了。

我并没有认出来这就是小时候的巫婆，但是她一眼就认出我来了。后来她告诉我，她老早就知道这天我会去看她的。她站在断墙的里面，披散的头发用一根紫色的布带捆绑在背后。她看到我就直呼我的小名，然后把我引进了她的院子。

院子里有一排土坯房，土坯房的正中是一长排的排门板，排门板后面是客堂，客堂里有一张窄窄的长柜台，柜台后面是橱柜，就好像当年猎枪店的摆设一样。我还没有来得及告诉巫婆我想要什么，巫婆已经从橱柜里拿出一双宽大的工农兵小皮鞋，放到了柜台上面，这以后我们便开始往来。

称巫婆为"巫婆"，是因为她真的是巫婆。周围人都这么称呼她，她也不生气。有时候我到她那里去，前脚刚刚踏进的院子，后脚就跟进来求助的人，有的是因为生病，有的是因为婚姻，还有一次一个远道的老女人为了一只小猫的走失。这个老女人拄着拐棍，颤颤巍巍地走进来。她一进门，巫婆就变了一个人，脸也黄了，嘴也黑了，头发根根竖起，眼珠子向上翻去，露出一层吓人的白翳……良久，巫婆开口说话了，她说："就在你家西边的茅坑里，快去，还有救。"

老女人感恩戴德，千谢万谢，留下一刀猪肉离开了。我说："巫婆，你也太狠了吧，为了一只小猫，要人家一刀肉。"

巫婆回答："无论大事小事一样要用功夫，你看看我的头发，一会儿工夫全变黄了，需要一刀肉才可以补回来呢。"

我抬头一看吓一跳，真的！巫婆的头发就好像晒蔫的稻草，全部耷拉在她的头皮上，气色也变得萎糟猫一般，紧接着她就一点力气也没有了，一下子瘫倒在竹榻上。我连忙拎起那刀肉，丢进七星灶当中的一口大锅里，又用半爿葫芦从水缸里挖起来一瓢水，来不及加入调料，只是生起大火煮到熟，看着她大口大口地吞咽下去，不一会儿，巫婆又活泛过来，恢复原样了。

这以后，只要我有空，就去帮助巫婆煮肉。每次看到她倒在竹榻上半死不活的样子，我真怕她回不过神来，我让她要当心自己。她说："我的命在老天手里，老天让我活着，我不敢死，老天让我死了，我也不敢活。"

听得我后脊骨汗毛凛凛，我始终也不敢询问巫婆是在什么时候，怎么会变成巫婆的，我想还是不知道的比较好。

这天晌午，我拎着一捆小茴香到巫婆的家里去。有一点古怪，透过那半爿倒塌的土墙，可以看到巫婆的排门板还上在那里。到了跟前推了推，出来开门的是个面熟陌生的老妪，看到我她说："侬来了，我走了。"

说着她拎起一只时髦的坤包，走了出去，我看见她的脚上蹬了一双"小花园"买来的黑颜色平绒布鞋，一时想不起来在哪里看到过。我心里感到有些不祥，一边大叫巫婆，一边三脚两步地跳进黑咕隆咚的客堂里。

“啥事体啦？失火了吗？快进来吃肉，红烧肉，是曹阿姨来帮我烧的，比你的白煮肉好吃多了。”巫婆端了个粗瓷碗从里屋笑吟吟地走出来说。

“刚刚的女人是曹阿姨啊？怎么鬼头鬼脑的也不和我打个招呼？我还以为她把你暗杀了呢!”惊魂未定的我，有些生气。

“不要诬蔑她好不好，她实在是个可怜的女人啊。再说要暗杀我可不是一件容易的事呢!”巫婆把一块红油油的猪猡肉塞到我的嘴巴里。然后告诉我说，曹阿姨真的是有个丈夫逃到了台湾，那时候她刚刚结婚，只有十八岁。因为是青梅竹马，又是相亲相爱，小夫妇在最后一个晚上山盟海誓，一生一世不再另娶婚嫁。

想不到那个蒋介石一去不回返，曹阿姨这个原本也可以对着下人吆三喝四的连长太太，一下子沦落成了保姆。但是她不气馁，吃苦耐劳，一夜夜地坚守着，过着活寡妇的生活，倒也太平。不料来了场“文化大革命”，曹阿姨被街道里的劳动大姐造反派捉了出来，关进监狱，后来又糊里糊涂放出来了。

这时候的曹阿姨，已经不是当年的曹阿姨了，她浑身是病，遍体伤痛，为了生存又回去做保姆。不久她所帮佣的东家女主人暴病呜呼，那个男人决定娶曹阿姨为续弦。这是个离休的军人，虽然老朽得已经有些痴呆了，但是每个月的福利还是相当优厚的。曹阿姨千辛万苦熬到最后，对那个一走就是三十多年的丈夫已经心灰意懒，恰恰这时候天上掉下来了一个大馅饼，起码可以保证曹阿姨的余生。曹阿姨忘记了一生一世不再另娶婚嫁的誓言，她结婚了。

没有想到曹阿姨刚刚结婚，海峡两岸实行“三通”，那个守身大半辈子的国民党老兵回来了！曹阿姨悔恨交集，她和离休军人一点感情也没有，离休军人的子女掌控了所有的钱财，连肥皂草纸也要报账，曹阿姨完全就是一个不花钱的保姆。但是曹阿姨又不能离开这个离休军人，因为根据当时的规定，配偶是不可以随便抛弃军人的，这叫破坏军婚。于是曹阿姨学会了偷鸡摸狗，在日常生活中抠出些小钱，让巫婆帮她存进农村合作社的银行。

听了曹阿姨的故事，我心里生出许多悲哀，人生的艰涩，实在不是可以预测的，常常一脚踏错，一辈子的后悔。巫婆看我心里难过，也不安慰我，只是低着头一个劲地啃红烧肉。我有些愤愤不平了，说："喂，曹阿姨把你带大，视为己出，你怎么不帮她算算命？真是个没有良心的巫婆！"

巫婆听了倒不生气，只是唱着说："人算，算不过天……"

这时候一个大男人心急忙慌地奔进来求医，说是老婆难产。巫婆便不再理睬我，起身走到柜台里面一张竹匾旁边。竹匾里摊晾着各种草根和树皮，我看见巫婆的手在竹匾里随便抓了抓，抓出其中的一把就交给了来人，那人连连道谢。我记起来上次有个小孩子发烧，巫婆也是这样在同一竹匾里随便抓了抓，抓出其中的一把就让孩子的母亲带回去熬药，我有些疑惑。走出门的大男人回头见状，便告诉我："巫婆的药很灵，再大的病痛也会药到病除。"

回到房间里我对巫婆说："这个人没有带肉。"巫婆说："拿药不用带肉，救人一命胜造七级浮屠。"

巫婆对我很好，但是我很难打探到巫婆的故事，只知道她每隔一段时间要到城里来一次，每次来的时候就会给我带些乡下的东西。她和我的母亲很投缘，她们常常会说一些我听不懂的语言。母亲年轻的时候和巫婆有些相像，也会看个面相或手相，只是从来也不给自己的子女观看，她说："至亲的人，看不出来。"

有一天母亲告诉我："巫婆有一个很清秀的儿子，就在这里读书。"

我大吃一惊，因为从来也没有听到过巫婆结过婚，更不敢询问巫婆的丈夫是从哪里来的，又到哪里去了。后来我还从母亲处得知，巫婆当过兵，还是一个很出风头的文艺兵，只是不知为什么退役了，也不知为什么后来会一个人去看守着那间乡下人的供销社。

1989

1989 年 8 月里的最后一天，老清老早，我就被妈妈从睡梦当中拉了起来。她为我穿好衣裤，又套上新鞋……在这整个的过程中，我始终都在做我的梦。妈妈看着我想了想，最后找出一根宽大的布带，把我绑定在后背，然后走到外公的遗像前，深深地鞠了三个躬。

后窗底下，已经有一辆黑色的轿车等在那里了，司机把妈妈四个超大的行李塞进后车座和后车厢。车厢的门高高翘起，司机找出来一根小绳子绑定，接下来，便无声地靠在车头上吸烟，这是他最后一次为妈妈开车了。

妈妈背着我走出家门，好婆和姨妈站在窗子里面用眼睛和我们道别。妈妈说她不知道自己这一辈子还会不会再见到她们，于是用尽自己全身的力气盯着她们，恨不得要把她们钉到眼睛里，再也拔不出来一样。终于妈妈下了决心别转身体，把我移到胸前，一脚踏进了车厢。

好婆再也忍受不住了，她飞一般地从后门洞里滚落出来。我以为她会抱着我大哭，但是没有，她迅速地把一本破旧的外文书塞在我的怀里，她说："外公的东西，会保佑他的。"

妈妈没有回答，只是用力地点了点头，坐进车子，上路了。胸口的书硌着我有些疼痛，妈妈抽出来一看是拉丁文的，看不懂，她当时并不知道这就是那部著名的罗马史诗《埃涅阿斯纪》，她更不知道，自己就是抱着

《埃涅阿斯纪》走上了埃涅阿斯的道路。

最大问题是：她不仅不知道自己是抱着《埃涅阿斯纪》走上了埃涅阿斯的道路，还不知道自己为什么要背井离乡，前面的道路是什么，命运将把她带到哪里去。妈妈的脑子是混沌的，整个的人都是混沌的。而我更是在混沌当中，只知道抱着妈妈，妈妈则抱着所有的可以抱得动的家当——背井离乡。

80年代的末期，老天真是发了疯，把整个的世界翻弄得兵荒马乱。先是那场吓得死人的急性甲肝，在上海地区迅速蔓延。几十万人罹患疾病，高峰期整整持续16天。人们不敢上街，不敢购物，甚至不敢相互打招呼，一个个谈“肝”色变。

老年人跪在苍天之下祈祷，青壮年倒在床上喷吐，女人们在哭泣，男人们软了手脚。一个婴儿被他瘦弱的母亲举到巫婆的面前，两只小手抽成一团。巫婆从她的针线盒子里拔出一根纳鞋底的铁针，掰开婴儿的手指，朝着当中狠狠戳了下去……妈妈说她看见一股黑色的鲜血从那里流了出来。

黑色的鲜血带着浓郁的腥臭，滴落到了巫婆脚下的泥土地上，她大叫了一声：“瘟疫啊!”又别转身体对着妈妈厉声道：“你还不快逃?”

妈妈好像没有经过大脑思考一般就夺门而出，飞快地奔跑。她跑过了田野，跑过了大街，最后跑进了她已经居住了三十多年的老宅的后门。好婆看见她面如土色的样子问：“碰到鬼啦?”

妈妈没有回答，只是直接从好婆手上接过一只铜吊，又从里面倒出一碗褐色的药汁，一仰头，咕咚咕咚地灌进了喉咙里。又问：“大家都喝过了吗?”

好婆回答：“都喝过了，骗侬的儿子喝了两大碗。”

妈妈放心了，喘了口气。走到水池旁边，用一块红色的药水肥皂洗脸、洗手、洗脖子。清洗完毕，这才换上清洁的衣裤，走进内屋，把我拥到怀里。我把两只冰冷的小手塞进妈妈的脖子里，妈妈一吓，以为我生病了。

还好好婆跟进来说："一定又在洗手了，自从买来了这两箱药水肥皂，他就一天到晚钻在马桶间里洗手，把手指上的皮也洗掉了。"

我松了口气，心痛地把你的两只小手包到我的衣服里。母亲拎着铜吊又在为刚刚进门的姐姐倒药水。姐姐讲："你们知道吗？药店里的板蓝根、大青叶全部卖光，药水肥皂、消毒水也全部脱销了。"

母亲说："幸亏金家老大透露出来的消息，让我们提前到中药房抢购了两麻袋的中草药，又搬回来两大箱的药水肥皂和各种消毒用品，保佑了全家平安。"

金家老大是《食品报》的记者，当年还追求过我，就住在后弄堂里。那天下班，我看见他鬼鬼祟祟地从小汽车上搬下来大大小小的包包，便好奇地叫住了他，经过软硬兼施的逼问，他才神秘兮兮地说："快去药房间，把你口袋里所有的钱都去买板蓝根、大青叶等有关防病毒的东西！"

我以为是做生意，没有兴趣，结果他告诉我说是为了保命。

原来今年税务局发布新政策，增加外地运进上海的毛蚶的税收，那些外地的农民便想出来了对策，把毛蚶放在船底，上面铺张塑料纸，再在上面铺上大粪逃税。上海人吃毛蚶，开水里烫一烫，带着血水蘸姜醋，鲜咸嫩滑就进了嘴巴。这下可好，大粪加细菌一起吃进去，吃出一个甲肝。

那时候的新闻透明度还不高，卫生部门的长官生怕丢了面子，专门批上两个红字："绝密"，金家老大告诉我的时候，再三关照："绝密！"我别转身体就把这条"绝密"的新闻，传播给了所有的亲朋好友，包括巫婆。

巫婆坐在院子里的矮凳上，两只眼睛翻看着天上的云。她说："玄黄翻覆，狼烟四起，世界要大乱了。"

我不能相信，抬头看了看蓝天上飘动的白云说："没有啊！挺安逸的。"

巫婆不予理会，吐出一句话："等着瞧吧。"

又过了一年，甲肝事件的心惊肉跳还没有平息，下班回家，母亲站在家门口报告："出事啦！"

这就是1989年的东欧剧变。那时候我们全家唯一的共产党人，老早就退休在家里陪伴外孙的母亲，第一个看到东欧及中欧的一些共产主义的国家发生了动摇，甚至要被推翻。母亲显示出了极度的焦虑，她说："不得了！看样子欧洲的社会主义明灯要熄灭了、柏林墙要倒塌了，罗马尼亚、捷克斯洛伐克、匈牙利、保加利亚、波兰的共产堡垒都要完蛋啦……"

姐姐在一边嘟噜了一句："东欧、中欧离开我们远着呢，他们那里翻了天，我们这里都感觉不到的。"

你在旁边抱着你的启蒙教育书，一本印满了彩色照片的《菜谱》，大叫一声："走油蹄髈好吃哦？！"大家一起笑起来，不再继续东欧的话题。

这时候巫婆来了，她手里拿了一把艾草和菖蒲，也不和我们说话，就径自走到大门口，分了一半挂上去。母亲招呼她吃饭，她说她的儿子这两天有些不安稳，担心要出事，赶着去开导。这时候我已经知道她的儿子在上海一所蛮出名的大学里读书。

今天她特别过来一次，是为了提醒母亲当心同样在大学里读书的阿哥的儿子——母亲的大孙子。

母亲送她出去，又在后门口嘀咕了好长一段时间，才回到房间里。回到房间里也不马上开饭，而是钻在报纸堆里翻来翻去，翻了半天问你："今天的报纸呢？"

我吓了一跳，知道又闯祸了。翻了翻小眼睛，做出一副无辜的样子回答："不知道。"

“喂，我刚刚看见侬在角落里用把儿童剪刀在剪什么?”妈妈捉住我问。

我做出更加无辜的样子回答:“那是一个外国老头子，秃头，头顶上有个花。我把花剪下来了。”

好婆一听三脚两步赶过去，在我的烂纸堆里翻出了今天的报纸，报纸的头版是苏联最高领导人的照片，今天他正到中国来访问。好婆大叫一声:“小鬼头，这张报纸我还没有来得及看呢，就被侬剪掉了。侬剪掉的不是花，是人家头上的一块胎记。而且是一块很有象征意义的胎记。”

妈妈说她猜想，好婆的最后一句话一定是刚才和巫婆在后门口嘀咕的。记起来早些天，巫婆在炉灶上哗啦哗啦炒蚕豆，新鲜上市的蚕豆清香甘甜。妈妈则坐在灶头后面为她生火，我看见巫婆的面孔血红，眼睛也是红的。我指着她的额角头问:“那上面怎么会突然印出来一块红的花?”

她摸了摸回答:“你也有啊，这是上天映照下来的，天地要翻覆了。过两天来的苏联人头上的胎记才是真的，你会看到苏联缩小以后的版图。”

我听不懂，妈妈说:“苏联要缩小了?什么意思?再来一次十月革命?”妈妈虽然对共产主义早就没有了兴趣，但毕竟是在那个环境里长大，长期的教育根深蒂固，更何况还有“土豆烧牛肉”的引诱。假如苏维埃社会主义共和国真的瓦解了，布尔什维克这个偶像也就粉碎了，心里还是有些空落落的感觉。

巫婆丢了一粒蚕豆到我嘴巴里又回过头去对妈妈说:“灾难要来了，我看你还是赶快带着儿子逃走吧。”

妈妈没有讲话，因为她不知道要逃到哪里去。巫婆说:“去找你的丈夫啊，找那个五年没有见面的丈夫——伊啊!”

“不知道伊还认不认得我们呢。”妈妈有些犹犹豫豫地说。

“伊是你儿子的父亲，怎么会不认得你?原本这个月伊要回来看小狮子的，结果老天没有让他成行。”巫婆说得就好像是真的一样。

妈妈笑了:“我都不知道的事,你怎么会知道的?”

“这个你就不用管了,见面的时候问问伊,就会相信的。”巫婆不再理睬妈妈,继续翻炒蚕豆。后来爸爸告诉我们,确有计划回来看看我的事情。

那时候,成千上万的中国人就好像发了疯一般,浮躁不安,个个想出国。走在大街上,见到熟人,第一句话就问:“拿到签证了吗?”

“快了,快了。”

“好,好!”

这天后弄堂的歌唱家吴老伯伯夫妇急匆匆地来找好婆,一眼看到我,劈头就问:“这小人怎么还不出去找他的爸爸?”

妈妈走进来说:“美领馆前面排长队,上千的人,我带了个小小孩,挤也挤不进去呢。”

“那也要想办法啊,今天早上,我四点半就出门了,为我的儿媳妇排到第四位,总算拿到了签证。现在这个世道不太平,还是快点出去。出去,出去,快点都出去。”吴老伯伯一边说,一边把一只手掌在我面前扇来扇去。好像要把我扇出去一般。

“谢谢你们来,明天早上让她去试试看。”好婆说着就急急忙忙奔了出去。这是因为她听到大弄堂外面的马路上有学生的游行队伍走过来,好婆眼捷手快,一把就把娘舅的儿子大阿哥从游行队伍里捉出来啦,我连忙跟在后面起哄。

好婆一边捉牢大阿哥一边教训他说:“你们这些学生是发昏啦,去反对邓小平?也不想一想,如果没有邓小平,你们这些人哪里有机会读大学?通通到乡下去做农民了呢!特别是侬,黑五类的后代,有的苦吃了。”

跟出来的吴老伯伯在一边帮腔:“学生运动啊?你奶奶是老祖宗了,当年还是组织游行的学生会主席呢,到头来发现都是被人利用的。我看你今天住在家里,不要回学校了,明天和你小孃孃一起到美领馆排队,领了签证出去。”

“就是啊，侬的爸爸妈妈老早就在加拿大等侬了呢，啥人要侬在这里游行、静坐、绝食、吃苦头？”好婆心痛地说。

大阿哥笑起来了，他抱着好婆的肩膀轻轻地说：“放心，你没有看到我们都有一件黄雨衣吗？到了肚子饿的时候，我们会偷偷换班去吃东西的，外人不会察觉。”

“骗人啊？这就更加不好了！这种事体是最不可以做的，回家！明天排队领签证出去！”好婆气呼呼地说。

“出去啦！出去啦！快点逃啊！不得了啦！‘文化大革命’来啦！‘文化大革命’来啦！”我在旁边跳来跳去说。

爸爸的朋友，一个年轻的大学教授从游行队伍里蹿出来，一把把我拎到半空中，假装吓唬我说：“这个小孩，怎么会讲出这种话？大逆不道啊！”

我老远看到，连忙奔过去，把你从这个人的身上抢下来说：“这种腔势不是‘文化大革命’是什么？你们这些大人还没有一个小小人讲出来的话有道理呢。”

母亲见状一边把你搂到怀里，一边对我说：“出去吧，这里要大乱了。”

不料第二天，上海的美国领事馆关门了。那扇黑色的铁门上贴了一张通告，既没有说明原因，也没有说明这是暂时的还是长期的。许多人在那里指指点点，却没有一个人出来解答问题。我吓坏了，想起来1949年到台湾去吃香蕉的小舅舅，就为了那串香蕉，再也没有能够见到自己的父母、妻子和孩子。

想到这里，我要把你抱到怀里，你挣脱了，只是把我拉到电视机的旁边，让我陪你一起看电视。那里面正在播放你百看不厌的日本卡通片《万里寻父》。通常你看完卡通片就会假模假样地背上一个小布包，然后和大家“再见，再见”。一开始大家也就会做出一副认真的样子，认真地“挽留”，认真地“送行”，最后认真地把你好像英雄一样“迎接”回来。后来时间长了，没有人当真了。有一次我正在写工作报告，你又走过来和我“再见”，我头也没抬就回答:“再见，再见，去了就别回来啦!”你愣了，一分钟以后躲到角落里抽泣。

这天我搂着你，和你一起看电视，心里想，假如看完电视，你站起来要和我说“再见”，我一定跟你走，无论你走到哪里，我都会和你在一起。

夜里，你莫名其妙地发起了高烧，母亲焦急地趿拉着拖鞋，冲到我的床前，把我拖了起来，我抱起你滚烫的小身体，以为天要塌下来了。那时候还没有那么多的出租汽车，我直奔机动车服务站，一个刚刚出车回来的年轻司机，一听到有小孩子发烧立刻就跟着我走，他把我们送到儿童医院急诊室，又要赶着去送一个孕妇。那个年代的好人多，不会开口先要钱，我想我是遇上一个劳动模范了。

劳动模范让我先带你看病，假如赶得及，他会送了孕妇再回来送我们，结果他没有来。黑夜里，我背着打完针的你，从急诊室里走出来，街上没有一个人、一辆车，我只好依靠自己，一路走回去。头顶着满天的繁星，我一步步向前走，你醒过来了。你说:“妈妈，快放下我，侬会累死的。”

我说:“妈妈不会死，妈妈要把你养大成人，妈妈要带你去找爸爸。”我被自己的话语吓到，这是我第一次在你的面前表露了我要去找你爸爸的心事。

你没有注意我的话语，只是说:“天又黑又怕人，路上只有我们两个人，真可怜。”

我咬了咬牙说:“不要怕，有妈妈就不怕了。”说着我把你抱到了胸前。

你挣扎下来说："妈妈，我自己走，背背、抱抱再走走……"

我的眼泪流下来了，你只有五岁啊，我的儿子，我一定要带你去找到你的爸爸。回到家里，我发现你的烧退了，而自己却发起了高烧。

睁开眼睛的时候，巫婆正站在我的旁边，她披头散发地半裸着上身，两只手在布满了血印的胸口抓来抓去，房间里烟雾腾腾的。我心想："巫婆这是动了真气了。"

"有大碍吗？"好婆问。

巫婆的嘴角冒着白沫说："灾难啊！只有一条路，就是带着这个小人逃离这片土地。"

好婆又问："什么时候？"

巫婆翻着白眼，掐指算来算去，最后说："下周五申时可以拿到签证。"

这时候，我站在一张小凳子上面，两只手紧紧抱着妈妈的脑袋，生怕一松手妈妈就会死掉，我对巫婆摇了摇脑袋，示意她轻一点，不要把妈妈吵醒，妈妈太累了。可是妈妈已经醒了。妈妈说："这一记侬错了，就算美领馆开门了，人家周五的下午一向是不对外开放的，不可能去拿签证。更何况早些日子我得到了一个拒签'1Y'（一年之内不得再次进入美领馆申请签证）的通知，怎么可以再进去？"

巫婆翻了翻白眼说："我不会错的，下周五，你会带着儿子走进美领馆的大铁门，然后在申时拿到签证。"

妈妈说："大铁门关着呢，我怎么进去啊？跳进去还是钻进去？"

"堂堂正正地走进去。"巫婆说。

"不可能。"妈妈的话没有说完，巫婆抢过话头说："也许是美领馆的大门忘记关好了，也许是大门倒塌了，总之你就是在那天走进去的。再不相信，到时候我带你进去好了！”

“喂，你这么大的本事，为什么不早一点带我进去？”妈妈有些生气了。

巫婆穿好衣服，把长发梳理整齐，盘在头顶上，又涂了一遍好婆递给她的面霜，光光鲜鲜地拎起她的皮包，回过头来和妈妈道别：“不要多想，就是下周五的申时。再告诉你，今年的中秋节你和你的儿子就都不在这片土地上了。”

妈妈说：“乱讲！没有几天中秋节就到了，我还要和母亲姐姐一起吃月饼呢。”

“你和月饼无缘，到美利坚去啃比萨吧。”巫婆说着便消失在房门背后，任妈妈一个人躺在那里臭“骂”不回头。

妈妈的病好了，“下周”也很快就到了，周四的下午，当妈妈已经把巫婆的话忘记得干干净净的时候，办公室的电话响了。电话的那一头，传过来一个陌生男人的声音，他通知妈妈说：“明日下午到美领馆办理签证。”

妈妈瞠目结舌。

第二天，妈妈带着我走到那扇关闭的大铁门跟前的时候，旁边一扇小门无声地打开了，门口一个武装军人和气地向我们行礼，并示意请我们进入。一个西装革履的美国人正在门厅里等待我们，他一见面就递给我一根美式的棒棒糖，我的手伸了出去又缩了回来，因为我害怕拿了棒棒糖就拿不到签证了，出去找爸爸好像比棒棒糖更加要紧，何况这个美国人就是掌管我可不可以去找爸爸的签证官。

签证官迅速地查看了妈妈递上去的文件，在他查看的过程中，我突然爬到椅子上问：“你知道我爸爸是长什么样子的吗？我想我的爸爸了。”

签证官看着我一字一句地回答：“我也想我的爸爸了，我们都会去看爸爸的。”

他说完就在我们的护照上砰砰盖下了两个印章，看着血红的印章，妈妈松了口气，她知道我就要出去看爸爸了。而我，在整个的过程中，念念不忘的还是刚刚那根棒棒糖，于是趴在高台上，朝着那根五颜六色的棒棒糖伸出了小手，签证官笑了，妈妈也笑了。

这时候墙壁上挂钟的指针正指着三点三十分——申时。妈妈后来说：这是妈妈命中注定的，也是我命中注定的。

难产儿

我说过不要母亲和姐姐送我到机场，因为我不要和她们说“再见”，我害怕说了“再见”就再也见不到她们了。我只需要天上的父亲目送着我，他会看着我，牵着你的小手，一步步走出国门。

这是我有生以来第一次乘坐飞机，没有想到这个会在云顶飞翔的铁盒子，可以装载这么多的人。因为是中国民航的飞机，所以大多数是中国人，大家挤来挤去在行李架上抢占地方，又把走廊塞满，真的好像逃难一样。

我把你放到靠窗的座位上，帮你绑好安全带又把你和我中间的扶手拎了起来，就好像为我们两个人制造了一个独立的空间。你趴在椭圆形的舷窗上，起劲地朝着外面张望，我用两只手臂围住你的小身体，闭上了眼睛，默默地朝着这里的天，这里的地告别。

周边的同行者们一个个兴奋得要命，只有我一个人沉沦在迷茫之中。我实在是不愿意离开上海的。不然的话，早就在伊离开的时候跟出去了。80年代初期，出国就好像是成功的标志，凡是有点志向的年轻人，都要出国深造，特别是到美国去。一家人有一个出国了，那是走起路来也要比别人高出一截的。只有我这个懒人，赖在家里不愿意挪动。

然而命不随意，注定了我一辈子的漂泊，今天一脚踏出国门，也许一辈子也回不到这片土地上了。身边不会再有母亲、姐姐、朋友，淮海路、新康花园……有的只是陌生的环境、陌生的人以及陌生的语系。天哪，这真是要到一个叫天天不应，叫地地不应的世界里了。我说："我有点怕。"

小小的你一听到我的话，立刻翻转过身体，抱着我的脑袋看着我，认真地对我说："妈妈不要怕，有我呢！"

我吓了一大跳，小狮子啊，你知道吗？妈妈永远都不会忘记这一刻，永远都记住了你的这句话。你是一个很晚才开口说话的孩子，可是一开口，就会在我最沮丧、最无奈的时候，给予我感动，让我震撼。此刻，我又想起来你第一次开口说话的情景。

那是一个星期天的早上，冬日里的阳光透过落地玻璃窗照射在饭厅里的餐桌上。母亲带着保姆出去买菜了，姐姐还在睡懒觉，只有你一个人抱着个奶瓶在新打过蜡的地板上走来走去。这一年你两岁，你很会走路，却不会讲话，你很会吃东西，却不能离开奶瓶。

我把你拉到身边，对准了太阳掰开你的小嘴，里面是两排整整齐齐的牙齿，还有灵活的舌头，看不出来有什么不正常，可是你为什么不会讲话，不能离开奶瓶呢？甚至连鸡鸭鱼肉都要打碎了，灌进奶瓶里，通过剪出一个大洞的奶嘴，才会咽下去。

是不是因为你是难产儿，先天不足？记得你出生的那一年的冬天出奇地冷，连一向不怕寒冷的伊也缩进厚厚的鹅绒棉袄里，只有我雄赳赳气昂昂地披了件长毛衣，捧了个大肚子走在大街上。

"我的身体里面好像要烧起来了，可不可以请我到对面小店喝瓶汽水？"我说。

"不行，小店不卫生，我们还是到'红房子'吃顿大餐吧。"伊一边说，一边朝着街角花园旁边的西餐馆走过去。

店堂里熟识的领班大声地招呼着我们，伊挥了挥手说："先来一杯橘子水和一瓶啤酒，我去洗洗手。"

等到伊从洗手间走出来的时候，橘子水还没有拿上来，我已经喝干了大半瓶啤酒，你在我的肚子里发起了酒疯。当时，离预产期还有十多天。原本计划是吃完午饭，到“小花园”去买双产后的布鞋，不料半道上，你就要杀出来了。

妈妈躺在救护床上，剧烈的疼痛要把妈妈活生生地撕裂。妈妈告诉我说，她只看到自己的两只脚高高地被一个男人举在半空中，几个穿着白大褂的医务人员在她身边急促地奔跑，他们的软底鞋毫无声响地在冰冷的地砖上划来划去，她不知道这些人是男是女，只听到一片杂乱的声音：“快推，快推，这个小孩的头发出来了！”

“不要让她在救护床上生小孩，这是医疗事故，奖金要敲掉的……”

“举高，举高，两只脚举高……”

妈妈听不懂他们在说什么，也弄不懂他们这是要干什么。是不是要把已经露出头发的我又倒回妈妈的肚子里去？这不是要出人命了吗！妈妈刚刚想叫“救命”，即刻痛急攻心，两眼一抹黑，就什么也看不见了。

“危险！这个产妇的血压超过180……”

“赶快注射。不然眼睛要瞎掉了……”

“快，快，进了待产室就好了，让待产室的医生来负责……”

妈妈听见自己的床头重重地敲打在门框上，她的两只脚被放了下来，身边嘈杂的人声隐退了，取而代之的是医疗器械撞击在金属上的声音。渐渐地眼睛前面呈现出来一方巨大的口罩，口罩把这个人的鼻子和嘴巴一起遮挡，只留下两只布满了鱼尾纹的眼睛，从她的声音里可以辨别出这是一个女医生。

女医生的手上握着一支粗大的针筒，针筒上面还带着根半尺来长的针头，不由妈妈分说就注射进了她的身体。妈妈感到有些奇怪，她说：“怎么没有痛感的啦？”

女医生回答："这是阵痛压过针痛，现在就是在你的身体上拉一刀，你也不会感到疼痛的。"

不记得是什么人这样说过："再漂亮的女人进了产房也会变得牲口一般。"隔壁床上推进来一个女兵，一脸的猪肝色，身上的被单全部掀到地上，四开八叉地光着下半身干号，那声音就好像是狼发出来的一般。

妈妈咬紧牙齿竭尽全力不让自己大声叫喊。女医生的一只手指插进妈妈的肛门，妈妈以为世界的末日要到了，终于发出了声嘶力竭的声音："救命啊！我要死啦！"

"快进产房，孩子的心跳减速，恐怕要窒息。"女医生紧张起来。

"这是难产，要动产钳！"

几个护士奔进来，抓住了妈妈床单的四只角，拎起来就放到了产床上，妈妈的脚抽筋了。有人从暖气片上抽下来两条长布袋，套在妈妈的脚上，妈妈说："我没有感到温暖，只是感到愤怒，因为我相信一定是刚刚高举我两只脚的人，害我难产了。想到这里，我的两只手一起掐住身边穿白大褂的人，整个身体都弓了起来。"

"啊哟，你力气真大。快把产钳伸进去，夹住婴儿的脑袋，小心，小心！好了，好了……"

伴随着撕心裂肺的疼痛，只感觉到肝肠寸断，五脏六腑都要从体内泻出来了，你出生了。我好像没有听到你的哭声，一个浑身是血的婴儿被拎到我的面前——这就是你。你是被倒转着拎到我面前的，大概是拒绝倒转过来看世界，你的两只眼睛紧闭着，你的嘴巴半张着，却没有声音。小护士在你的屁股上重重地拍了一巴掌，我大叫起来："你发疯啦！这么大力？"

等不及我跳将起来和她拼命，你张开嘴巴大哭起来。我原本以为这会是世界上最洪亮的声音，不料就好像一只小猫在咳嗽。你咳了两声以后开始抽泣，这时候我看到一滴鲜血正从你右边的脸颊上渗透出来。

隔壁床上的女兵得意洋洋地抱起她健壮的婴儿，我则搂着被产钳夹伤的你，我的难产儿呀，一想到这里我的心就痛如刀锯。你有一双细长的眼睛，精致的口鼻，你长得过于清秀。好像上帝就是为了公平，特别在你右边的脸颊上留下了一整片的伤疤。

女医生安慰我说："没有关系的，过两天就会好的。"

可是我不能原谅这个把你夹伤的医生，我知道产钳的正确位置应该将其左右两叶置于胎头两侧，可是现在，产钳的一叶夹伤了你的右脸颊，那么另外一叶夹到了哪里呢？一定是左脑勺！

等到我终于可以起床出门，第一件事就用一方大围巾把自己包裹得严严实实，直冲图书馆，在厚厚的尘土当中寻找各类的产科书籍。我很容易就翻找到了这样的文字："左脑具有语言、概念、数字、分析、逻辑推理等功能"；"左脑发达的人处理事情比较有逻辑、条理"；"左脑发达的人在社交场合比较活跃，善于判断各种关系和因果"；"左脑发达的人善于统计，方向感强"；"左脑发达的人善于组织"；"左脑发达的人善于做技术类、抽象的工作"……

左脑如此重要，可是你的左脑在来到这个世界的第一时间里就受到了伤害，是不是因此你才不会讲话，不能离开奶瓶呢？这个难产儿不要是个"戆大"啊，全家人为你焦急。

姐姐的儿子，你的小阿哥，对着你一遍又一遍地说："好——婆——"

你张大了嘴巴，努力模仿："婆——咦——"我泄气了。不会讲话就当你是哑巴，可是不能离开奶瓶又算什么名堂？总不见得永远都要抱着奶瓶吃饭？我跑遍了上海所有的图书资料室，甚至去了必须要出示专门介绍信的徐家汇藏书楼，都没有找到有关答案。

记得我的好婆留下来的三字经："玉不琢，不成器。"趁着永远都视你为全家最大的母亲不在家，我今天是一定要动手来雕琢这块顽石了。我深深地吸了口气，来到厨房里，先把早就熬好的鸡粥盛进小碗，又找出一把最小号的长柄汤匙试了试冷热。刚刚要端出去，想起来冰箱里还有一块好时巧克力，这还是几天前，伊托人从美国带过来的。我掰了一块，拿在手里。顺便从炖在煤气灶上的陶瓷参盅里舀出一汤匙参汤放到嘴里，大概是因为有些心不在焉，我被呛到了。

我开始咳嗽，大声地咳，你甩着小腿跑过来，迅速地爬到一张椅子上，轻轻地拍着我的背。我的心痛了，反过身体抱了抱你，突然看见夹在你胳膊下面的奶瓶，我咬了咬牙齿，拉着你的手，把你带进了厨房外面的储藏室。

储藏室是妈妈通常不许我进去的地方，那里面有很多有意思的东西，比如说妈妈小时候的书包、娘舅的绘画工具还有姨妈的明信片。可是今天不一样了，我喜欢的东西都清理掉了，面壁的角落旁边，安置好了一张条桌和一把圈椅，妈妈一走进去就放下碗勺，把房门反锁好。我警觉到不妙，拔腿要逃，却逃不过妈妈一下子把我捉牢。妈妈紧紧地捉牢了我，坐进粗劣的圈椅，先是把我两只不断蹬踢的小脚夹在她的大腿当中，又用左臂围住了我的身体，左手紧紧抓住我的两只小手，这时候的我已经完全落进妈妈的掌控当中了。

妈妈腾出右手，用那只长柄小汤匙舀一匙鸡粥塞进了我的嘴巴，什么东西硬邦邦地硌在我的舌头上？我好像杀猪一样大叫起来。一挺肚皮试图挣脱。不料妈妈早有准备，用尽全力不让我得胜。我把塞进嘴巴的鸡粥吐了出来，妈妈立刻用汤匙挡住，并重新塞了回去。

妈妈翻来覆去地诉说着："玉不琢，不成器！"不管我是否听得懂，她声嘶力竭地大叫起来："告诉侬，侬是斗不过我的，今天一定要丢掉奶瓶，用碗吃饭，一定要学会吃饭!”

我发疯了，使出浑身解数抗争，两颗眼泪从眼睛里迸发出来，拼足了全身的力气大叫:“好婆——好婆啊!”

这声音惊天动地，震耳欲聋，妈妈吓了一大跳！咦？怎么一回事？她说:“侬难道会开口说话了!”

这念头差一点让妈妈放开双手，但是她没有。她后来告诉我说，她的心里很清楚，这是她第一次对我发飙，不能妥协，不能心软。她说:“我一定要赢这第一个回合，假如失败的话，以后就永远也不会成功。”

妈妈咬牙切齿地不让自己气馁，更加飞速地把鸡粥塞进我的嘴巴，当我意识到没有人可以来救我的时候，已经精疲力尽了，不得不面对着那把汤匙，一边哽咽，一边乖乖地张开了嘴巴，妈妈赢了!

一碗鸡粥喂下去了，妈妈大汗淋漓气喘吁吁，我声嘶力竭悲痛欲绝。妈妈说:“妈妈骂侬，实在是为了侬好，侬生气吗?”

我仔细地剥开那块巧克力，掰成两半，一半放进自己的嘴巴，另一半塞进了妈妈的嘴巴。然后捧紧了妈妈的脸说:“不生气，就是有一点点伤心。”

妈妈目瞪口呆，这是我第一次开口说出一句完整的话，让她震撼到眼泪也流下来了。她说她永远也不会忘记这句话，于是紧紧地抱住了我，就好像在飞机上紧紧地抱住了我一样。

飞机在云中飞行，很快就进入了黑暗当中。妈妈把趴在舷窗旁边的我抱到自己的腿上，又顺便把下拉式遮阳板关上。我习惯地把脑袋埋进了妈妈的胸口，睁着两只小眼睛，直愣愣地盯着头顶上的阅读灯。那里怎么这么雪雪亮的啦，有点刺眼。

一会儿，我看见你的小手在座椅的扶手上摸来摸去，阅读灯关闭了。我不清楚这个动作是属于分析还是推理，只是在心里冒出来许多安慰，我想说：医学书上的理论不一定正确呢。

机舱里的灯渐渐熄灭，周围变得寂静起来，偶尔有人咳嗽走动，远远地还有一个男人在打呼噜。我把两条手臂围住了你的身体，我习惯这么做，只要你一躺到我的胸口我就感到安稳。没有想到很久以后，在你变成大人以后告诉我，你一直记得躺在我胸口的场景，你说你一躺到我的胸口就感到安全，数着我的心跳，好像回到母胎里一样，很快你就睡着了。

你睡着了，事实上你是一个很会睡觉的孩子，到了上托儿所的年纪不能上全托，原因是你只有半天可以在地上，还有半天必须在床上。一个当护士的朋友苹果看见了说："这个难产儿怎么这么会睡，哭也不会哭，是不是脑袋有毛病啊？"

母亲听了十分生气，她把你从小床上抱起来，摇了摇，你睁开了眼睛，可是不到一分钟，打了两个哈欠又睡着了。母亲想了想有些底气不足，但又不甘认输，她坚持说："不哭的小孩才是聪明的呢！我们这是床上英雄，床上英雄要么不起来，一起来就会石破天惊！"

而我则以为，你不爱哭是因为你脸上的伤疤妨碍了你脸部的抽动。伤心至极的时候，也不过是稍稍咧一咧嘴巴，发出一串咳嗽般的声音。是不是这是上帝在你人生的一开始，就要你感觉到了人生的犀利？

然而在当时，母亲的"石破天惊"实在是准确至极，当你在地上走来走去的时候，精力充沛到了简直就好像强盗出山。家里所有的电插座统统找人来封闭，凡是你可以够得到的东西，包括书报杂志全部举到橱顶。但是你还是不断地闯祸：用伊从美国寄过来的水枪扫射路人，用小树枝在晾晒的衣物上乱戳，甚至用一根长棒头，把新买来的一只老母鸡也打死。在你接二连三地闯祸的时候，曾经是单位里短跑第一名的母亲，都没有办法捉住你。你想办法躲到一个大人想不到的角落里，幸亏那时候有人发明了一种儿童拖鞋，脚后跟装了一只哨子，一步一响。当我把你从犄角旮旯里拖出来的时候，你一脸的疑惑，看了看自己的鞋子，以后学会踮着脚走路。

想到这里，坐在飞机上的我，忍不住试着去抓你的两只小脚，抓不到，你已经长大了，于是只能抱着你努力让自己进入梦乡。当我醒过来的时候发现，机舱里的顶灯开得雪亮，大家都在准备用餐，而你则已经站在自己的椅子上，反过身体趴在椅背上，和后排的一家人攀谈得热火朝天。

这就是你，要么不会说话，一学会开口说话，你的话就比谁都多。母亲说："这个小人真是大本事，刚刚生出来三年，就比我这个在这里生活了三十年的人认得的人还多，连隔壁弄堂里的人也会去搭讪头。"

正想着，突然听到后面一个女人用上海话直呼我的小名，她对着你说："你妈妈这次是带着你到科罗拉多去找你爸爸的啊？你爸爸在科罗拉多的哪个城市？"

你刚刚要开口回答，就被我一把拉回到位子上，压低了声音说："侬怎么可以把家里的事情都告诉陌生人的啦？当心坏人把侬卖掉！"

"不是陌生人，我是苹果啊！这是我的丈夫和儿子，我们移民到美国东部去啦，就是在宾州。"后面的女人站起来对我说。我一看，真的是苹果，这个世界太小了，苹果就是怀疑你脑袋有毛病的护士朋友，竟然会在飞机上相遇。我连忙站立起来，想和她的家人打个招呼。不料大吃一惊，明明记得苹果的丈夫是一个强悍的体育教师，老相识了，可是现在怎么变成了一个胖乎乎的白男人了呢？

苹果毫不回避地说："我和这个老外有个协议，我帮他照顾他的戆大女儿，他负责让我的儿子在美国上大学，公平合理。"

苹果最后"公平合理"四个字让我感到讲不出的苦涩，再看看坐在一边专心致志打游戏机的大男孩，他是不是知道自己的母亲为他付出的一片苦心？苹果大概感觉到了我心里的不适，反过来安慰我说："美国总归比中国好，更何况我这也是没有办法的办法，小孩子聪明倒是聪明，就是不肯读书，上个学期大考作弊，又殴打了小朋友，还在学校的音乐室里放了一把火，要赔一大笔钱，我只好带着他逃出去了。”

“聪明倒是聪明，就是不肯读书。”这句话讲起来蛮顺口的，听起来有点讲不出的不畅。“逃出去以后怎么办？”我问。

“当然是上学啦，在美国读书要比在中国便当很多，那里的孩子也比中国孩子笨多了，中国小孩个个是班级里最优秀的，随便一考就可以考进好大学，前途无量……”

苹果还没有说完，广播里传来机长让大家系好安全带的通知，原来旧金山要到了，飞机准备降落。我连忙把你在座椅上安顿好，自己则闭上了眼睛搂着你的小身体。伴随着飞机缓缓地下降，心目当中升起来无数的担忧，“出去以后怎么办？”

“出去以后怎么办？”我实在是不知道飞机降落下来以后，在我面前将会呈现出来一个怎样的世界。

戆噱噱

到了美国以后，爸爸第一件事情就是带我到小学里去报名，立马进入了当地的学龄前预备班。这是美国的中西部地区，科罗拉多州一个叫波德的小城，我的埃涅阿斯道路就是在这里开始的。

妈妈很开心，因为她发现在美国上学真的要比在中国简单得多，首先是从学龄前的预备班开始，一直到高中毕业都是全民制教育，不用付学费。再加上爸爸是研究生，属于低收入者，所以我的午饭也是免费的了，后来因为妈妈出去上班，有了一份固定的收入，我的伙食费也只需要缴纳牛奶的钱，算是对地区牧场的支持。

学校离开我们居住的研究生宿舍不远，刚好超过一英里。根据当时地方教育部门的规定，居住在离开学校超过一英里的学生，才可以有校车接送，我便跻身于其中。不过妈妈发现我常常宁可步行也不要坐校车，这是后话。而在一开始，校车确实让妈妈放心很多。

美国的公立学校和那时候的中国小学一样，也是按照区域划分入学的。我所就读的小学就在研究生宿舍附近，里面的学生多数是研究生的子女，应该算是好学区。在上海要想进这样的学校是难上还要加难的。我不知道为什么妈妈把我送进这个学校是那么地开心，因为我已经记不得在上海的时候，妈妈为了要送我进托儿所伤透了脑筋。

那时候我已经到了进托儿所的年龄，好婆看到妈妈为我寻找托儿所就在一边说:“侬阿哥的孩子是‘中福会’托儿所出来的，我们家的孩子只进‘中福会’，其他地方是不去的。”

“‘中福会’啊? 谈何容易? 这是除了花钱送礼，还要有‘路子’的。”妈妈说。

“这个我不管了，侬自己去想办法吧。”好婆以为妈妈不会有办法把我送进那家可望不可即的特权托儿所，她根本没有把我要离开她到托儿所去的事情当做是真的，于是，她说完就别转身体，又对着我读起那本《菜谱》来了:“走油蹄髈好吃哦？”

妈妈无话可说，只好搜刮脑子里所有的近邻远亲、朋友，甚至朋友的朋友……这一天途经淮海路人民照相馆的时候，突然看见橱窗里有一张样照，虽然这只是一张半身照，但是一看就晓得照片里的人的两只脚是摆着丁字步的。这个人侧身反转略低头，然后直视镜头。这是妈妈小时候在上海市少年宫“小伙伴”艺术团里学过的特定姿势，再一看照片上的人正是当年的小伙伴露露。

想起来啦，这个露露好像就在福利会工作，打了几十通的电话，转来转去找到在那里财务科上班的露露。露露问妈妈:“你的儿子吗? 我来想想办法。”

大概过了一个多月，大家都已经忘记了这件事的时候，露露打来电话说:“办好了，很不容易的。你要帮他准备一个礼拜的换洗衣物，还有被褥，开学的时候，我陪你送他进去。”

“为什么要一个礼拜的换洗衣物?”妈妈问。

“喂，你不知道我们‘中福会’托儿所是全托的吗? 小朋友一个礼拜回家一次。”露露说。

“我不要全托，日托就可以了。”妈妈开始后悔。

“不要傻了，‘中福会’没有日托，只有全托，礼拜一早上八点整，我在托儿所大门口等你。”露露不容妈妈犹豫。

到了礼拜一，我还在睡梦中就被妈妈拉起来了。大包小包拖到托儿所门口，我的两只眼睛还是紧闭着的。我根本不知道自己即将离开最亲爱的好婆，只有好婆抱着我难舍难分。

老远，妈妈就看到露露已经翘首等在那里了。她说：“你迟到了，老师会不开心的。”

我没有回答，心里直打退堂鼓。在你困思懵懂地还没有弄清楚是怎么一回事的时候，露露已经把你交给了当班的女教师，又把我拉出教室。我趴在门上的小玻璃洞洞前，用一只眼睛张望进去，感觉有一点像探监。透过玻璃，我看到你一个人木呆呆地站在教室当中，莫名其妙地东张西望。整个的小身体，都呈现出一副惊慌、无助的样子。

“他只有十八个月，我怎么可以把他一个人放在这么一个陌生的地方？他心里会多么害怕甚至恐慌？”我心痛起来。突然一个小朋友走到你的身边，伸手推了你一巴掌，你只知道后退不知道还手，两只眼睛朝着门洞张望过来。我看见你扁了扁嘴，一副可怜相。

我忍受不了啦！脑子一个急转弯，顾不得露露的牵扯，一下子就把门拉开，抱起你说：“我们回家！”

我一边哭一边往回走，露露跟在我背后拼命骂：“你神经病啊？你以为我把他弄进来是容易的吗？多少人情啊！好不容易弄进来了，你又要抱回去。儿子没有哭，你倒哭得像个疯子。告诉你，我以后再也不管你啦！”

回到家里以后，母亲立刻把你搂到怀里，好像是迎回来了个打了胜仗的大将军，拎出来一大奶瓶绞碎的蹄髈，于是你一边吃又一边开心地听母亲阅读那本《菜谱》了。

就这样子过了一年多，你会说话会吃饭了，再不送托儿所就会比同龄的孩子慢一拍，一定要把你送进托儿所去。但是我再也不会把你送到那个代表特权的“中福会”托儿所，我对母亲说：“他本来就是一个普通的孩子，就让他和普通的孩子一起，到普通的托儿所去吧。”

说是这么说，但是真正要做到又是另外一回事，我抱着你，母亲跟在我的背后，三人一行到处寻找托儿所。先是到里弄托儿所，母亲刚刚踏进那间塞满了三十多个小孩子的教室，立刻退了回来。她说：“不来事，那个老师自己在打毛线，不要讲教孩子，就连管也不好好管。换一家！”

接着我们来到街道托儿所，那间托儿所的老师倒是严格，她让几十个孩子沿着墙壁坐成一圈，一整天传来传去传一辆玩具小汽车。母亲摇了摇头说：“在这里，不笨的孩子也会变笨的。”

我为你寻找托儿所，寻到心身衰竭。这天愁眉不展地坐在办公室，同事老孙问我：“你为什么不把儿子送到我们单位的托儿所呢？就在我们楼下，又方便又简单，就是你上下班辛苦一点。”

我一拍脑门跳起来说：“啊哟，我怎么这么笨，舍近求远呢？以前的概念总是以为单位的托儿所就好像放羊一样，学不到东西的，现在看来地方的托儿所更加差。我辛苦一点没有关系，只要儿子在我眼睛底下就放心了。”

从这天开始，你就跟着我风里来雨里去，上班下班挤公共汽车整整两年，我们两个人更加相依为命了。

妈妈单位的托儿所就在妈妈办公室的楼下，每天早上我们挤在水泄不通的公共汽车里，妈妈抱着我的身体，我抱着妈妈的脑袋，我害怕妈妈抱不动我，妈妈说：“放心，侬已经被挤得悬空啦，我一点力气也没有用呢。”

偶尔有好心的乘客看到，让一个座位，也有时候我就坐到售票员的工作台上。到了站头，我从妈妈的身上跳下来，牵着妈妈的手，高高兴兴地朝着办公大楼走过去。那时候，实在是我最愉快的了。

还没有走进办公大院，就有小朋友叫我啦，胖乎乎的陈老师站在托儿所的门口，她的头发一圈一圈地荡在肩膀上，非常好看。看到她，妈妈放开了我的手，我就飞跑过去了。

托儿所的教室里有一架巨大的钢琴，比我们家里的大多了，是三角形的。陈老师弹着钢琴，让我们唱歌，跳舞，各自发挥。妈妈说："有点太随便了吧，一点约束也没有。"

好婆说："蛮好，蛮好，陈老师有心开拓新式教育，让小狮子充分发挥自己的想象和创意。"好婆相信这对我以后的学习方式和智力发展都有帮助。

那时候我们没有操场，因为操场正在大修，那上面堆满了黄沙和小石子，我最喜欢在上面爬来爬去了。要是让妈妈看到就不得了啦！一定会把我拖下来，然后塞到浴室里，从头到脚地冲一遍，还要板着面孔骂我一顿。陈老师不一样，她会和我一起爬到黄沙上面，她告诉我："黄沙可以变成水泥，水泥可以变成新操场。有了新操场，我们就可以有滑滑梯、跷跷板啦！"

我想要新操场，就从黄沙上跳了下来，我告诉妈妈："我不踢沙子啦，我要新操场。"

因为我讲了这句话，陈老师奖励了我一朵小红花，我把小红花举到妈妈的鼻子下面，妈妈好得意，到处告诉别人："我的儿子得到小红花啦！"

"不要太得意了好不好，你过来看看，不说你的儿子是托儿所里最笨的一个，就说他有一点戆嗦嗦好了。"新分来的大学生拉拉站在办公室的窗口前面说。

妈妈走过去一看，原来是我们在下面的花园里出操，大家排着队，一二一二向前走。别人都是合着口令甩着小手抬着小腿，只有我拖在最后，同手同脚地像只小鸭子摇来摇去。

"咦，你的儿子怎么不会踏步的啦？别的小孩子都很正常，只有你的儿子不对头，别人会以为我们办公室出来的孩子是戆大呢。”拉拉说着就从楼上蹿了下去，一下子把我捉了上来，当时正值班间休息，办公室的同事们都起劲起来了，包括办公室主任，大家排着队教我踏步。我也起劲起来，故意踏错，我喜欢这么多的大人把我围在中间。

这时候陈老师上来了，她说：“你们干什么啦？其实我们都会的，就是被你们这些大人弄糊涂了，不要理他们。”陈老师说着便牵着我的小手回到下面的教室里。

陈老师把你带走了，我则在一边担忧，脑子里不断出现你左脑勺受过伤的镜头。

这天下班去接你的时候，看见你正神气活现地站在小朋友的当中，昂首挺胸地踏步。左手右脚、右手左脚，有模有样。我很开心一把抱住你说：“侬真灵光，妈妈晓得侬是最灵光的哦。”

接着我又转过身来问陈老师：“你是怎么教会他的？”

陈老师笑了，她把食指竖在嘴巴中间，看着你说：“嘘，这是我们俩的秘密。”一会儿趁你不注意，又回过头来对我说：“其实他都会的，这是小孩子的心理，不可以直接点穿，而是要绕着点拨。”

事后我把这个故事告诉巫婆，我说：“小小一个人，也会出花头，要让大家去注意他……”

巫婆翻了翻她的眼珠子说：“这还是刚刚开始。为了这个小狮子，你有得操心了。你是不可以放松的，先要操心到他入命，以后还有没完没了的烦恼！”

对于巫婆的话我没有时间理睬，因为我正要拉着你的小手到复兴公园里去乘电马。那时候，方圆好几里地只有复兴公园里有电马，电马的生意好得一塌糊涂，许多大人也挤在等待乘电马的队伍里。

你倒有耐心，跟在长长的队伍里一步步向前。我怕你累了，把你抱了起来，你说:“妈妈，我自己可以走，只要拉着侬的手我就很开心了。”

我又被你感动了，这就是养儿养女，辛苦付出的最大安慰，我认了。就在我沉浸在感动当中的时候，你已经和前面一对不年轻的情侣混熟了，那个男人把你举到了肩膀上，你也不害怕，我说:“放他下来吧，他很重的喔。”

男人说:“没有关系，很过瘾的，要不是没有房子，我们也可以结婚了，说不定也有一个儿子，可以带他来乘电马……”

男人的话还没有说完，我们已经排到了跟前。一放闸，大家都争先恐后一窝蜂地涌上了电马的转盘，各自占领了一匹自己中意的电马。其实这些电马都是一样的，而且放行的人数和电马相等，不知道为什么都要像抢的一样。前面的两个大龄男女挤在一匹电马上，你看见了，拍了拍你身后的空当对我说:“妈妈过来，伊拉两个人最要好了，坐在一匹马上，我们两个人也最要好了，也要坐在一匹马上，我们要一直一直在一起。”

听到这些话，我只有更紧地搂抱住了你。天气很好，太阳晒在身上暖洋洋的。伴随着音乐，电马开始移动。前面的男女用力挤在一起，那个女的回过头来，一脸的幸福，让我把刚刚还在埋怨他们和孩子轧热闹的念头一扫而光。

十年以后，我回到上海看望好婆，那时候我已经长到一米八六了。晚间随着妈妈来到复兴公园散步，走着走着我突然发现夜雾当中，一匹匹时起时落的电马影影绰绰地仍旧在那里转动，只是周围已经没有人排队了。据说这种游乐场现在不再时髦，小孩子们迷恋上了昂贵的迪士尼世界。当年绚丽缤纷的电马，现在已经变得油漆剥落、破破烂烂了。它们在吱吱嘎嘎苍老的呻吟当中，一上一下地挪动。一个驼背的工作人员正无聊地在那里抽烟，整个画面让我看见的是被抛弃。

我长大了，变化了，整个世界都在变化，只有眼面前的电马还留在原地，这就是生命和无生命的不同。走到近处买了张电马票，坐在上面感到凄凉。想起来古希腊的哲学家赫拉克利特的名言："人不能两次走进同一条河流。"

还记得最后一次骑电马，是在我离开中国的前一天。我抓紧了缰绳，神气活现地坐在电马上，放眼望出去："咦，那是什么东西啊？"

原来那是一群外乡人，牵了几匹小马驹开辟了一个简陋的跑马场。妈妈说："臭烘烘的，又很脏，我们不去。还是坐电马。"

我说："那是活的，真的，有生命的，我要试一试。"

妈妈说："这种小马是没有办法载重两个人的，妈妈不可以陪侬坐上去。"

你说："我不怕，我是一个男人。"最后"男人"这两个字是好婆教我的。说完，我就从电马上下来，拉着妈妈一路跑过去了。

到了跟前，我发现那匹小马比我高大很多，回过头来看了看栏杆外面的妈妈，我想让妈妈为我骄傲一下，于是自信地爬到了马背上，只听到妈妈大叫了一声："慢点，那个牵缰绳的老头子还没有过来呢！"

我回答："放心吧，看牢我！"就一手伸出去抓缰绳，缰绳没有抓到，抓住的是马鬃，小马疼痛得跳将起来，立刻带动了所有的马匹一起奔跑。就在我还不知道是什么事情发生了的时候，整个马场尘土飞扬。大人叫小人哭，妈妈的脸紧张到了抽筋，她疯子一般从栏杆上面翻越过来，被一群工作人员拦住。

一时间，风儿在耳边呼啸，马儿在身边横冲直撞，我觉得自己就好像是全世界的英雄一样。混乱当中，那些外乡人一个个冲进了马场，奋不顾身地把从马背上掉下来的孩子抢救出去，又赴汤蹈火一般冲到那些发了疯的马群当中，抓住它们的缰绳，终于控制了危险的局面，一切都在几分钟里发生和结束。

妈妈扑到我的身边，把我从马背上抱了下来，她以为我会大哭，但是我没有。

一个老头子看了看我说："这个小孩怎么这么镇静？"

妈妈紧紧地抱住了我。她后来说："不知道小狮子这副戆嗦嗦的模样是否和他左脑勺受过伤有关。"

但是她不知道的还有，从这天起，我变成了再也不会让别人察觉自己内心世界里紧张的人了。很久以后，当我在耶鲁大学参加重大考试的时候，主课老师指着我对大家说："假如大家都可以像小狮子一样冷静就好了。"

其实我心里紧张得要命，只是别人看不出来，我想也许就是当年那些狂奔的小马，把我面孔上会紧张的神经制服，以后再也不会挪动？

就好像我到了美国，第一天出去上小学，一个干瘦的老女人走过来，一把捉牢了我的小手，我企图挣脱，但是没有成功，只好服帖，扭转脑袋看了看妈妈，然后跟在这个老女人的背后走进了教室。妈妈说我脸上呈现的神情和在小马背上时一样，只有妈妈看穿了我的内心。

妈妈立马开始紧张，她说："小狮子这次不要吃大苦头了，这个女人有点像脾气古怪的老处女呢。"

爸爸没有讲话，看得出来他的心里也在发毛。突然妈妈好像听到巫婆的声音："这还是刚刚开始，为了这个小狮子，你有得操心了……"

妈妈朝着地上吐了口唾沫，想把巫婆的预言吐出去。然而事实不幸被巫婆言中，几天以后，老师和小朋友纷纷围着妈妈告状，说我不会吃饭，这大概是美国人最为生气的了，因为他们指望每一个外国孩子，看到美国丰富的食物，都会狼吞虎咽，那才可以充分体现他们的优越。而我却只会对着这些食物发呆，好像一点兴趣也没有，这让他们的自尊心大受损伤；接着又说我不会走路等等。最后那个老处女对妈妈说："不要以为美国的学校是没有留级的，你要不要和他一起来上课，给他一个特殊的待遇？”

在美国，“特殊”这两个字并不是褒义词，通常是形容“戆嗦嗦”的智商有问题的小孩。

“不要，我相信我的儿子。”妈妈顶着巨大的压力，咬着牙齿回答，她后来告诉我，她的心里一直在打鼓，因为我的左脑勺……

爸爸有些沉不住气了，隔天在课间的时候到小学里陪我吃饭，那天吃的是比萨，从此我学会吃比萨，变成了学校里的吃比萨大王。

闯祸坯

飞机上的苹果说："美国孩子比中国孩子笨多了，中国小孩个个是班级里最优秀的。"又看见有文章介绍："美国的老师和蔼可亲，从来都是说好话的，他们掌握儿童心理，不会动不动就向家长告状。"

然而，把你送进学校以后发现，事实完全相反。先是你的班主任，那个老处女，三天两头打电话或者是带条子来告状。我对伊讲："这种事情怎么会一直跟牢我的啦？"

还记得在上海的时候，你从我办公室下面的托儿所一毕业，就进了家门对过的康健幼儿园。这是我放心的，因为我就是从那里毕业的，经常还拿到年度小红花。可是你在那里短短不到一年时间里，你的班主任老师，一个满脸雀斑的小姑娘，几乎每隔一天就要给我打电话告状。每次电话铃一响，我就心惊肉跳，这比办公室主任或者是单位的领导打电话过来还要怕人。看着放下电话发呆的我，拉拉踱着方步走过来问："小狮子又闯祸啦？"

"这次是吃饭的时候不老实，忘记扶住饭碗，把饭碗打烂了。"

"这次是搬椅子的时候不会小心轻放，把木头地板砸掉了一块漆。"

"这次闯祸闯大了，用一把塑料小勺把小朋友的眼皮划破了。"

其实上面的这些事情都是可以花钱解决的，就是第三件事有点麻烦。我把你带到隔壁徐汇区公安局的高墙外面，吓唬你说："假如再发生类似的事，人民警察就会把侬捉进去的。”

事后母亲把我臭骂一顿：“侬要吓死他啊？他是因为小朋友骂他，讲他的爸爸不要他的妈妈了，才出手这么重的呢。”

我一听就把你紧紧抱在怀里，眼泪也要流出来了。而母亲则在一边鼓励你说：“不要怕，别人不打侬，侬千万不要去打别人，别人打过来，侬就要打过去，狠狠地打过去，这是我们家的家规……”

又过了几天，老师没有打电话，你倒一个人躲在墙角落里哭，把你拉出来，再三问你是不是又有小朋友欺负你了，你哭得更加伤心。原来幼儿园的老师牵着你们出去兜马路，这是那些老师最喜欢做的事情。你们路过一家卖玩具的小摊，上面摆满了盗版的“变形金刚”，小朋友都在那里大叫：“我有的，我有的，我家里有的，我的爸爸给我买的……”

一开始你也跟着一起叫：“我有的，我有的，我家里有的，我的爸爸给我买的……”回到家里越想越不对，因为你是没有的，你家里也是没有的，你的爸爸没有给你买过。再一想，爸爸是什么样子的也记不得了，于是大哭起来。母亲一听马上把我推到门外，并大声地说：“快去买回来，不然就不要回来吃饭！”

最终还是办公室有个同事的老婆在日本，带给你一个正宗的“变形金刚”。这时候你发现你的小朋友都没有，只有你一个人有了。从这天开始，母亲教会你：“人，都是会骗人的，不要轻易相信别人。”

不知道当时的你有没有听进去，只是举着那只变形金刚冲过来冲过去。我对母亲说：“这个小人精力过盛，我去请个老师，教他弹钢琴。”

母亲说：“大概不来事，小狮子坐不牢的。”

结果恰恰相反，你坐在琴凳上，用两只拳头在钢琴上乱砸一气，拖也拖不下来。声音之大，全家都吃不消了，通通逃了出去。母亲说：“快点停下来，还是到花园里去晒晒太阳。”

不料刚刚安静了一会儿，隔壁的老金就气急败坏地过来敲门，人还没有进来，声音已经冲了进来：“不得了啦，这个闯祸坯把烂泥塞到我家的水池子的下水道里，挖也挖不出来，弄得到处是水！”

妈妈正要发脾气，外面有人敲门，原来是苹果阿姨来了，苹果阿姨顺便送我一只玩具小飞机，没有什么好玩，飞也不会飞，我把飞机放在地板上，砸了两下，不好了，裂开了，里面有根小链子，可以拉出来，还有两个长着牙齿的轮子，让我拔出来看看。还没有等到苹果阿姨离开，小飞机已经变成了一堆铁皮。

苹果阿姨说：“下次不能再送你玩具了，送你几条蚕宝宝，活的，吓吓你。”没想到我倒没有吓到，把我胆小的姨妈吓得哇哇乱叫。

我想了想说：“蚕宝宝这么小就要吓死人，长大了更加不得了。让我放到自来水龙头底下给它们洗洗澡，淹死它们。反正将来都会死的，还是让我先来弄死它们好了。”

苹果阿姨说：“这个小人不得了，心狠手辣的。”

这天妈妈还没有下班，好婆在厨房间里烧蹄髈，家里静悄悄。我想了想，搬过来一把木头椅子，爬到五斗柜上，把一只会唱歌、讲话的方盒子拿了下来。我老早就对这只盒子发生兴趣了，无奈妈妈看得紧，放得老老高。总算今天捉到一个机会，让我来看看这里面到底是什么人在讲话。正当我背对着房门，躲在角落里专心致志地用力拆卸的时候，不好了，妈妈回来了！她三脚两步跑过来，一把就把我拎了出来，大叫一声：“不得了，闯祸坯！侬怎么会把侬爸爸当年最宝贝的半导体拆到只剩下一只皮壳子的啦？这只半导体还是侬爸爸在最穷的时候，花费了所有的积蓄，才购买回来的。侬爸爸回来敲杀侬。”

“不会的，这只能说明小狮子的求知欲强。”好婆走出来讲话。这种拆东西的事情对我来说简直就是小菜一碟，有了好婆的撑腰，我就更加天不怕地不怕了。但是我也有苦恼的时候，好婆虽然纵容我，做起规矩来却是相当严厉的。一开始是教我扶住饭碗吃饭，这实在是费了大力气。

好婆一遍又一遍地说："饭碗头是一定要捧牢的，不捧牢饭碗，将来没有饭吃的呢。"

"吃面条好了。"我咕哝了一声。

"面条也没有吃，对了，蹄髈也没有吃啦!"好婆从来也没有这么严厉过。我扁了扁嘴想哭，好婆不让步。我最喜欢吃蹄髈啦，为了蹄髈我也要捧牢饭碗。

好不容易连吓带哄地把我教会了捧饭碗，不料到了美国，第一件事情就是因为捧饭碗，撞进中西方文化的冲突当中。美国孩子从小就晓得，吃饭的时候，胳膊不可以放在桌子上，更不可以用手把盘子捧起来了。到底是要捧牢饭碗还是不要捧牢饭碗啊？小朋友都笑我，弄得我饭都不会吃啦，干脆不吃饭。后来爸爸过来陪我吃饭。发现可以直接用手抓比萨，这才让我放心大胆地吃东西。

吃完了比萨回教室，轻手轻脚地推开教室的大门，不料把里面的老处女吓了一大跳，她大声地训斥说："小狮子，为什么走路像只蜘蛛一样？是不是做了坏事啦?!"

我又糊涂了，想起来幼儿园里的那位雀斑老师对我不会轻手轻脚走路的训斥，我站在那里，一只脚前一只脚后，连路也不会走了。

讲到那个雀斑老师，最后一记下马威是她把母亲叫过去了，她说："这个小孩子有思想问题!"

母亲一听，气得眼珠子也要跳了出来了，她立刻反击说："这么小的孩子，你怎么可以给他扣上这么一个大帽子？又不是'文化大革命'！"

原来是这天的回家作业出了问题，那是复述故事。故事原本讲的是：有红、黄、白的三只蝴蝶，因为下雨要寻找躲藏的地方，然而红、白、黄的三朵花，只接受和自己相同颜色的蝴蝶过来躲雨，不接受其他颜色的蝴蝶，最后三只蝴蝶宁可淋雨，也不分开躲避。其中的关键词是："我们都是好朋友，要来一起来，要走一起走。"

不知道为什么，从你的嘴巴里出来变成了三只蝴蝶，各自到各自颜色相同的花瓣底下躲雨，谁也没有淋湿，最后天晴了，大家又聚集到了一起游玩。

这是犯了个大忌，忘记了团结精神。雀斑老师指着你的鼻子说："你看看门口扫马路的工人叔叔，都是一起上班一起下班的。"

想不到你回答："我长大了，第一不当工人叔叔。"

全班愕然。

这天下班，我就好像灰孙子一般，被那个雀斑小姑娘大大地教训了一顿。还好那时候签证已经到手，心里打定主意，赶快带着你逃出去，我就再也不要来操心这种狗皮倒灶的事情了。

然而到了美国，这种狗皮倒灶的事情仍旧跟牢了我。总算这天太平，没有人告状，你就好像一只听话的小猫偎在我的怀里。这时候伊捧了一只大西瓜从外面进来，不料一进门伊就大叫："啊哟，你的小手怎么会弄成这个样子，什么人欺负你了？"

我连忙把你藏在背后的左手拎了出来，一时间倒吸了一口冷气。只看到你的手指完全变成了青紫的颜色，中间还略略瘪进去一块。

"一定是被夹了一记，痛不痛啊？你怎么不告诉我的啦？"伊心疼地大声说。

"老师讲：'It's OK, OK, OK.'我也只好说OK了。"你说。

"什么OK！一点也不能OK的，走，带你去找那个夹你的人，我饶不了他!”伊说着就一阵风地抱起你旋了出去，我忙不迭地跟在后面。

到了学校门口，爸爸还没有等车子停稳当，便怒发冲冠地奔进教室。那个夹坏我的小白人立刻知道大事不妙，连忙逃进厕所，爸爸眼捷手快一个箭步蹿到厕所门口，一脚就把厕所的门踢了开来。

老处女连忙赶过来，用身体挡住了那个孩子说:“孔先生，不要吓坏了小孩子!”

“什么?你还会出来保护小孩?小狮子的手要被夹断了，你怎么不会出来保护?告诉你，我们是要到医院去验伤的，是要到法院去告你的!这是不能OK的!”说着，爸爸一边让我指出当时的目击者，一边记录了下来。

接着，爸爸开着小车直冲医院，他抱着我在医院里奔上奔下。挂号、拍片子……而我则始终紧紧地抱着爸爸的脖子，有一种说不出的安全。长期以来，我都没有和爸爸生活在一起，爸爸对我来说是陌生的。心里总是和他有些隔阂，甚至怀疑他是不是我的爸爸，一直到这一天我才认定:“这个人真的是我的爸爸。只有亲爸爸才会这么心疼自己的孩子。”

等到一切都检查完毕以后，发现骨头没有夹断，只是皮肉的伤害。但是年轻的女医生还是仔细地在我的手指上面涂满了厚厚的药膏，又包扎起来，最后用一条宽大的纱布带把我的手吊在了胸前，她和蔼可亲地说:“现在OK了吧。”

这下真的是OK了呢，我几乎忘记了疼痛，从爸爸的身上跳了下来，拉着爸爸的手回家了。这时候天色渐黑，还没有到达家门口，老远就看到一大一小两个人影在那里张望。妈妈一紧张说:“那不是老孙和他的儿子吗?他怎么来啦?是不是学校里又出了什么事情，他们先过来通风报信?”

老孙是广州过来的访问学者，他的儿子比我大一岁，和我在同一学校读书。因为长得瘦小，性情懦弱，在学校里常常受到欺负。这天，当我们的小车停到了跟前的时候，老孙立刻迎了上来对爸爸说："你今天真是为我们大家出了气了，你知道吗，那些小洋鬼子，最会欺负新来的中国小孩了，我的儿子每天都被打，有一次被打到出血。老师对他讲：OK，OK，还讲他是个可爱的好孩子，他连哭也不敢哭。不像你的儿子，会在操场上踢沙子反抗。"

哦哟，不好了，把我在学校里踢沙子的事情带出来了，妈妈回过头来看了看我说："难怪我们的家门口总有一堆黄沙，扫干净了，第二天又堆了起来，原来是侬倒在那里的呀。有一次，还差一点把我滑一跤。"

停了一歇，妈妈突然又想起了什么说："不得了，他们那么多人，侬一个人怎么对付得了？把侬打伤怎么办？"

我得意起来说："不怕，打赢了的时候，许多小朋友就会来和我做朋友的，不分是白的还是黑的、黄的，特别是小姑娘，都会围着我转，我有不少朋友呢。"

我没有告诉妈妈，刚刚去学校读书的时候，不会讲英文又没有朋友，被大家欺负讥笑。甚至每天早上进教室，那些白孩子包括小姑娘，都排着队地打我踢我。讥笑我衣服穿得不对，鞋子的式样不对，还要把我的衣服藏起来，把我的学习用具丢出去……有一次我要上厕所，大家把我推来推去，不让我去问老师，最后尿湿了裤子，又被老师大骂一顿。

这就是埃涅阿斯的道路吗？妈妈不会知道那时候我所经历的痛苦，我是那么地想念好婆，想念上海的新康花园啊。可是我咬着牙齿不要告诉妈妈，因为我害怕妈妈心疼，我不要妈妈为我伤心。看到妈妈开始担心，我便轻轻地走到妈妈的身边，抱着妈妈说："妈妈，不要担心，我会保护自己的。"

这天晚上，我听到爸爸坐在床上说："要在这个环境当中生存，实在不是一件容易的事情。可怜的小狮子刚刚走出家门就要面对暴力，这是我万万没有想到的，将来的道路还很长，不知道他会怎样对付？"

妈妈说："将来的事情将来再说，关键是鼻子下面的事情。明天我到办公室里去查一查，看看有没有武术学校，送进去学两招。"

妈妈一向是最现实的，她说她从来不去想将来，也不去追求梦想。爸爸讽刺妈妈目光短浅，妈妈不予理睬，妈妈只相信先要脚踏实地走好鼻子下面的第一步，再是第二步，一步一步地走出去。现在妈妈认为，在这个赢者为王、败者为寇的世道，只有自己救自己了。

那时候我在华人报社工作，每天和五花八门的广告打交道，虽然没有找到专门的武术学校，却在中文学校里找到了一个教武术的老师。这个武术老师是一个在美国长大的台湾人。他刚刚从耶鲁大学毕业，因为还没有想好要做什么，暂时回到父母的家里休息一下。

大学毕业在家赋闲，在中国不多，可是在美国比比皆是。他的父母是中餐馆的老板，开了一家不怎么起眼的小食店。后来这位武术老师抛弃了耶鲁所学的专业，继续他父母的餐馆业，不过比他的父母成功。大概是因为有耶鲁教育的垫底，变成了一位非常成功的中西结合的厨师，白宫里的宴会也会特别邀请他去主持。这就是在美国，烧烧饭也可以出状元，而且出了大名。可是在当时，这位名校毕业的大学生，只是待在家里，顺便到当地大学听听课，教教武术。

和我一起上班的同事丹丹把脑袋凑过来看了看广告说："这个武术老师根本没有受过专门训练，一点功架也没有，我看教武术是不灵光的，最多教教小孩子打架。"

我说："最好啦，我就是要他教打架，这样小狮子就不会让人欺负了。看上去这个耶鲁大学的毕业生和小狮子一样，也是四五岁的时候到美国来的，也许就是为了反抗小白人的欺负，才学会了武术。"

这天以后，我便每周一次把你送到中文学校去学武术了。不料新的麻烦接踵而来，先是有邻居来告状，说你带领了一群小孩子在垃圾箱上面甩棍棒，把垃圾箱的盖子也捅出个洞，又有陌生人带着小孩子来申诉，说你教他的孩子摔跤，一直摔到鼻青眼肿。

这一天吃过晚饭，我正带着你外出散步，看到伊的师弟爬上爬下糊窗子，原来他家的窗子被野孩子打烂了，因为怕家里的婴儿受凉，先用报纸挡挡风。我刚刚要问你是谁干的，那个师弟连忙说："不是小狮子，打烂玻璃的孩子都逃走了，只有小狮子老老实实地站在那里，一看就不是他。"

很久以后我才知道，打烂玻璃的就是你。你告诉我这件事的时候已经是个年轻的科学家了。一天我跟在你后面上车，你一坐上驾驶位就跳了下来说："哦哟，不好了，车胎被小孩子放气了。"

"侬怎么知道的？"我问。

你没有回答，只是弯下身体，在打气口里拔出一根小棍子。看了看告诉我说，当年干这种调皮捣蛋的事情你是老手，并承认打玻璃的也是你。你说你的童年是相当丰富多彩的，好孩子做过，坏孩子也做过，没有遗憾的了。看着你现在一副堂堂正正的模样，想不出来当年那个闯祸坯就是你。

那时候，我以为你是一点希望也没有的了，只想要你高高兴兴地健康地长大，根本没有想到你会成为"藤校"的高材生，更没有想到你在后来还会让我到美国国会大厦去领奖。

在你带给我如此荣耀的同时，我想起来当年最让我感到耻辱的一件事，这一天我正在家里烤排骨，电话铃响了，拎起话筒，里面传过来了萧太太的声音，不容我开口，一阵臭骂飞了过来："告诉你，以后不要让你家的小狮子和我家的点点在一起，他是一个坏孩子，带着我们点点在野地里捅地老鼠的窝，点点被人抓住，小狮子倒逃掉了。不许他再捅，一转身又去捅，明知故犯，这样下去会把我们点点也带坏的！"

我无语，你走过来，抱着我，一直到烤箱里的排骨发出了焦炭一般的味道。

第二天是星期五，我决定到你学校里去看一看，了解一下你在学校的情况。到了那里的时候，正值你们的课间休息，老远就听到操场上一片喧哗。到了近处，只看见滑梯周围尘土飞扬。啊哟，这些美国孩子怎么不会从上面滑下来的啦？一人多高的平台，翻过栏杆就跳了下来，吓得我连忙闭上了眼睛。

睁开眼睛的时候看到，刚刚那个穿着黄色羊毛衫，跳下来又翻上去的小人就是你！不得了，太危险了，脚骨跳断可是一辈子的事情啊！“小狮子！侬又要闯祸啦！学校里的老师到哪里去了呢？他们怎么不来管你们的啊？”

你满头大汗地跑到我的跟前说：“管的，侬没有看到我常常会坐在校长办公室门口的长凳上吗？那叫‘反思凳’，谁闯了祸就要被罚坐在那里反思。”

反思凳

“反思凳？什么叫反思凳啊？”妈妈惊愕地瞪大了眼睛。

十多年以后，当我戴上了牛津大学的博士帽，开着小车回到波德旧地重游的时候，第一件事情就是带领爸爸妈妈回到我的小学，这是我人生当中的第一所学校，推开大门，熟门熟路地穿过走廊，直奔校长室。我看到校长室门口的走廊上，依然面对面地横卧着两条熟悉的木头长板凳。长板凳是用漆成绿颜色的木条钉成的。我走了过去，然后坐下来说：“在我一开始上学的时候，最多的时间就是在这条凳子上消磨的，这就是反思凳。”

爸爸和妈妈走了过来，排排坐到我的身边。当时正值暑假期间，偌大的学校里，只有一个打扫卫生的墨西哥女人在拖地板，夕阳从门顶上面的玻璃窗里滑了进来，跌落在我们的身上。良久，妈妈说：“我怎么感觉到自己好像回到小时候，做了错事，被罚到墙壁角落‘立壁角’。只不过‘立壁角’倾向体罚，而‘反思凳’则是脑子里的‘清算’。”

不知道这个“反思凳”是谁想出来的，是我们那所小学独有的，还是全美国共有的？这实在是非常聪明的念头，再会闯祸的小孩只要坐在上面一两个小时，不用教训，也会变得安静下来，说不定还会改换了一个人。想起来当年我那副闯祸坯的样子，几乎天天都要从反思凳上领出来，不由笑出声来。记得好像只有一天，我高高兴兴地跑到妈妈的面前说：“妈妈，妈妈，我今天没有坐反思凳。”

“为什么?”妈妈摸了摸我的脑袋，似乎今天有些不正常一般。

“因为今天反思凳坐满了，老师就放掉我啦!”

妈妈哭笑不得，不料回到家里，我一放下书包就跑到路口去张望，妈妈追出来问及缘由，原来是我的朋友千明还坐在上面呢。

千明是个日本孩子，他的爸爸在京都大学教书，学校里派他过来进修，于是全家都跟过来啦。千明是个插班生，第一天上学，就和我打了一架，两个人在操场的沙坑里滚来滚去，额头砸破了，鼻子也打出了血，立刻被那个老处女捉牢，一手一个拎到了反思凳上，等待校长来处理。

这一天校长好像外出开会，把我们忘记了，结果我俩坐在反思凳上特别长久。一开始我们还坐在那里哼哼唧唧地抽泣，做出一副委屈相，后来哭累了，无聊了，便开始相互打量。我发现这个不会说英文也不会说中文的小朋友怎么长得和我一样的呢？黑头发黄皮肤，两只眼珠子也和我一样，是漆墨黑的。

我想了想，轻轻地踢了他一脚，他也轻轻地回了我一脚。就这样，你一脚我一脚，你一拳我一拳，我突然大笑起来，千明也笑了，并从书包里摸出一只变形金刚，这和我的那个是同一品牌的，我也摸出来了，用大拇指在变形金刚的肚子上蹭来蹭去，显示出同样的标志，验证不是盗版，两个人就熟识起来了。等到校长回来的时候，只看到两个英语不通的孩子，正趴在反思凳上用画画的方式交流，问及刚才的打架，我们俩早就忘得精光，好像从来也没有发生过一样。

很快，我和千明就变成了形影不离的好朋友。前几天，我一个人被捉到反思凳上，千明趁着没人注意，一下子坐到了我的旁边，陪我受罚。今天我原本也想和千明同甘共苦的，只因为反思凳上实在是人满为患，挤不进去啦！再加上老师也发现了我们的伎俩，有意要把我们分开。

我想起来当年在幼儿园里三只蝴蝶的故事，此刻好像也没有强制性地让你们复述，你和千明却自觉地做到了：“我们都是好朋友，要来一起来，要走一起走。”不知道是不是符合当年的教育思想。

这天你在路口终于等到了千明，两个人开开心心地在停车场上奔来奔去。我和伊站在客厅里的窗子后面观看，越看越看不懂，我说：“这两个小人从反思凳上下来，就好像是老虎出笼，你看，那些小美国人都跟在他们的后面，再也不敢欺负他们啦。”

伊一边喝茶一边说：“看上去他们要比美国人矮出一截，身坯也没有美国人壮，但是你没有发现吗？这个小日本人天不怕地不怕，打起架来有一股拼了命的、不怕死的精神，这种不怕死的人是谁见了都会害怕的。”

“很有道理，但这又不是‘一不怕苦，二不怕死’，不要走上歪道就好了。”我开始担心。伊马上安慰我说：“不会的，你不是一向标榜自己有一套教育方法吗？”

是的，一想到这里我马上把你捉回来，立在爸爸的遗像下面，点着你的鼻头说：“记牢，侬可以闯祸，但是不可以偷东西；侬可以打架，但是不可以把别人打出血。”想了想觉得还缺少一条，立刻加了上去：“别人好的，侬不一定都要好，但是功课一定不可以落后。”

说完就把你放了出去，不料你刚刚走出去又立马逃了回来，还把大门反锁，贴在门背后一动不动。我一吓，连忙问：“啥事体啦？世界大战发生啦？”

“比世界大战还吓人！”你惊魂未定地说。原来，这天千明忘记拉小提琴了。千明和我们住在同一个宿舍大院，那对日本夫妇没有被灌输过独生子女的教育，不知为什么却和我们一样，自觉遵循只生一个孩子的规矩。只是日本人对子女的教育非常严格，独养儿子也不放过，说一是一，说二是二，规定好的时间没有拉琴，那是绝对不能放过的。两个人齐心合力，把个小小的孩子教训到赤着脚站在冰冷的水门汀地上，只有“哈伊，哈伊”的份了。

后来和千明的母亲交流，她说当时有关小提琴的计划也是大家一起商量决定的，既然是已经决定了的事情，就要做到，这就是她的原则。和千明的母亲变成朋友以后知道，听上去他们家里的大小事情都是通过家庭会议决定的，事实上多数是他们夫妇俩商量好了，再以家庭会议的方式让千明同意，这实在是个好办法，既民主又专制。

时间过得真快，一转眼就到了寒冬的季节。这天是周末，早上起床，我拉开窗帘一看就开心得跳了起来，我说：“下大雪啦，今天是周末，我可以到前面的小山坡上去滑雪了！”

话音未落，只听见嗵嗵嗵一阵敲门。妈妈走出去，刚刚把门锁转了一个圈，大门就被推开了，紧接着千明好像一粒子弹一样蹿到了我们的客厅当中，扑到地板上。妈妈吓了一大跳，生怕他跌痛，还没有来得及过去把他扶起来，他倒一骨碌地站到了妈妈的面前，一边鞠躬一边说：“对不起，早上好，我是来找小狮子出去滑雪的。”

妈妈低头一看，只见千明光着一双小脚板，上身穿着一件敞开的滑雪衫，下身却是一条短裤。妈妈说：“啊哟，你不冷的吗？快穿好长裤，再去滑雪。”

妈妈一边说一边到壁橱里，找出我的绒裤递给了千明，但是被他拒绝了。千明说：“日本的男孩子都是穿短裤过冬的。”

妈妈对爸爸说：“日本这个民族实在有点不一样，坚强到了不得不让人佩服。”趁着妈妈在说话，我已经穿戴整齐，夹着滑雪板，准备和千明一起出门啦。妈妈看见了，一把抓我们回来，逼着我们一人喝了一碗牛奶，并吃下去一片涂满黄油的面包，这才放我们出门。

到了门口，千明把两只光脚丫塞进一双高筒的雪靴里，我也穿上了我的高帮棉皮靴。在我们坐在地上系鞋带的当儿，我看见爸爸递给妈妈一杯咖啡，妈妈站在门厅里看着我们说："他们真是无忧无虑啊，希望他们永远都会这么开心。"

爸爸走过来慢悠悠地说："这是不可能的。"

不久以后好婆过来探亲，这是我最开心的了。在好婆面前我是老大，她从来也不会骂我的。可是这次有点不一样了，她刚刚来的第一天，就看见千明和我在停车场上奔来奔去，立刻把我拎了进来，她气急败坏地用手指头点着我的额骨头说："侬怎么可以和日本人做朋友的啊？侬不看看他的眼睛是黑的，他的心也是黑的，日本人是最黑心的人了，当年打到中国来，把我姆妈的妹妹活活烧死了……"

紧接着，也不管我是否听得懂，就给我大讲起那段历史来了。好婆讲故事最大的特点就是象声词，于是在轰炸和子弹的呼啸当中，我第一次认识了这场战争。这天晚上，我睡在床上，两只眼睛直愣愣地瞪着天花板，妈妈走进来看了看我说："小狮子啊，开始有苦恼了。"

我没有回答，只是一骨碌地从被子里跳了出来，奔到厕所里，趴在镜子前面看了半天说："我的眼睛怎么也是黑颜色的啦？"

妈妈没有说话，爸爸在一边说："你还小，长大就会变成褐色的了。"

事后我轻轻地对伊说："蛮奇怪的，你的眼睛倒不是黑色的，你的母亲才是黑色的呀。"

伊说："这叫隔代遗传。"

你祖母的母亲是个日本人，这是一个除了我的母亲和你以外，大家都知道的不是秘密的秘密了。但是在当时这不是一个最让你苦恼的事情，最苦恼的是，你要在你最挚爱的好婆和最要好的朋友千明之间做出选择。

这天下班，伊到丹佛来接我，顺道买菜。刚刚踏进中国超市，就听到一个男人气急败坏的声音：“要打屁股啰！要打屁股啰！”

我笑起来说：“一定是小珍一家也来了。”

伊问：“你怎么知道的？”

我说：“大家都知道，这是小珍丈夫的口头禅，只要他们的女儿一闯祸，不管是大祸还是小祸，当爸爸的就是一句‘要打屁股啰’，却从来也没有行动。弄得那个小女孩越加无法无天，上次在高速公路上竟敢把车门也打开了。”

“哦哟，这是要出人命的呀！”伊说。

正说着，走到鱼摊头，看见小珍夫妇正带领着他们的女儿在挑鱼。小女孩才过了四岁，长得白白净净，却是调皮捣蛋到了极点，而且天不怕地不怕。此刻，她的两只手都伸到鱼缸里去了，弄得到处是水。小珍夫妇正焦急地要把她拉开，她却一边笑一边把水都泼到她爸爸的头上。

看到我们，小女孩站起来问：“小狮子哥哥呢？”

我说：“小狮子哥哥在校外俱乐部，还没有回来。”

小珍一听连忙说：“上学真好，放了学还可以到校外俱乐部，可惜我们的女儿小一岁，我正在让在中国的父母想办法弄一张假的出生证，早一年送她到学校去，我就不用操心了。”

她的话音未落，小女孩已经把蔬菜架子上的西红柿拨拉到了地上，小珍的丈夫又在狂叫：“要打屁股啰！”

我摇了摇头，原本想说些什么，一转念想起来这好像是大多数中国父母的通病。当年在上海，姐姐也是这样。有一次姐姐的儿子不听话，姐姐对着他大叫“要打啦”，我在一边听不下去了，说：“你没有力气，我来！”

不料刚刚把手举起了，后背就被姐姐狠狠地打了一巴掌，力气大得一塌糊涂。我感到委屈，母亲在一边笑道：“这就叫多管闲事。”

想到这里暗自发笑，于是看着正在地上发脾气的小女孩说："哦哟，这么漂亮的小姑娘，弄得好像垃圾堆里爬出来的，快让你的妈妈给你擦擦干净，对了，这就好看多了呢。"

接下去大家快手快脚地选购了一些中国菜，便各自回家。回家的路上，我对伊说："吓煞人了，让我再要一个小小孩，那是打死我，我也不要的了。"

"小狮子会不会孤单啊？"伊有些忧心忡忡地说。

我说："不会，现在他有千明，将来还会有新的朋友……"

话音未落，小车一个转弯就进入了家门口的停车场，老远看到你和千明正在那里大喊大叫。我说："母亲规定小狮子一个月以后要和这个日本人再见，希望小狮子可以处理好这件事情。"

幸亏一个月还没有到，千明父亲的进修期满，就要回到日本去了。这是放假前的最后一天，也是千明要离开美国的前一天。过了放学的时间，我还没有回家。妈妈有些焦急，便决定徒步到我们的学校里去看一看。外面下着细雨，这在我们所居住的科罗拉多州是很稀奇的事情，妈妈故意没有带伞，敞着头，让雨雾洒满了脑袋。在烟雨朦胧的远处，失去了小朋友们喧哗的校舍，孤零零地站立在那里。

推开了虚掩的玻璃校门，里面已经是空无一人了。妈妈是最了解我的人了，她想了想，决定直奔反思凳。果真，老远就看到了两个小人一并排地安坐在那里，就是我和千明。我们已经坐在那里很久了，正在讨论长大以后的事情，千明邀请我到日本去，他说他的妈妈是东京最佳导游，她会带我爸爸妈妈到东京的旅游景点去游览，而我们就可以自由活动啦！讲到这里我们都开心地大笑起来，只是殊不知，这个美好的计划，始终没有机会实现。

雨还在继续，天色渐渐昏暗，我们俩还坐在那里，仿佛忘记了时间。这时候千明的母亲也过来了。她无声地站在妈妈的身边，两位不同国籍的妈妈，生怕惊动到我们，只是远远地站在那里，静静地注视着温馨的一幕。良久，那位日本妇女，把食指竖到了嘴唇的中间，示意离开。

走出校门，千明的母亲和我妈妈坐到了室外的廊椅上，注视着雾蒙蒙的烟雨，各自想着各自的心事。妈妈后来说：“我不知道她会不会和我一样，想到了那场战争，我仿佛看到母亲娘家的豪宅，在日本人的炮火之下化为灰烬，好婆的妹妹在烈火当中呼救……”

“我想，今天晚上请你们小狮子来我家吃寿司好不好？”日本妇女说。

妈妈的脑子一下子没有从战争的炮火当中别转过来，脱口回答说：“不，不大好。”紧接着又加了一句：“我想还是让他们俩单独到必胜客去吃一顿比萨好了。”

这天晚上，我和千明在必胜客的店堂里一直磨蹭到最后，我们商量好了，离别的时候不要说“再见”，只是相互击掌，就好像我们明天又会在一起一样。

千明回到日本以后，写信过来，他说他觉得自己长大了，再也不属于无忧无虑的小孩子了。每天下课以后回到家里，教授公寓前面的停车场上空无一人，连一个小松鼠也没有。他无聊地放瘪了所有汽车的轮胎，既没有大人来训斥他，也没有小人来加入他，甚至没有小女孩告发他，一点点刺激感也没有。他说他一个人坐在家门口的台阶上，想念着反思凳。

千明还告诉我，日本和美国完全不一样，那里的孩子放学以后，立刻马不停蹄地背起一个更大的书包，辗转于各种补习学校和课外学校之间。这些学校从语文、数学、科学到音乐等等应有尽有，孩子们必须在其间把自己一直消耗到精疲力尽，天黑了才能回家。然后还要完成大量的作业。千明很喜欢唱歌，记得他在美国的时候，常常对着落基山大声地歌唱，有些沉闷略带沙哑的童音，让人感到日本人的刚毅和深沉，他说过他想当个歌唱家，于是我一直很关注日本的歌星，希望有一天可以从中找到他。只是不知道在日本填鸭式教育的压力之下，千明后来还有没有唱歌。

关于反思凳，我写过一篇作文。刊登在当地的华文报刊上，题目就是《反思凳》。《反思凳》讲的是我和千明之间的故事，其中特别讲到那场残酷的战争，我说："我真希望那个时候可以有一个反思凳，大家坐在那里好好地反思，也许一切就会和平了。"

《反思凳》获得了华文报刊上的作文一等奖，还有一百美元的奖金。我说过这一百美元要等千明来美国的时候一起去吃比萨，可是没有机会，这一百美元一直存放到现在。

校外俱乐部

千明回日本了，每天放学以后，你就一个人到校外俱乐部去消磨时间，一直要等到伊从学校里回来，才把你接回到家里。美国这一类的俱乐部很多，从几十美金一周到几百美金一周。当然钱越多就越高级，而平民百姓多数参加YMCA。付上一点钱，就可以让小孩子在那里一直待到天黑。

一开始我还以为YMCA就是一个专门面向小学生的校外活动俱乐部，后来才知道这是“基督教青年会”，已经有一百多年的历史了，创立于英国伦敦。那里除了学生的校外活动室，还有图书馆、运动室、游泳池等等。参加这些活动，都是要另外付费的。

夏天的时候，科罗拉多的太阳就好像不会掉下去一样，都已经是晚上七八点钟了，天光仍旧大亮。这天吃完晚饭，收拾了碗筷，你还没有回来，想起来这几天你在校外俱乐部学游泳，一定是在游泳池里忘记时间了。于是换上便装，步行到校外俱乐部去找你。

校外俱乐部的游泳池不远，只要穿过前面的大马路就到了。还没有走到跟前，就听到里面人声沸扬，高高的滑梯上面不断有小孩子滑下来。我拔开铁门上的插销，自行进入。在这里不游泳不用买门票，站在旁边看看是什么人都欢迎的。大概是天气有点燥热，游泳池里的孩子特别多，周边的家长也很多，不少是熟人。那个不让你和她儿子做朋友的萧太太也来了，他们全家都围牢点点的弟弟雷雷，看着他在浅水区游玩。这个孩子长得虎头虎脑，讨人喜欢。

我踮起脚来张望，一眼就看到你和一群小朋友在跳水，远远看过去就好像一只只小青蛙，上上下下活络得一塌糊涂。看到我，你兴奋地跑过来拉着我说："今天我学会跳水啦，妈妈侬看我跳好吗？"

"好的，妈妈总归欢喜看你的。"话音未落，只看到你单脚踏到跳板上，朝上一蹦就跳到了水中。站在你后面的是点点，他似乎有些犹豫，东欧的彼得奔到他的后面，看见他要跳不跳的样子，就挤到他的前面去了，两脚一蹬，用力一跳，竟然把点点也一起带到了水里。

啊哟，不好了，点点怎么咕咚咕咚地吞水啊？两只手在水面上抓来抓去，好不容易浮上水面，苏联孩子谢尼亚又从上面跳了下来，刚好压在点点的身上。点点彻底沉下去了，水面上浮起一长串的气泡，我吓得大叫起来："救命！"

彼得听见了，转过身体说："什么？点点不会游泳吗？"话音未落就从后面揪住了点点的头发，我看见点点煞煞白的小面孔再次浮出水面，鼻涕眼泪一大把，彼得连忙猛击他的后背，点点终于呛咳起来。即刻，我忘记了点点的母亲骂过你，连忙奔过去，把萧太太叫了过来。被大家七手八脚拖到游泳池旁边的点点，一看见他的母亲，立刻哭出声来说："妈妈呀，我差一点就死了呢！"

不料萧太太两条眉毛竖起来，嘴巴一张就劈头盖脸地骂了过去："死就死去吧，我还少了烦心。你怎么这么笨？什么都不如你的弟弟，读书比不上就算了，怎么游泳也不行？快爬起来滚回家去！"

点点在那里淅淅沥沥地抽泣，却让我受到了刺激，我想来想去想不通，他的妈妈怎么可以这么无情？一定是多出来的那个小弟弟造成的。这天晚上，妈妈把我安置到了床上，我再也忍不住啦，从被子里爬了出来，紧紧抱住妈妈说:“妈妈，可不可以告诉我，你永远也不会再生出来一个小弟弟?”

妈妈愣了愣，立刻就知道一定是点点的事情把我吓到，连忙回答说:“放心，不会有小弟弟了。”转眼又开玩笑地说:“小妹妹怎么样?”

“不要!我只要一个姐姐!”我叫了起来，神态极其认真。

妈妈大笑，抱紧了我说:“妈妈什么也不要了，有了一只小狮子，就是有了天有了地，有了太阳有了月亮。”

妈妈说完就让我回到被子里，自己则到厨房里擦洗炉灶拖地板。我躺在床上，闭着眼睛，却怎样也睡不着，点点妈妈的面孔在那里忽隐忽现。我听到妈妈在厨房里忙完了，又拎起沉重的垃圾袋，走出去倒垃圾。公共垃圾箱不远，只是要穿过前面的停车场。

我起身，趴到窗台上，看见停车场上空无一人，安静之极。这时候一辆丰田小卡车开了进来，正巧停到了我们的窗子前面。谢尼亚的母亲从驾驶座上跳了下来，她爬到车子后面的车斗里，搬下来一堆大大小小的塑料袋。然后对着妈妈扯开嗓门打招呼:“孔太太，一直想请你们到我家里来喝茶，却一直抽不出空，真是不好意思。”

这是一个典型的俄罗斯女人，据说年轻的时候非常漂亮，就好像托尔斯泰笔下的娜塔莎。可是时过境迁，这个娜塔莎一过了结婚生子这女人的几大关卡以后，就变成一个巨型的娜塔莎了。此刻这个巨型的娜塔莎正气喘吁吁地站在停车场上，浑身上下散发出来的热腾腾的气息，好像要让整个的停车场都升腾起来了。

她把手里塑料袋安置在地上，然后迫不及待地问:“孔太太，你有没有不要的牛仔裤啊，大人小人都可以，再破再旧也没有关系，只要有个美国的商标在上面就可以了。”

原来这是投机倒把的生意，她在美国收罗旧衣裤，然后运到俄罗斯的老家赚取暴利。我看见她的塑料袋里除了牛仔裤以外，还有一件脱了毛的裘皮大衣，妈妈走过去说：“这种东西也有人要吗？”

她说：“当然，把破旧的地方叠在里面，然后装进塑料袋里封起来，可以卖很多‘萝卜’。”

谢尼亚的父亲是前苏联当官的，后来政治避难逃到美国，整天在家里喝老酒。谢尼亚还有两个哥哥，中学生也喝老酒。我最不喜欢到谢尼亚的家里去了，因为他的家里除了酒臭就是霉变的旧衣服臭。谢尼亚看上去非常壮实却无能，也不大会说英文，常常被墨西哥的贝克欺负。蛮奇怪的，贝克喜欢欺负他，他却还要跟在贝克的后面当跟屁虫，特别是贝克欺负其他小同学的时候，谢尼亚就在那里帮腔，这是我最不喜欢谢尼亚的缘由。

谢尼亚经常逃课回俄罗斯，帮他的母亲跑生意。好像在美国，他是我的同学里面唯一读书留级的人，我已经升入五年级的时候，他还留在三年级。可是十多年以后，我看到一份介绍俄国新贵的画报，其中一个黑衣黑裤风流倜傥的小开，就是谢尼亚。我把这张照片指给妈妈看说：“怎么样，想不通了吧，成功不一定要走仕途。还有当年那个最喜欢欺负谢尼亚的小霸王贝克，侬看，现在变成了谢尼亚的跟班呢，就好像跟屁虫一样。”

这真是风水轮流转。而你的那帮朋友当中，最让我怜悯的是犹太人的后裔乔舒亚，他有些瘦弱，稻草一般的黄发贴在脑门上，是个不声不响对物理很有兴趣的孩子。乔舒亚有些小聪明，那时候学校里举办汽车模型比赛，乔舒亚在他的小车的前方加了一块铁片，结果这辆小车从斜坡上面滑下去时跑得最快，得了个第一。贝克很生气，因为他的小车是由他在修车铺里工作的父亲制作的，也没有拿到第一，于是就用小石头把乔舒亚的脑袋砸出鲜血。

这些都是在校外俱乐部里发生的故事，有一天我到俱乐部里来接你，老远就听到你在那里和贝克对骂，满口脏话，你为什么会变成这样？气到我要发昏，只想冲过去狠狠打你一顿，可是走到跟前却一点力气也没有了，眼泪刷刷地流了下来。

这怎么可能是我们家里走出来的孩子？要是爸爸在天之灵知道了，一定会伤心的。从那天开始，我就再也没有让你去过那家校外俱乐部。我说："把校外俱乐部的费用省下来，买一个'任天堂'的游戏机，你自己在家里玩好不好？"你高兴得跳了起来。

日本人发明的"任天堂"，很有些共产革命的思想。其中的英雄，是个最底层的劳动人民——管道工。这个身着红色服装的管道工，机智勇敢，一步步地打败所有的恶霸，最后打掉皇帝才可以获得全胜。我不知道全世界有多少孩子，都是在这个管道工的影响下长大。我只知道这个"任天堂"在当时非常时髦，除了有个手控电板以外，还有一把可以打鸭子的电枪。

每天晚上吃完晚饭，我们全家都围坐在"任天堂"旁边，举着电枪打鸭子。"任天堂"带给我们很多快乐，特别在压力很大的时候，很可以帮助减压，很可以发泄内心的愤恨。

在"任天堂"带给孩子们愉快的同时，电视里正在播放一部极其热门的动画电视剧《辛普森一家》，这部电视剧好像永远也播不完一样，每天晚上黄金时段都霸占在那里。故事通过一个美国的中产阶级家庭，嘲讽美国的文化、生活、社会等等。看看幼小的你对着电视哈哈大笑，我开始担心，那个叛逆的主角巴特简直是个坏坯子，怎么可以如此堂而皇之地在那里招摇？美国人的教育怎么连好坏也不分的啦？

我把我的想法和大家讨论，得不到共识，幸亏当时的总统老布什出面表示："我们希望每个家庭强而有力，希望他们能更像沃尔顿一家而不是辛普森一家。"不过美国不像中国，总统的声音似乎并没有权威。几天以后，《辛普森一家》竟然公开讽刺总统，真是瘌痢头撑伞无法无天了。唯有我坚决地拥护总统的讲话，不许你穿那件画着巴特并印有“我是差生而且我很自豪”的T恤。

为了对抗《辛普森一家》，决定找出当年从中国带过来的动画片《黑猫警长》。我以为这才是正面教育，可以帮你健康成长。大概是太多时间没有播放了，老式的录像带一下子卡在半当中，屏幕上是黑猫警长走样的定格。

“这个黑猫警长怎么变得这么难看？让我来帮你们修理一下。”伊走过来帮忙。

倒过来倒过去好几个回合，录像机终于战胜了录像带，又开始向前。重新泡上一杯红茶坐到你的身边，啊哟！这是啥事体啦，手里的茶杯也差一点打翻，只看到新式武器砰一记打出去，黑猫警长“哈哈”一声怪笑，小老鼠的尸体横飞起来，手足分离，鲜血四溅。不得了，怎么会有这么多的鲜血的啦？那只老鼠一翘一翘地狼狈逃命，又穷又饿，到处遭打……不对了，我为什么会同情起这只过街老鼠？

回想起来在中国，你最喜欢这部《黑猫警长》了。幼儿园里的小朋友都抢着扮演“黑猫”，手持一根长木头，乒乒乓乓欺负弱者，开心得一塌糊涂。这简直就是正面的教育，负面的效果。但那时候我好像并没有为你的暴力行为担忧，因为我自己也没有意识到这是暴力。现在我完全糊涂了，到底什么是“好”什么是“坏”？

我就好像你为了吃饭的时候两只手捧不捧饭碗撞进中西方文化的冲突当中一样，一下子被中西方教育的差异弄得迷茫。后来和你一起回想起这一段时间的成长过程，你说：“其实《辛普森一家》这一类的动画片，让我们很小就在笑声当中辨别好和坏，而《黑猫警长》这一类暴力片，在美国是属于‘儿童不宜’的。”

美国的电影分级很严格，从儿童片一直到成人片共分5级：G、PG、

PG13、R、NG-17，儿童片里不仅仅排除了“色情”还包括“暴力”等等。多数人都会自觉遵守，有的电影院门口也有检查身份证的。

妈妈总归认为《辛普森一家》是最害人的动画片了，我告诉她，校外俱乐部和校车要比《辛普森一家》吓人许多。俱乐部里的辅导员多数是志愿者，没有经验，而且人数很少，没有办法照顾到每一个孩子，那里面打架、骂脏话，就好像是家常便饭。我骂人的脏话都是在那里学会的。至于校车那是更加混乱的地方，特别是最后面几排座位。因为校车上没有老师，只有一个司机，司机不可能一边开车一边看管大家，又是各个年龄段的小孩子都混在一起，高年级的学生在那里贩毒的都有。这就是我不愿意坐校车，宁可走路的缘由。听到这些故事以后，妈妈决定自己每天开车送我上下课。她说:“辛苦是辛苦，却可以减少很多麻烦。”

对此，我非常感谢妈妈。

因为开车送我，天天穿过一所公立中学。公立中学的前厅有一间朝阳的大房间，正面墙上有一长排落地玻璃窗，所以一眼可以看到里面。妈妈问我:“这是什么地方?”

我说:“不知道。”这是我第一次注意中学部，看上去像是一间设施齐全的婴儿室，除了一排排整齐的婴儿床以外，还有活动区，坐车、玩具应有尽有。妈妈说:“大概是教工的福利。”

我问:“什么叫‘教工福利’啊?”

妈妈没有回答，只是自言自语地说:“这里的教工好像没有那么多哺乳期的妈妈，哪里会冒出来这么多的婴儿？让我去看看。”

这一天我把你送进小学以后，特别到中学部的门口张望，只看到有一些女学生在那里抱着幼小的婴儿哺乳。

难道这就是传说中的学生妈妈？也太年轻了一点吧？真的是学生妈妈呢，她们哺乳之后，直接把孩子交给了里面的育婴员，就回到了她们本来的中学生的面貌，蹦蹦跳跳一身轻松。这些小妈妈，自己还是一个孩子呢，有的还是初中生，最多十五岁，怎么就发生了这种事情？好像一点难为情也没有。

是不是美国人和中国人的生理结构不一样？我弄不懂。你们低年级的班级里有一个美国小朋友，小得一点点的小男生，就会躲在树丛里，和小女孩亲来亲去，真是莫名其妙，我为你是个中国孩子庆幸。

正想着，外面走过来了一个中国孩子，竟然也是一个学生妈妈，因为矮小，那个沉重的婴儿几乎把她覆盖，她怀里抱着婴儿，背上背着书包，胳膊上还挂着一个巨大的婴儿包，踟蹰地拖着重负向前迈步。我突然动了恻隐之心，快步走过去，帮她抱起了小宝宝。

这时候我看到这个婴儿小得连眼睛也睁不开，红通通的，满脸是皱纹。原来这个婴儿刚刚生下来三天，美国人没有坐月子这一说，生了孩子就下地，这个小妈妈算是在家里休息了两天，今天是第一天出来上学，学校还派校车，专门去接了她一次。

我不敢询问她是谁，只是帮她把孩子送进了育婴室。回到家里把这个故事告诉伊，伊说："哦，这是访问学者老王的女儿，他们夫妇离异，老婆跟了个美国人，女儿没有人管，不知道怎么回事，出了这么档事情，也不肯讲出来婴儿的爸爸是谁。"

"早先干什么啦？怎么不会去把孩子打掉的啦？这个年轻的妈妈将来的前途都要毁了，会遭受多少歧视啊。"我很为这个当妈妈的担忧。

"你不知道在这里堕胎是违法的吗？没有生出来的也是生命，堕胎就是杀人！"伊头也不抬地对我说。

我困惑了，这一次是被美国的法律困惑。可是后来听说这个女孩子带着她的孩子读了个护士学校，毕业以后成为当地最大医院里的优秀护士，还当了护士长，比许多乖孩子成功很多，也没有人歧视她。几年以后又结婚生子买房子，这就是美国人吧。

我想起来中国人的那句老话“三岁看大，七岁看老”，在这里怎么一点作用也不起？不知道是不是东西方的天时地利人和不同，各人走上了各人完全不同的路？

美国很多地方都和中国不同，记起来你小时候每天上学，都要经过一面挂满了小星星的墙壁，每个小星星里面还有一张小朋友的照片，这是学校里每个班级的一周之星。美国小学一般一年分上下两个学期，每个学期十八个礼拜。一个班级只有十几个孩子，几乎每一个孩子都会在一个学期里上一次“一周之星”。这不是绝对的轮流，却是绝对的鼓励。

连你这样一个皮小人的照片，也曾经挂到了那面墙壁的上头，为此我和伊特别过去拍照。这就是美国，不知道那个把你的照片挂上去的老师，在那一刻是否意识到，她的一个小小的举动会给你多么大的鼓励，并且影响到你以后的道路？

就好像是那个访问学者老王的女儿后来说：“那天，一个中国妈妈过来帮我抱孩子，让我第一次感觉到中国人对我的理解和接受，给予我抬起头来的力量。”

这就是正能量的作用了。

糊涂虫

妈妈最喜欢出我的洋相了，一出我的洋相就会说:“小狮子啊，论及你小时候的糊涂，实在是没有人可以比拟的呀。”

讲老实话，在我九岁以前，所有的事情都好像是朦朦胧胧的，整天就生活在云雾当中。鞋子反穿，袜子穿错都不是稀奇的事了。这一天是星期五，按照惯例妈妈都会到我们学校来做义工。正巧我要到厕所去，看到妈妈站在失物招领处的玻璃橱柜的前面看来看去，满面孔百思不得其解的样子。她一回头看到我，立刻就把我叫到跟前，她说:“这是什么东西啊，怎么会高高地挂在这里啊?”

我一看，吓得连忙逃到老老远。那里面竟然挂着一条我的内裤。内裤是妈妈亲手缝制的，正当中还绣了一只小狮子，不可能搞错。可是我想来想去想不通，内裤怎么可能掉在操场上又被挂到失物招领的橱柜里了呢?妈妈把爸爸叫过来，他站到妈妈的身边和妈妈一起，看着玻璃橱柜里面的内裤，一副抓耳摸腮的样子。

只听到妈妈在那里喃喃自语:“这种事情怎么可能发生?”

突然，爸爸一拍脑袋说:“一定是换上了新的内裤，忘记了把旧的内裤从长裤里拿出来，这样到外面跑来跑去，旧的内裤就从裤脚里掉出来了。”

爸爸刚刚说完，妈妈就大笑了起来，一直笑到周围的过路人都停下了脚步，莫名其妙地看着妈妈，最后大家因为妈妈的笑，而一起笑翻。只有我，一个人躲到教室的角落里去了。

妈妈还告诉我，那时候为了我的糊涂实在是伤透了脑筋。她每天下班回家，第一眼看到我，都会问出一个同样的问题："今天中午吃什么？"

我永远都是认真地眨巴着眼睛，想了半天，吐出来一个同样的回答："想不起来了。"妈妈把我拉到身边，摸着我的左脑勺，眼泪也要流下来了。妈妈说："我的小狮子啊，你真的被夹坏了吗？"

我一点也听不懂妈妈在说什么话，只有好婆在旁边气不过了，她说："不要把我们的小狮子当戆大，他只不过是还没有开窍。"

什么叫"开窍"啊？突然，就好像是从天上掉落下来的声音，这是一个会翻白眼的巫婆，巫婆对妈妈说："为了这个小狮子，你有得操心了。一直要操心到他入命！……"

妈妈记住了"入命"这两个字，于是一遍又一遍地追问："小狮子什么时候可以入命了呀？"

巫婆没有回答，我蹲下身体，趴在泥土地上挖土。这是在上海一幢洋房的后花园里，我被接生婆从另一个世界夹出来以后，又在一间放满了婴儿的房间里待了几天，我想说这间房间有点像火车站，我只是其中等待转车的旅客，马上就被好婆抱到这幢洋房里来了。从此，我的生命就从这里开始了。

巫婆总归喜欢说我的根在这里，可是到底在哪里呢？巫婆没有说，我猜想在土地里，就好像窗子前面的那棵无花果树一样。我想看看我的根到底是怎么样的，所以一逮到大人不注意的机会，我就在那里挖土。正在这当儿，巫婆穿着一件红色线绨被面改制的小褂，一闪身就从篱笆门外钻了进来，她从我的铲子底下抓起一把土说："带上这把土，这就是你的土，你的命，你的根！好自为之。"

我更加听不懂了，幸亏妈妈来了。

我从巫婆的手里抓过那把土，那是在我离开故土的前一天。和巫婆最后说“再见”的情景。

我笑道：“不要这么一本正经好不好，我又不是不回来了，等我有问题的时候，一定会来找你的。”

巫婆翻了翻眼珠子说：“你我之间，缘分已尽，今生今世不再见面。”

我从鼻子里“哼”出一声冷笑，表示了不予相信。而巫婆对我的冷笑回敬了一个白眼，然后把我手中的泥土装进一个和她的衣服同样面料的口袋，塞回我的手里，接着就从篱笆的门洞里消失了，从此我和巫婆再也没有见面。

我曾经拨打越洋长途，发送航空邮件，巫婆都没有回答，差使姐姐前往寻找，回答是：“那片农村的土地，早已变成了高楼，过去的景象一去不返，面目全非了。”

我大叫：“巫婆在哪儿？我忘记问她小狮子什么时候可以入命了呀！”此刻我是多么希望巫婆出现，可是看起来无缘，再也没有人可以告诉我你的前路，只好听天由命了。

啊哟！不好了，我怎么忘记了那把土放到哪里去了呢？于是翻箱倒柜地把个壁橱弄得好像惨遭抢劫一般。还好，在皮箱的夹缝里，找到了那只红口袋。我小心翼翼地拿起来，捧到了阳光底下，先把院子里褐色的山土挖掘开来，再把我的土撒在当中，我要把我的土和这异乡的土融合到一起，变成一片滋养你的土地，假如我真的可以变成一片滋养你的土地，奉献我的全部也在所不惜。

正在我专心致志地完成这一切的时候，你拿着一只折得歪歪斜斜的纸飞机从房间里跑了出来。你开开心心地来到了我的身边说：“妈妈，侬看我折的飞机。”说着一甩手，就把手里的纸片飞了出去，纸片直别别地飞到二楼阳台上。

“啊哟，这是什么东西打到我了呀?”二楼的陈太太细声细气地叫了起来。

我连忙抬起头来对她说：“对不起，对不起。”陈太太也是上海来的，当年老三届的高中生，因为逃避插队落户，长期待在家里“生病”，后来嫁给了一个老大学生，“文革”以后，老大学生通过他父亲大学里的同学担保，自费出国读博士，陈太太就带着儿子出来陪读了。陈家的儿子比你大几岁，功课很好，文文静静的，是大家公认的好孩子，可惜和你玩不到一起。

有一次我到学校里去接你，回家的路上，看见陈太太的儿子被几个白孩子打到水沟里，正想过去把他拉出来，你对我说：“别人欺负我的时候，他最最喜欢夹在当中帮腔，有时候踢我一脚，有时候打我一拳。他的朋友都是学校里高年级的大亨，其实别人并不把他当朋友，他不过是那些人的跟屁虫。好婆讲，这叫欺善怕恶。”

“以欺负自己的同胞，换来一时安全，这是最不好的了。”从此，我对这个孩子不看好。但是后来这个孩子也很成功，当年的行为大概是应对这个社会必须要的一种方式吧。不过他的母亲陈太太，实在是一个非常客气的上海女人。讲起话来慢条斯理，走起路来脚尖脚跟一条线。这天正在打扫阳台，你的纸飞机落到了她的身上。她弯腰拾起已经散了架的纸飞机，用手抹平了纸张看了看说：“小狮子啊，这好像是侬的回家作业啊，快拿下去，明天要交的呢。”

什么？我还会有回家作业的呀？这是我第一次知道“回家作业”这四个字，自从我上学以来，老师从来也没有要我们做过回家作业，也许她说了，只是我没有注意。有时候她会丢一些红颜绿色的纸头在我们的桌子上，我顺手一塞，就塞进了书包里。这些纸很牢，撕不开，做纸飞机最好了，可以飞得很远很远。

妈妈在一开始倒是天天要询问回家作业，也会查看我的书包，里面除了几张乱七八糟的破纸头之外，什么也没有。久而久之，妈妈便以为美国学校是没有回家作业的呢！听到陈太太的话语，才知道那些破纸头就是我的回家作业。于是还没有等到我回过神来，她已经“噔噔噔”地蹿上楼梯，从陈太太的手里接过了那张皱皱巴巴的纸头。

妈妈拿下来的是一张淡绿颜色的打印纸，上面印着几只大大的气球，每个气球里都有一道简单得不能再简单的算术题：1+2=？3+4=？……这种题目就是回家作业吗？简单，太简单了。用不了几分钟就可以完成的。但这毕竟是我第一次做回家作业，妈妈对此非常慎重，她先是帮我把铅笔削好，再把我抓到水池前面，把手清洗干净，最后才让我坐到写字桌前面，一本正经地做功课。

半个小时以后，妈妈走过来检查，发现我正对着那张纸发呆。凑到近处仔细一看，她说：“算术题倒没有做错，只是那几个阿拉伯数字写得横七竖八，好像蟹爬。咦，最后一题怎么没有做啊？”

气球外面的有道题目是：“假如全部都做对了，加在一起就可以是一个5！”

“我因为做不来，才停在这里的。”我说。

“这是什么意思啊？”妈妈想了想，拖了把椅子坐到我的旁边，和我一起把纸上的算术题做了一遍又一遍，加减乘除都用上了，那个答案就是没有办法变成一个5。看看天色已黑，快到做饭的时间了，趁着爸爸还没有回来，让我先到楼上去问问陈太太的儿子。

陈太太出来开门，问清缘由就把她的儿子叫了出来，这个刚刚才被几个白孩子打到水沟里的小人，现在已经清洗得干干净净地坐在那里做功课。听了我的求助，便趾高气扬地快速阅读了一遍题目，然后不屑一顾地回答：“意思就是加在一起是一个5！”

我还是听不懂，站在一边的陈太太也急了，她冲着儿子说:“侬好好回答好不好，不要讲外国话，侬的话不要讲小狮子听不懂，就连侬的妈妈我也听不懂呢!”

“我已经讲得很清楚了，意思就是加在一起是一个5嘛!”那个男孩子直起了脖子。妈妈看见他们母子开始争执，便找了个借口灰溜溜地叫我下楼了。她说:“以后就是天塌下来，也不去求助了。”

回到家里的时候伊也回来了，这个我们全家学历最高的人，看了半天也看不懂你的作业。于是我决定第二天请两个小时的假，陪你去问问你的老师。第二天的早上，我们一起步行到了你的学校，老远就看见你的班主任站在教室门口，你举着那张把我们全家都逼迫到了死角里的回家作业，朝着老师奔跑过去，我看到女教师笑着向你伸出了一个巴掌，让你也张开你的五指，然后对击了一下，我突然明白了，这就是拿到了一个“5”，表示鼓励，表示成功。

啊哟，这算是什么名堂啊?如此简单的一个“5”，差点让我发疯。这不是算术题，而是美国人的文化，不了解这种文化，我们这些新移民便常常会弄出笑话。回到家里和伊谈及这件事，伊说:“老早就告诉过你了，不要老是限制小狮子看电视，看录像带，这些都会帮助他了解美国文化的呢。”

那以后，我允许你每天都可以看电视了，不过先要看新闻，而且还要记下来，复述给我听，一开始是复述五条新闻，后来是十条，以后发展到报纸和广播，这实在是帮助你开阔眼界的好方法。后来习惯了，一直到现在，你还时不时地会在长途电话里告诉我新闻消息。

至于录像带，则是周末的节目，每到那时候，我们就带你到附近的超市去租录像带。那时候在美国的中部地区，每个卖小菜的超市门口，都会有一排出租录像带的柜台。到了那里，伊就和你一头钻进去，各寻各的，很快就抱出来一大堆的录像带。后来我发现，这是你最开心的了。于是每到星期五，把你从学校里接回来，就拉着你的小手直接到那里去挑录像带了。

这一天，我们又过来借录像带了。已经有些熟识的收银员看了看你手中的动画片 *The Land Before Time* [1] 说："这盘带子，你已经来借了九次了，租借费早就超过买一盘录像带的价格，很不划算，要不要换一盘？"

我吓了一跳，查看你以往的租借记录，真的是一次又一次重复租借了九次。我说："侬这是有毛病啊？今天换一盘，两盘好了。"

你摇了摇头，固执地捧着同样的录像带回家，看了第十遍。

The Land Before Time 讲的是一只名叫"小脚板"的雷龙，因为地震而失去了家园，不得不长途跋涉地走上了寻找新的家园的道路。那里面的千辛万苦和不屈不挠，让你被撼动。只看到你笔笔挺地坐在沙发上一动也不动，一遍又一遍地观看这部录像。我觉得你简直就变成了"小脚板"同舟共济的伙伴，在艰难困苦当中行进。这不就是现实当中的你吗？

回想起当时的情景，你后来对我说："我小时候真的有点木讷，一盘带子重重复复看十遍还要看，侬小时候有没有同样的经历？"

我想了想说："有是有的，但那是最痛苦的经历。完全不是自己的选择，而是强迫性的规定。小学刚刚读了三年，撞进了那场'文化大革命'。反反复复一遍又一遍地阅读毛语录，一直读到闭着眼睛也会读出来啦，还要读。"

说着我就闭上眼睛给你背了一段"世界是你们的，也是我们的，但是

---

[1] 美国动画片，中译为《史前时期的大陆》，又译为《小脚板走天涯》，主角是一只名为"小脚板"的恐龙。——编者注，下同

归根结底是你们的”，还配上手舞足蹈的动作，不料你听了笑得前仰后合。你说：“蛮有意思的。侬要感谢这本毛语录呢，侬的认字读书都是从这本小书开始的，怪不得侬会被誉为‘写情老手’呢，毛语录很煽情的，侬都学到骨头里去了呢。”

“不要乱讲，妈妈为此吃了多少苦啊？”我刚刚想重复那些老故事，你噔噔噔跑上楼，从你的书架里抽出一本红颜色英文版的《共产党宣言》。

你说：“看，我也有你们那个时候的红宝书的呢。”

我一看就说：“哦哟，这不是侬姨妈结婚时候，别人送来的‘最珍贵’的礼物吗？那时候结婚，最多的礼物就是这种东西了，因为侬的姨妈是英语专业毕业，送她一本英文版的马克思著作算是高级的呢，还记得她捧在手里哭不出笑不出。这种东西丢又丢不出去，放又没有地方放，现在怎么会到侬手里来的？”

你说：“这是姨妈专门送给我，特别告诉我来之不易，要我好好学习的呢。”

我听了，笑到差一点岔气。

你说：“不要笑，不要笑，还是蛮有意思的，特别是里面的翻译，大概只有那个时代的中国人才会读懂呢。”

“那个时代”，我一听到这四个字就立刻有一股说不出的感伤涌了上来，就是那个时代耽搁了妈妈多少美好的时光。先是读毛语录，后来又“学工、学农、学军”，最后在应该读大学的年龄没有大学可以上，这让我更加渴望读书。其实我并不知道读书是为了什么，只是因为自己没有，我就一遍又一遍地说：“我要读书。”

巫婆翻了翻白眼说：“做梦。”

这是一个阳光灿烂的午后，坐在巫婆的客堂里的一张条凳上，打开手掌让巫婆给我看手相，我刚刚讲出我的愿望，巫婆就把一口刚刚吞进去的茶水喷了出来。之后，她又抓着我的手掌仔细看了看说："你是个无命拿'士'的人啊。"

看到我的沮丧，她又把在一边跳来跳去的你拉了过来，掰开你的小手说："你的小狮子有'士'，这是一个很大的眼睛，是你们两家祖上仕途交织积累的……"

不等巫婆说完，我就赶快把你的小手合上，这个"眼睛"是你的宝贝啊。我开心地把你抱到怀里。可是在你九岁之前，一想到巫婆的话，我就生气，一定是巫婆看花了眼。最简单的算术题，也要掰着小手数来数去，常常还会数错。因此，我实在没有办法把你和"士"联系在一起。

早上走出去上班，正巧遇到你的小朋友凯文的妈妈，她对我说："我们家的凯文聪明是聪明的，就是粗心，这次大考又没有考好。"

旁边琳达的妈妈说："琳达也是啊，聪明绝顶，却是粗心大意，成绩一塌糊涂。"

又来了，我好像听到苹果在飞机上也讲过类似的话。无论是中国人还是美国人，全世界统一。每一个当妈妈的，都会毫无理由地为自己孩子成绩不好找出借口。我是一个学过教育的人，我很清楚，聪明和粗心不可能完全搭到一起。从来就没有"粗心"这一说，在我的眼睛里"粗心"多数来自不熟练。永远也不要为孩子的错误找出安慰自己的理由，这是自己骗自己。

可是你除了不熟练不会读书以外，好像还有其他的问题，我又想起了你的左脑勺。我已经软硬兼施，竭尽全力了。记起来你最小的时候，我在上海的《为了孩子》杂志上写过："我只希望我的儿子是一个愉快健康的人……"我想我只好认了。

但是妈妈你知道吗？那时候我是最愉快的，尽管学校里拿回来的考试成绩，多数是3分，偶尔得到一个4分，妈妈就会高兴到了好像捡了个金元宝，走路也要唱山歌了。

这一天，学校的老师又带了一张条子过来，要妈妈火速前往去见她。这种事情在美国是非常罕见的，一定是严重到了要失火的地步。妈妈吓到胆战心惊，一个人不敢开车，一定把爸爸抓上垫背。到了学校，忧心忡忡地推开教室的玻璃门，女教师正坐在她宽大的办公桌后面等待着妈妈。

在美国，中小学老师的办公桌都设置在各自的教室里，黑板旁边的一个角落，算是老师的办公室了。老师们上课不用走来走去换教室，他们永远都坐在自己的位置上，等待不同班级的学生过来上课。看上去老师好像省略了许多行走的辛苦，但实际上却是没完没了的工作，整天和学生们绑定在一起。用好婆的话就是“浑身上下都是小孩子的鸭子臭”。妈妈的朋友苗姨就是一名小学老师，她打电话过来说:“那简直就是要人命的工作，连放个屁也不敢放松。你们看看，我的面孔都憋得蜡蜡黄啦。”

此刻，一个面孔蜡蜡黄的白人女教师正坐在她宽大的办公桌后面等待着妈妈。那时候，我的班主任已经从老处女调换成这个年轻的矮女人了。她一看到妈妈就站起身来，绕过了桌子走到妈妈的面前，她说:“按照我们学校的教学进程，这个学期开始，我们要让学生掌握‘偶数和奇数’，不料大半个学期过去了，小狮子的成绩还是‘0’，这是我们学校里从来也没有发生过的，起码要做对一题吧?怎么一题也做不出来呢?”

女教师一说完，妈妈就从她的手里接过那份0分的考卷，满脸通红地退了出去。妈妈对爸爸说:“美国的算术教学有点奇怪，一年级数到100，二年级数到1000，简单到了闭上眼睛也能完成。‘偶数和奇数’在中国这个数学大国，也要到四年级以后才接触，五年级的‘奥数’练习题里才会出现类似的题目，小狮子只有二年级，刚刚学会数到1000，怎么就要做这种题目了呢?”

后来妈妈告诉我，当时她脸红的缘由，并不是我的0分，而是她自己也讲不清楚什么是“偶数和奇数”。回到家里寻找所有的数学资料，又到城市图书馆查看，那里不是“哥德巴赫猜想”，就是高深的数学定义，弄得一向和文字打交道的妈妈满头雾水，她说:“我整个人的心情都低落到了地板上，黯然沮丧。”

为什么？

我要发疯了！一个小时过去了，又一个小时过去了。桌子上堆满了废纸，上面写满了1—10的数字，有奇数和偶数分开的，也有合并的，有打钩的，也有画圈的，我已经到了声嘶力竭、浑身发抖的地步，你还是两只眼睛茫然地看着我。良久，小心翼翼地问："为什么？"

"什么叫为什么？ 1、3、5……是奇数，2、4、6……是偶数!"面对没有学过除法的你，我感到束手无策，不知道怎样解释。这个时候我真正体会到什么是"黔驴技穷"，正在这当儿，你又做错了一题，把4写成了奇数。一时间我忍无可忍，全面崩溃。歇斯底里地转身扑到厨房里，拔出一把从上海带过来切菜的朴刀，嘭一声砍进桌面，竭尽全力地咆哮："侬要是再做错的话，我就要把侬的手指剁掉一个，成奇数！"

哗啦一声，大门、房门和花园门一起被推开了，楼上的陈太太，隔壁的小珍还有临时的房客老刘都冲了进来，一向矜持的陈太太顾不及平时的风度，三脚两步跳过来，一把抱住了你，小珍和老刘也好像老鹰捉小鸡里的老母鸡一样，把你紧紧保护在身后。

"侬发神经啊?！这是在美国，警察不把侬捉起来，也要把侬的儿子隔离出去，弄不好一辈子也见不到他了呢!"陈太太的声音明显比原本高出一个音阶。

"好了好了，这种什么乱七八糟的东西啊？我们不做了，我带你和我的女儿一起去游戏场打游戏！”小珍说。

“让我来看看，我来教你。”已经当了奶奶的老刘说。大家七手八脚地把你拥到隔壁房间去了，小珍还熟门熟路地从冰箱里摸出两只鸡蛋，煮了一碗水泊蛋，说是给你压压惊。我则一个人坐在沙发里，眼泪也要流下来了。

许久，陈太太和小珍都各自回家了，我仍旧一个人坐在沙发里，远处的落基山疲惫地蜷缩在大地上，无声地席卷起哀叹的风，就好像是埃涅阿斯唱起了流亡的歌。黄昏的阴影里，你轻轻地蹭到我的身边，把那碗一动也没有动过的水泊蛋，举到了我的面前。我的眼泪夺眶而出，反转身体把你紧紧抱在怀里。

“小狮子，妈妈实在是最喜欢侬的呀！只是侬怎么就是拎不清的呢？”

你怯生生地看着我说：“妈妈，不要生气，我知道什么是奇数，什么是偶数了。”接着便竖起了两个手指解释说：“2是偶数，一个数字可以把这个‘2’，一个个正好放进去的就是偶数，假如最后多出来一个数或者少一个数，就是奇数了。”

“侬怎么知道的，是老刘奶奶告诉侬的吗？”我抬起眼睛问。

“不是，是他自己想出来的。”老刘从房间里走出来说。后来老刘告诉我，这实在是很简单的道理，只是我们这些大人从来也没有想过其中的“为什么”，好像这是想也不要想就是顺理成章的事情。只有你一定要问一个“为什么”，这个“为什么”把大人都要逼到发疯。于是老刘和你一起用笔画来画去，在老刘还说不出为什么的时候，你倒自己领悟了，掰着手指头对着老刘讲解了一遍。老刘最后说：“通过教小狮子学习奇数和偶数，我自己也学到了不少东西。”

我不知道你这个“为什么”是从哪里冒出来的，也不知道其他小朋友是不是也有这么多的“为什么”，一直到你长大以后，你一直习惯问“为什么”。特别遇到一些高深的题目，明明都是有方程式的，只要背出来，套套进去就可以了，这是我最拿手的了。可是你，却偏偏要问出一个“为什么”。

我告诉你，这个“为什么”常常是只可以意会不可言传的。特别是在大千世界的变化当中，人与人的关系当中，有多少个“为什么”要你独自面对啊，这就是最残酷的现实。但是你不听，仍旧钻在这个“为什么”的牛角尖里，弄得自己非常辛苦。

然而在当时，当你自己弄清楚奇数和偶数的“为什么”的时候，你实在是高兴的，完全忘记了刚才我对你的发飙。没有容我对你表达内心的疚愧，只是一个劲地向我解释你的“为什么”，又生怕我听不懂，从废纸堆里掏出一张已经涂满了奇数和偶数的草稿纸，翻了个面，然后仔仔细细地一边画一边讲述，一直讲到我闭上眼睛也可以明白其中的“为什么”。

我闭上了眼睛，听着你讲解“为什么”，刚刚还纠结在一起的心渐渐舒展开来，我不知道应该感谢谁才好，只知道你自己弄明白了一个“为什么”！希望这就是巫婆说的“入命”，母亲说的“开窍”。

可是，你没有。

这天我们学校开家长会，美国中西部的小学开家长会，就好像开庙会一样，大人小孩都可以去。我把爸爸妈妈带到了我的教室里，新班主任汉斯先生一看到他们，就把他们带到了我的座位上，而我则自己跑到操场上和小朋友一起做警察捉小偷的游戏了。

透过教室的落地玻璃窗，我看到妈妈坐在我的座位上，汉斯先生倒没有站在讲台上，而是在教室里走来走去，回答各个家长的提问。不一会儿，爸爸明显感到有些无聊，低下头对妈妈说了些什么，便离开了。我猜想爸爸一定是到休息室里，找那些他熟识的家长去聊天了。

妈妈只身坐在陌生的家长当中，样子有些尴尬，我想回进去陪陪她。正好听到一个家长在发问："我的儿子最近好不好？"

汉斯先生回答："好啊，好啊，他是非常地好。"

我一听就笑出声音来了，因为这个家长的孩子是我"反思凳"上的老搭档了。又有一个家长问："我的孩子怎么样？"

汉斯先生给了一个同样的回答："好啊，好啊，他是非常地好。"

我放心了，因为这是大家公认的"坏孩子"。刚刚放学的时候，还特别把所有的东西全部塞到垃圾箱里了。哦哟，不好了！妈妈想干什么？她好像是打消了要向汉斯先生询问我情况的念头，而是自己来查看我课桌的台板底下的东西。我怎么这么笨，应该也把所有的东西全部塞到垃圾箱的。

美国课桌的台板是向上翻起的，台板翻起来以后，里面就好像一个小箱子，可以塞进很多东西，只要把台板盖上就不会掉出来了，很聪明的设计。妈妈把手抓住了台板的两只角，用力向上一拉……我立刻闭上眼睛，只听到妈妈啊哟一声惊叫，来不及把台板盖回去，一个个乒乓球大小的纸团已经从里面漕了出来，落满在地上。

我弯下身体，捡起一个纸团，铺展在桌子上，那上面是几道简单的算术题，还有一些语文练习等等。和你平时带回来的作业不一样，好像都是从同一本书上撕下来的。我越发好奇，干脆把你台板里面的纸团全部翻了出来，到了最后，那里躺着一本撕去大半的书本，书本的封面上有三个数字：3、6、5。

我把书本翻到最后一页，正好是365页，再笨的人也会明白，这一定是学校里发的课外作业本。一年365天，一天做一页，一年完成。我把那些纸团一一摊开，我发现你一页也没有做，只是一天撕一页，然后团在台板里。我倒抽一口冷气，你的胆子太大了，竟敢逃作业？这是在我们的家族里从来也没有发生过的事情！

走廊上响起来嘈杂的脚步，伊拉着你的小手冲了进来。后面是汉斯先生幸灾乐祸的声音："啊哈，小狮子被他的妈妈捉牢啦！捉牢啦！"听上去，他好像不是你的老师，而是你的玩伴，甚至是和你一起坐在反思凳上的闯祸坯一样，这真是让人啼笑皆非的事情。

抬起头来，看到你一副战战兢兢的样子，顿时备感心身衰竭，连发火的力气也没有了。我无声地从包包里抽出一只废弃的塑料袋，把纸团一只一只放了进去，最后是那本被撕去一大半的书。在我完成这些事情的同时，伊始终束手无策地站在一边，而你则诚惶诚恐地睁大了眼睛看着我。

一路无语回到家里，我撑起烫衣板，小心翼翼地把小纸团一一烫平，又用玻璃胶粘贴回书本里。这是一件很繁琐的工作，因为心里的纠结，电熨斗几次烫到了手，很快烫起了水疱。夜深了，伊在台灯底下撰写他的论文，而我还在熨烫小纸团。你穿着睡衣跪在椅子上，趴在烫衣板的一头，提心吊胆地看着我熨烫纸团。我一边操作一边感伤："小狮子啊，侬这么小就不肯读书，长大怎么办？"

想到这里，我的眼泪就一滴一滴掉了下来。

从小到大，我最害怕的就是妈妈流眼泪，我轻轻地从椅子上溜到地上，一声不响地紧紧抱住了妈妈的身子。

妈妈终于把那本书恢复原样的时候，已经过了半夜。我小心翼翼地从妈妈手里接过变厚的书本，紧紧抱到胸口。妈妈看了看我，无话可说，独自回到卧室里，坐在床上发愁。第二天是星期六，吃完早饭爸爸到图书馆去查资料，妈妈想了想，把我带到车子里，绑好安全带，直接把车子开往丹佛的"五点区"，"五点区"就是大丹佛地区的穷人区了。

在美国，几乎每一个大城市都会有一个穷人区，那里多数居住着贫苦的无产者。关于无产者的定义，有这样的说法：是资本主义社会中不占有生产资料，靠出卖劳动力为生的雇佣工人。但是在妈妈的眼睛里，雇佣工人和无产者完全不同，雇佣工人属于劳动者，而无产者则是既没有技能又不想劳动的游手好闲的二流子，上海人称之为“白相人”。这种白相人沦落到身无分文的穷人的时候，就是无产者了。

这天上午，当妈妈的小车开进五点区的时候，那些游手好闲的二流子正懒散在街口或者是墙角。他们有的露宿在门洞里，有的蜷缩在水泥地上。在他们的眼睛里，看不见一点点生的希望，有的只是死的绝望。头顶上的太阳倒是公平的，无论是穷人还是富人，都可以享受到同等的温暖，但是路人的面孔却是冷酷的，几乎没有一个人伸出同情的手。

妈妈的小车缓慢地行驶着，周边破旧的房屋显然已经废弃，大大小小的门窗都被木板牢牢钉死，贫困和潦倒无声地逼迫过来。这时候我已经吓煞了。后来听到妈妈对爸爸说：“小狮子面孔煞白，两只眼睛里全部是惊恐失措的目光。”

我相信妈妈很清楚，妈妈的目的达到了。而我的脑子里只有一个念头，那就是：“我不要做穷人。”

回到家里，妈妈没有对我说一句话，我已经自觉地坐到写字桌的旁边，认认真真地翻开那本“365”，一声不响地开始做功课。这以后，我每天放学回家的第一件事，就是坐在那里做功课。

我坐在那里做功课，越做越认真而且越做越投入。我觉得自己好像进入了另外的一个世界，我似乎变得聪明了，心里是高兴的。妈妈说：那时候看着我一动不动做功课的背影，她第一次感到了欣慰。

学期快到结束的时候，我骄傲地捧着那本填满的“365”，送到汉斯先生的手里，汉斯先生大吃一惊：“小狮子，你真的完成了吗？我们全班二十多个小朋友里只有五个小朋友完成了呢，你真伟大！”

我没有讲话，可是却明白了一件事，那就是：在美国读书，学校里的老师绝对不会逼迫你，读书完全靠自觉。回家作业也是可做可不做的，因为这是你自己的事情。后来，当我进入大学的时候发现。我们那个小学的同学，只有四分之一的人进入了高等院校，就和当年完成“365”的比例一样。大多数小朋友在半途上已经被淘汰，当然他们各自都有自己的出路，其中不乏有人混入五点区的穷人当中。

就在你学会自觉做功课的同时，我们的信箱里被塞进一封路德教寄过来的信件。收信人的位置上填写着我和伊的全名，我感到有些奇怪。更奇怪的是，打开信签，署名的竟然是你！

“为什么？”我和伊一起大叫起来。这是一封邀请信，邀请我们作为嘉宾，前往路德教堂参加你的洗礼。

记忆一下子把我带回到三年以前，那是在一个周末的晚上，楼上的台湾学生美珍，早在一个星期以前就和我们约好，要去她的朋友家里聚餐。说好是聚餐，美珍却客气地不让我们携带食物，她说：“你们是第一次来参加我们的聚会，不用带吃的，很多朋友都在等待你们，也有不少小朋友，只要你们人到了，就是最好的奉献，大家高兴还来不及呢。”

听到最后一句话，我明白了，这是教会活动。因为这是第一次参加中国人的教会活动，我把你从头到脚收拾了一遍，弄得干干净净的，就好像是一个始终躲在我背后听话的小宝宝。这一天，你确实也表现得就好像是一个始终躲在我背后的小宝宝，别的孩子都在这个教友家的大房子里跑上跑下，闹得一塌糊涂，只有你一反常态，坐在我的身边，听着大人们说话。其实大人们也在闲聊，我正伸长耳朵聆听一位台湾妈妈讲解牛肉面的做法，却看见你犹犹豫豫地好像要举手发言的样子。

“侬是不是要吃东西啊？”我问。你摇了摇头，那只手半高不低地举在那里。

“侬是不是要上厕所啊？”我又问。你又摇了摇头，那只手仍旧半高不低地举在那里。

这时候正在说教的牧师注意到你了，他说：“小朋友是不是有话要说？请说吧。”

你站了起来，一字一句地说：“我相信。”

“相信什么？”我有些糊涂。

“我相信牧师先生讲的话，上帝就在那里。”说着，你指了指头顶的上空。

我愕然，问：“为什么？”

伊在远处看见了，连忙绕过人群走了过来，拉着你的小手说：“这不是几句话就可以回答的，这是一个非常复杂的问题，要好好学习一下才可以回答。”

“这是一个好主意，你可以先在礼拜天到主日学校去参加学习，了解一下什么是上帝。”牧师先生认真地说。

伊说了声“好！”以后，我们就开始计划了。

第二天，为了给你寻找一间主日学校，我们一行三人穿戴整齐地到教堂里去了。原本以为很简单，每个教堂都有主日学校，随便找一间就可以了，不料到了近处才发现，这里除了基督教、天主教等几个大的教堂，还有浸信会、长老会、圣公会等等众多教堂。而你又非常固执，一间一间地走进走出，就是没有感觉。于是一连好几个礼拜日，我们都跟在你的背后，奔波在各个教堂的当中，寻找你的感觉。

几个月过去了，我已经有些心灰意懒了，我对伊讲：“这次小狮子怎么不会放弃的啦？我已经累了。”

伊回答：“我们虽然都不是教徒，但上帝把帮助小狮子寻找主日学校的机会交给了我们，我们别无选择，只有遵循。”

终于有一天，你回到家里，慎重地通知我们，你找到你的主日学校了，那是路德教的礼拜堂。从这一天起，每一个礼拜日的早上，你总是早早地起床，把自己清洗干净，然后一本正经地前往路德教堂。一开始，我还以为这不过是你的三分钟热度，结果没有，你很执着，很快就一年过去了。

又是一个礼拜天到了，这天的天气特别好，我们把你从主日学校接回来以后，直接上山踏青，不一会儿，大家都满头大汗了。站在瞭望台上，面对着蜿蜒起伏的山脉，顿感心旷神怡。突然你对我们说：“我要洗礼。”

我一愣，连忙又问：“为什么？”

你还没有来得及回答，伊就接过来说：“我们不会反对你，但这是一件非常严肃认真的事情，你了解什么是洗礼吗？什么是上帝吗？什么是信仰吗？”

你刚刚要回答，伊又打断了你说：“不要马上就回答，好好学习，给你一年的时间，学好了，再来告诉我们。”

一年以后，在我老早已经忘记了这件事情的时候，你却没有忘记。你一吹灭了生日蛋糕上的蜡烛，便抬起眼睛对我们说：“我要洗礼。”

伊没有容你回答去年的问题，直接说：“你知道这件事情的重大吗？一定要认真对待。一旦决定了就是一辈子的事情，不可以反复无常，你可以做到吗？再给你一年时间，好好想一想，想清楚了，就是你的决定。”

现在一年又过去了，你不再征求我们的意见，而是直接通知我们，你已经安排好了一切，你有你的教父教母，而我们——你的生身父母则变成了你的嘉宾。

入命还是开窍？

这一天，我要受洗了。是我带着爸爸妈妈，一步一步走向教堂的。到了教堂的门口，对着尖顶上的十字架，我虔诚地画了一个十字并暗暗地祈祷。这时候听到妈妈轻声地对爸爸说："这是当年巫婆说的入命还是母亲说的开窍？"

接下去妈妈又说："我的母亲和好婆都是相信菩萨的，而小狮子到了这个西方世界，开始相信上帝，这实在是我们家族里开天辟地第一个，很有些'脱胎换骨'的意思。"

妈妈讲到这里，加快了脚步，拉着我的手问："侬讲侬相信上帝，可是侬看见过上帝了吗？上帝究竟是长得怎么样的？是高的还是矮的？胖的还是瘦的？……"

我一听就严肃地回答："上帝不是用眼睛来看的，是用心来领会的，上帝就在我们身边……"

爸爸拍了拍我的肩膀说："看样子，这是上帝来召唤我们的小狮子了。"

妈妈听了不再说话，只是跟在我的后面，不知道在想些什么，我看到爸爸回过头去，轻声地对她说："不要担心，这是正道，我们应该感到欣慰才对啊。"

妈妈说："我不是担心，就是有一点失落，好像小狮子要离开我了一样，这是他长到这么大，第一次要进入一个我无法了解的陌生的世界，走上他人生道路上新的里程。回去以后，我也要好好读一读圣经。”

我听了，连忙抱住妈妈说：“妈妈，我永远永远都是侬的小狮子啊，我不会离开侬的。”正说着，我看到我的教父教母们朝着我走过来，因为我在这个教堂里参加了三年的主日学校学习，所以我请了每一年担任过我主日班的班主任，来当我的教父和教母，加上已经退休的牧师。所以我的教父教母团特别庞大，一共有四个教父教母。我便昂首阔步地走在他们的前面，这样特别的阵容，让刚刚还在伤心的妈妈也笑起来了。

走进了礼拜堂，教父站在门口问：“你向教会求什么？”

我回答：“求信德。”

教父又问：“信德对你有什么好处？”

我又回答：“得永生。”

教父这时候说：“永生就是认识真天主和他所派遣的耶稣基督，愿做他的门徒，听他的圣言，遵守他的诫命……这一切你都可以做到吗？”

我说：“可以做到。”

远远地，我就看见布道坛上面的洗礼盘里已经注满了清水，教友们微笑着迎接着我们，有人把爸爸妈妈领到第一排的座位上，我担心妈妈会流眼泪，偷偷望过去，她已经平静了下来，我心定了。接着是做弥撒，最后是洗礼。

洗礼是在神圣的气氛中进行的，当圣水从我的头顶上流下来的时候，我真的好像感觉到是从罪恶中净化出来，在圣神当中获得新生了一般。礼毕我捧起教父授予我的圣经、蜡烛和纪念塑像……跑到妈妈的身边。妈妈紧紧地抱住了我，好像一分钟也不肯分离。我把手中的圣经举到妈妈的鼻子下面对妈妈说：“这是我的圣经，真皮的封面上印着我的名字，从今天开始，我们一起学习。”

妈妈点了点头，这以后，我一遍又一遍地给妈妈讲解圣经的故事。圣经和《希腊神话》是西方文化不可分割的两大支流，让我在神灵的世界里不断地汲取。

我自十六岁开始，便独自远行，从美国国家实验室到耶鲁到牛津……无论是我开心的时候，还是沮丧的时候，这本圣经都一直在我的身边，特别是在一个个孤寂的夜深人静的夜晚，我一次又一次地打开了这本圣经。

我真的很感谢这本圣经，要是没有这本圣经，你的道路会变得更加艰难，在艰难当中，你会迷失。假如一个人活着，却迷失了目标，那是非常可怕的事情。我对伊说："信仰还是非常重要的，无论是信仰上帝还是释迦牟尼，或者是共产主义甚至雷锋叔叔等等，只要不是歪门邪道、偷鸡摸狗而是上进的和阳光的，就是有意义的。"

伊对我翻了翻眼睛回答："你的这种说法的本身，好像就是歪门邪道。"

之后伊抄录了契诃夫《第六病室》里安德烈·叶菲梅奇医生的话语，夹在你的笔记本里，那就是："在这个世界上，除了人类智慧最崇高的精神表现之外，一切都无足轻重、没有意思。智慧在人兽之间划出鲜明的界线，暗示着人类的神圣，而且在某种程度上甚至能取代人类的不朽……"

而在当时，我不予理睬伊的话，拉着你回家，给正在加拿大看望哥哥的母亲打电话，母亲在电话里说："其实人命也好，开窍也好，都不是天上掉下来的，都要靠努力。人人都说一个孩子的成功：三分靠天分，七分靠教育。而我以为：三分靠天分，三分靠教育，四分靠努力。小狮子实在是靠努力才开窍的。再聪明的人，只会夸夸其谈的人，不愿意努力，还是会一事无成。"

不久以后，暑假来临了。我们和往年一样，前往明尼苏达州的森林湖夏令营，伊在那里主持语言教学。这是一个语言夏令营，十个不同的语言分成十个村，在那个万湖之州占领了一大片土地。森林湖夏令营后来十分出名，主要原因是克林顿总统的女儿切尔西曾经是那里的学员。

听说切尔西在森林湖的时候循规蹈矩，平易近人，很有一副白宫孩子的大家规范。这和后来从中国到森林湖来的一个明星的儿子相比，具有天壤之别。那个星二代专横跋扈到处闯祸，动不动就来一句："我的爸爸是李××"。这个李××在美国一点优势也没有，也不能帮助他的儿子因为犯了夏令营的规矩而不被开除，据说这个孩子在被遣送回国的时候，又在机场闹事，连航空公司也拒绝他上飞机。这种事情在美国听也没有听见过，很丢中国人的脸，那是后话了。

而在当时，当我们的小车开在通往森林湖的小道上的时候，一个满脸雀斑的小女孩站在那里向我们招手，这是艾米莉。艾米莉是你第一次到森林湖的时候就认识的，那时候你们都只有七岁，也是在这条小道上，艾米莉坐在路边上，告诉我们说她迷路了，我们便把她带回了森林湖。

艾米莉是明州的孩子，她说她是一个孤儿，爸爸妈妈都死了。我最听不得这种苦巴巴的故事了，于是便更多地关爱她一些。当时我在食堂里当大厨，利用职权分给艾米莉一个桌长的官衔，艾米莉立刻得意起来。她好像很享受她的桌长职位，总是最早一个到达食堂，命令她的桌友们排好队入座。而她自己却在一边昂首挺胸地叫着口令，很有领导者的风范。只是不知道为什么小朋友们都不喜欢她，特别是她的桌友。

这天刚刚开饭，负责洗碗的汉娜急匆匆地跑进来对我说："艾米莉罚大卫不许吃排骨呢！"

"怎么可能？"正在为孩子们洗苹果的我有些不相信。我甩了甩手上的水珠就跑了出去，只看到胖乎乎的大卫坐在角落里流眼泪，我不由分说拉起他回到厨房里，特别把一块超大的排骨放在他的碗里，大卫笑了。问及受罚的缘由，原来大卫不服艾米莉的命令，不愿意把最大块的排骨让给艾米莉，艾米莉就干脆罚他不许吃排骨了，还要罚他擦桌子呢。

这算什么名堂啊？真想不通在这个现代文明的社会里，这么小的孩子就知道利用一点点权力来欺负别人，难道弱肉强食就是人的本能吗？

妈妈有时候天真得连小孩子也可以骗她。我老早就晓得艾米莉不是好东西，什么是孤儿，完全是骗人的，大家都知道她有一个当木匠的爸爸，她的妈妈是个酒鬼，小朋友不喜欢她不是因为这些，而是她太自我为中心了，一有机会就想指挥别人。

汉娜也在一边说："这个艾米莉到处骗人，为的就是要引起别人的注意，出出风头。"

"这种风头有什么好出的？大概也算是一种保护自己的方法吧。"爸爸走进来说。

"这种人在我们学校里多得是，编出一个故事，不要让别人看不起自己，好像自己很特别，其实什么也不是。"我嘟囔了一句。

后来随着年龄的增长，我渐渐发现，这还是因为社会偏见所造成的，只是在美国隐藏得比较深。记得那时候妈妈有个朋友是从新疆来的，最怕别人打听她的背景和学历，还会愤愤地指责："这就是中国人的恶习，美国人就不会关心这种事情。总统的女儿都会出去打工。"

其实美国人最注重这些了，只是总统的女儿打工和穷人为生存出去打工完全不一样，背景和学历到了越高层越讲究。这种事情无论在美国还是中国都一样，只是表现的方法不同罢了。那时候我刚刚踏进一个新的工作单位，有人过来请我参加 party。去了以后才知道，那是牛津帮，外人是不能参加的。这种 party 对我来说没有什么特别，可是没有参加的人就觉得很神秘。

当然，也有人凭借自己的能力和努力可以改变自己的"成分"，但是很难。妈妈的那个朋友因为自己什么都没有，就会变得特别敏感和紧张。

妈妈说:“这种事情，最好木知木觉，少烦恼。”

但是要真正做到“木知木觉，少烦恼”也很难。回想起来，就是当年在最木知木觉的夏令营也做不到少烦恼呢。我告诉妈妈，我是不会和艾米莉这样的人做朋友的，我和她玩不到一起。站在旁边的汉娜听了，赞许地拍了我的肩膀，紧接着我就跟着这个金发碧眼的大女孩，往湖边的篝火跑过去了。

因为是白天，篝火旁边没有一个人，汉娜打开随身携带的小提琴，面对着平静的湖水，拉起了门德尔松的《e小调协奏曲》，那优美又华丽的音律，荡漾起一个灿烂又感伤的梦幻世界。

我坐在汉娜的对面，两只眼睛专心致志地盯着汉娜。这个洗碗的汉娜顿时变得天仙美女一般，她上身穿着一件因为炎热而被剪去袖口和领口的T恤，腰间还扎着一条围裙，然而她浑身上下散发出来的高雅，让人感觉到她的气质如兰。她好像不是从食堂里洗碗池子旁边走出来的洗碗工，而是站在富丽堂皇的演奏厅当中的演奏家，我惊呆了。

汉娜是美国中部的女孩子，爸爸是大学校长，她原本在森林湖的法语村学法语，结束的时候听到我这里少一个洗碗工，就过来了。一开始着实把我吓了一跳，想起国内官二代恣行无忌的样子，连忙拒绝。不料我来不及把厨房门关上，她的一只脚已经从门缝里伸进来了。她说:“让我试一试吧，我不会让你失望的。”

果然，她一进厨房挽起袖子就干活，那副架势比我幼年时的保姆胖妈还利索，她不仅把一百多只碗洗干净了，还把炉灶、水池、桌面甚至地板全部刷洗了一遍，看到她赤着脚在瓷砖地上噔噔噔地跑来跑去，不由心痛起来，趁她休息的时候，连忙递给她一大杯果汁，她笑着拒绝了，自己到水龙头上灌了一瓶白水，一仰头就咕咚咕咚地喝了下去。

“自来水不卫生呢，至少到炉灶上烧开，才不会有细菌。”我说。

“我们美国的自来水都是经过严格的处理，绝对不会有细菌。”汉娜回答，听起来还是个爱国主义者。我想了想，就把她留了下来。从此，这个美国的官二代，便在我们森林湖的中国村里担任了洗碗工。

因为朝夕相处，很快就和汉娜混熟了。这时候我发现，汉娜不仅是个官二代，还是美国顶尖学校耶鲁大学的学生。我直言不讳地问她：“你可以进耶鲁，是不是因为你爸爸的关系？”

“我爸爸的关系？那最多是软件。我是靠我自己，我自己的硬件，考进去的。”汉娜有些骄傲地扬起了头。接着汉娜又告诉我，在美国要想进入名校，那是非常艰难的，除了成绩优异以外，还要有社会公益活动、领导才能、体育才能、音乐才能，参加各种各样的比赛和竞争等等。

汉娜的家教极其良好，她还记得小时候走路吃饭的时候，头上都要顶着一本书，保持站有站相，坐有坐相。这有点像我在很小的时候，好婆就要求家里的女孩子要矜持，待人接物都要注重自身的体态和仪表。结果一场“大革命”把这些通通洗涤，让我变成现在这副粗头粗脑的模样。

汉娜说：“体态仪表还是外在的东西，关键是内在，那可不是一天两天就可以练出来的，而是要长期的累积。”汉娜很小就接触世界名著了，她对狄更斯小说的分析，让伊这个曾经专门研究英国文学的人也不得不佩服。还有艺术造诣，这里面不仅仅是掌握一种乐器，或者是一门技能，而是真正的理解。

夜晚，起风了。我回到住处的时候，伊已经进入了梦乡，黑暗里摸了摸你的铺位，发现你还没有回来。竖起耳朵倾听，野地里伴随着远处的风，夹带着你的呼喊：“汉娜！汉娜！你在哪里啊？”

不知道为什么，你的声音里有种哀叹。半夜里醒来的时候听到你在流泪，我吓了一大跳，连忙坐到你的身边询问缘由，你摇了摇头，你说你自己也不知道为什么。我暗地里揣摩:“我的小狮子长大了。”

突然,你支撑起身体,抱着我的脑袋问:“什么叫笑在面孔上,哭在骨头里?”

我大吃一惊,没有回答你的问题,却反问:“这是谁告诉侬的?”

“汉娜。”你回答。

没想到这个貌似单纯阳光的小姑娘会如此有心计。怎么样的经历,会把她磨炼得如此世故?我一时没有办法回答你的问题,只是抱着你说:“快睡吧,做个好梦。”

这天以后,我开始注意起这个耶鲁女孩。我发现她真的很喜欢洗碗,明明有洗碗机,她却一定要手洗。一百多个学员,好几百个碗碟,洗一遍就要好几个小时。每次碗碟收进来,她就好像将军一般站在水池子旁边,甩着膀子,一口气也不歇息地洗涤。看到她如此投入的样子,我实在忍不住发问:“汉娜,你怎么这么喜欢洗碗?在家里也是这样洗碗碟的吗?”

汉娜一愣说:“没有,我们家里几乎天天请客,做饭和洗碗都是有专门的工人来干的。”很快她又接下去说:“不过我常常到耶鲁的食堂里义务洗碗。”

“什么?你在耶鲁洗碗?读书太轻松了吗?”我惊愕地问。本来还想问是不是想表现自己爱劳动,转念一想:这又不是在中国,要学习雷锋。更何况她已经进入了顶尖大学,义务劳动不再加分,关键是学习成绩。

汉娜看到我的疑惑便解释:“就是因为太紧张了,压力太大了,我才去洗碗的。我发现只要把两只手插进洗涤剂里,无论是怎么样的紧张和压力,都会随着清水冲灌到下水道里。”

要用洗碗来解压,实在是相当奇特的了。不过后来,到你读大学的时候,还听到过学校专门设置一间摔东西的房间,来帮助学生减压。可见在美国读书,并不像一开始在飞机上听苹果说的那样:“在美国读书要比在中国便当很多。”

想起来，中国人称进入美国的顶尖大学是“爬藤”。这里面有着多少压力啊？这个“藤”实在不是好爬的呢。那时候我做梦也不会想到，你这个常常坐在“反思凳”上的闯祸坯也会爬到“藤”上去。我想你的成功可以给差生们的爸爸妈妈许多希望，也可以给一般孩子很多鼓励。

平白无故地冒出来了一个光浪头，是我最不开心的了，因为光浪头一来，汉娜就不理我了，两只眼睛变得会说话一样，盯牢那只光浪头。

这个光浪头是夏令营里最吃香的一个男孩子，不知道是为了赶时髦还是早年谢顶，剃了一个光浪头，很突兀。光浪头高高大大的，又会表演，又会讲话，还会讨好女生，好像是这里女孩子的偶像，无论是当辅导员的大女孩，还是年龄最小的夏令营小姑娘学员，几乎都是他的粉丝。

不过大家都知道，他正在和医务室的女护士勾勾搭搭。有一天我的手不当心划破了，女护士为我贴上了一片护创膏，妈妈看了有些奇怪说：“这护创膏怎么是圆形的啦？”

爸爸笑起来了，他说：“你不知道光浪头脚上有鸡眼，医务室里所有的护创膏都变成圆形的了。”

女护士要比还在大学里读书的光浪头大出好几岁，两个人站在一起很不相配，不知道为什么会搅到一起。每天晚上，夏令营的活动一结束，光浪头就钻到医务室里去了。这时候，是我最开心的了，汉娜就会和我在一起，给我讲故事、讲音乐、讲艺术、讲历史，甚至讲哲学，也不管我听不听懂，一股脑地倒出来，我反正不在乎，只是坐在篝火旁边，听她讲解那些高深的理论。这一切对我来说都是新鲜的，有趣的。而汉娜一边说一边恶狠狠地盯着篝火对面的医务室，两只眼睛里就好像要失火一样。

这时候爸爸妈妈走过来，爸爸笑着说：“这又不是中南海的灯光，这么用心干什么?”

妈妈摇了摇头说:“女孩子爱上了不该爱的人,有点可怜。”

爸爸说:“不可能吧,汉娜怎么会喜欢那个平民子弟光浪头?他们完全是不一样的人。”

妈妈说:“这就叫小女孩猎奇,公主爱上了野兽。”

我不知道他们在说什么,就把这些话翻译给汉娜听,汉娜说:“不是爱,是要!只要是最强的,就是我要的。只要是我要的,不管是用什么手段,我都要得到!”

汉娜在讲这句话的时候,脸上的刚毅果决让我吓了一大跳。停了一会儿,她又说:“不要看我是一个洗碗工,表面上一点优势也没有,但是我是这里最强势的。”

我看了看汉娜,她身上那件剪去袖口和领口的T恤,已经洗到了稀薄的程度,但她浑身上下散发的高贵是无与伦比的。这大概就是她讲的“笑在面孔上,哭在骨头里”的延伸,用妈妈的话语就是:“表面上的洗碗工,骨头里的贵族后代。”

正想着光浪头走过来,他装出一副偶然路过的样子加入了进来。此刻,他呈现出一副风流倜傥的样子,汉娜则聪明睿智。我想了想,决定做一个小钉子,硬是插在他们的中间。

有一天我自己也不知道是怎么一回事,竟然去问汉娜:“你知道吗?光浪头每天都睡在医务室里。”

汉娜把食指和中指绞在一起说:“他们是这个关系,我要的是精神的吻合。我要证明的是,精神高于一切。”

我听不懂什么叫精神高于一切,只晓得她和光浪头精神高于一切的谈话,让我进入到了巴赫、贝多芬、莫扎特、舒伯特、肖邦等等的古典音乐世界里,长久不忘,也许这就是我长大以后,一直喜欢古典音乐的缘由。

夏令营结束的时候，光浪头先是在医务室和小护士拥抱接吻，几乎到了难解难分的地步，又跑到厨房里和汉娜拥抱接吻，也是一副难解难分的模样。妈妈说：“这些美国的年轻人，我是一点也看不懂。”

后来听说光浪头真的抛弃了小护士，一本正经地追到了纽黑文，但是我猜想光浪头出了夏令营就一点优势也没有了，他怎么推得开耶鲁大学那扇沉重的大门呢？

马蒂妮和读书卡

马蒂妮是你在三年级和四年级的班主任，应该是玛蒂妮丝，大概是小朋友们都太喜欢她了，于是无论是在课堂内还是课堂外，都喜欢叫她：马蒂妮。

但是我第一次和这个大家都喜欢的马蒂妮见面，差一点大吵起来。我还记得自从你弄清楚“偶数和奇数”，又补足了那本“365”的作业以后，你真的开始知道要读书了。我便趁机加班加点，托人从上海带来了各种各样的小学生算术书教你。现在想想都有些奇怪，为什么都是算术书呢？大概是因为周围的中国孩子都在做算术，并且相互比赛，看谁做得多、学得深。

很快，有孩子跳级了，这实在是非常光荣的事情。爸爸妈妈带着个跳级的孩子走在马路上，得意到了让别人嫉妒的地步。我想了想有点气不过，把你按在写字桌前，自行考核了一遍。很好，我确定你也达到了跳级的水平。

等到了星期五放学以后，我夹着你的算术书和作业本，当然还有我给你的种种考试卷子，满怀信心地去找马蒂妮要求跳级。

我直截了当地向马蒂妮说明了来意，马蒂妮想了想，让我坐到她的对面，接着认真地说：“小狮子的算术进步很快，还常常给小朋友们当小老师。但是我不认为跳级对他来讲是件好事。”

“可是他的算术已经达到了高一级的水平了，留在原来的班里是浪费。”还没有在椅子上坐稳的我，又一下子站立了起来。

马蒂妮仍旧慢条斯理地说：“学习永远也不会浪费的，小狮子是个很有求知欲的孩子，对新鲜的知识总是不厌其烦地追究。这是非常难得的好习惯。假如他跳级了，一时间看上去好像提高了，但事实上他必须放弃很多，放弃他的兴趣爱好，甚至损伤他的求知欲。太可惜了。”

我反驳：“不会的，兴趣爱好是业余的事情，跳级才是直接上升，对将来读书升学有好处。”

马蒂妮说：“是吗？我不这么认为。我认为孩子的成长不应该是一条线，而是一个面，一个很大的知识面，这样对孩子的身心健康都有好处。”

我有些气急败坏：“你讲的都是一些看不见摸不着的东西，跳级才是有目共睹的，我认为还是要跳级。”

马蒂妮虽然讲起话来仍旧细声细气，但就是不肯妥协，她说：“世界是多么美好，小狮子应该在这个美好的世界里好好享受。有多少有趣的东西在我们的身边，正等待着小狮子去采集呢。”

我不服气，刚刚想开口，不知道什么时候伊赶过来了。伊在我背后说：“玛蒂妮丝女士讲的很有道理，我们应该好好想一想，什么才是帮助小狮子成长的最好的方式。”

我立马想要发脾气，但又有些气短。想起来刚刚还在小珍面前吹牛说“我们的小狮子准定可以跳级”的话，现在的结果却是这样，实在有些丢面子。

伊在一边说：“小狮子的健康成长重要还是你的面子重要？”

马蒂妮正在教室里的生物角和我讲话，她用胖乎乎的手，握着一根玻璃棍子，轻轻地拨拉了一下玻璃瓶里的壁虎。她说：“你刚刚说壁虎遇到危险的时候，就会自断尾巴逃掉。不久以后又会长出一条新的尾巴。可这是为什么呢？”

我还没有回答，就看见妈妈背着大包小包走进来了，开口就讲“跳级”，我不喜欢跳级，因为我喜欢和这个金头发绿眼睛的和蔼的女教师在一起，她有点像我小时候的陈老师，很好看。

马蒂妮听了妈妈的话没有直接回答，先让我自己到图书馆里去寻找有关壁虎的资料，又让妈妈坐到她的对面。

因为惦记着马蒂妮和妈妈的谈话，我在图书馆有些心不在焉。后来ESL的老师咪咪过来了，ESL是专门帮助新移民学习英语的，那里的老师都非常耐心。我虽然老早就离开ESL了，但在课余时间里仍旧喜欢到咪咪的教室里，就好像是回家一样。咪咪陪我在一本百科全书里找到了有关壁虎的资料，原来在壁虎的身体里有一种激素，这种激素被科学家们称为“成长素”。就好像我们的头发、指甲，剪了以后还会长出来一样，是因为“成长素”的作用。

至于“成长素”究竟怎么会发生的，那里面还有细胞，以及细胞的活动等等，这一切真的很新奇，我不要跳级，就让我一点一点地去学好了。想到这里，我便抱起那本沉重的百科全书回到教室里去了。

踏进教室，我发现爸爸也来了，他一看到我就问：“小狮子，你在做什么？”

我回答：“我在做研究。”

他听了惊讶至极，马上又问：“你在做什么研究啊？”

我很认真地说：“你们看，这里有很多关于动物种类的资料，其中鸟是属于卵生类，人是属于胎生类，所以妈妈上次说错了，妈妈不可能先生出一只蛋，然后再把我孵出来的，因为妈妈不是鸟。”

不知道为什么，爸爸听了哈哈大笑，妈妈则有些进退两难的样子，只有马蒂妮一个人从头到尾地听完了我的研究结果，而且提出自己的见解。

接着马蒂妮拿起我手上的百科全书对妈妈说：“小狮子是我们班里公认的百科全书。小朋友有问题的时候都习惯过来问他。他有不懂的，就到图书馆研究。他是很会查资料研究的呢。”

这天到了最后，妈妈总算收回了要我“跳级”的要求。我想这是马蒂妮帮我争取到的。后来在很长的一段时间内，甚至到了中学以后，我都会被大家公认为百科全书，这和我当年没有“跳级”有很大的关系，真是受益不浅呢。

虽然大家一致决定不再要你“跳级”，但是在我的心里又生出来了一块新的石头，半夜三更，我靠着床头久久不能入睡。父亲的目光在黑暗里落定到我的面孔上，我感到寒冷。用力推醒了酣睡的伊，我说：“小狮子怎么不会读书，我讲的是小说、文学类书的啦？”

伊昏昏欲睡地说：“小狮子的成绩已经蛮好了，少读几本文学书没有关系的。睡觉，睡觉，明天你要上班，我要写论文……”话语未落，他就翻过身体打起呼噜来了。

我火气大起来了：“你怎么睡得着的啦？我们家是文学世家，爸爸如果上天有灵，一定会气煞。更何况小狮子要在这个国度里生存，必须掌握好这门功课，才可以有竞争的优势。”

伊这次真的醒过来了，坐起身子说：“周末带他到书店去看看，让他自己挑选。”

其实用不着你自己挑选，我老早就为你决定了。到了周末，我一起床就在厨房里切了一大盘的牛肉，做了一大锅的干炒牛河，一家三口饱吃一顿早中饭便兴致勃勃地直驶丹佛的 Borders 书店。这家书店上上下下有好几层，我抓着你的手直接奔向经典文学专柜，在那里一下子就抽出一本大部头的查尔斯·狄更斯的作品，那是《大卫·科波菲尔》《老古玩店》和《艰难时世》的合订本。

伊从我的手里接了过去，掂了掂分量说："有点重，太重一点了吧，读起来不大方便。"

我说："这是精装本呢，当然是重的。你没有看见这三本书和一本书的价钱一样，很合算。"

伊明显不赞同的样子说："这不是合算不合算的问题，而是合适不合适的问题，这三本书都不是儿童读物，对小狮子来说有点太深了。"

"不深，不深，我好像就是在十岁的时候读了《大卫·科波菲尔》的。"我说。

"做梦啊，你十岁的时候是'文化大革命'，哪里有《大卫·科波菲尔》？起码也要到十三四岁的时候才可以偷读到这一类的书。"伊说。

我不予理睬，举起这本砖头一般的书放在你的眼面前说："灵光吧？很经典，侬一定会喜欢的。"

你看了看封面上画满的小人，木头木脑地点了点头，大功告成，你被我骗进了。于是手快脚快地奔到柜台前，银货两讫，准备回家。不料回过头看见你，正捧牢了一本彩图版的动物世界，脑袋就好像要埋进去了一样。我刚刚要竖起了眉毛，伊抢先一步说："这本书很有意思，你是不是喜欢啊？"

你点了点头说："我想要这本书已经很久了，刚才营业员从里面拿到降价的书架上，因为当中有一页被撕破了。营业员说，这本书还可以拿到柜台上去讨价还价。"

我接过书来看了看，好像比狄更斯的三部头合订本还重，反过来查看价钱，原价38美元，现价25美元，这时候伊已经掏出了20美元，让你自己去还个价钱。你开心地去了，很快又开心地回来了。你说你成功了。

我轻声地对伊讲："我晓得会成功的，你出的价有点高。"

伊回答："我就是要小狮子成功的，让他有个自信，将来生活里这种事情很多，这是他的第一步。你看，我也成功了。"

伊是成功了，我好像不大成功，应该说很不成功。不成功的就是那本狄更斯的小说合订本，被你捧到家里以后便一直立在书架里。好不容易在周末的时候搬下来，放平在写字桌上，你除了对封面上画着的小人有兴趣以外，里面的小说就不予问津了。倒是那本动物世界，被你翻来翻去，翻到四只角都起了毛边，一点都不嫌重。

伊很得意，我仍旧在焦心。至于你终于会读文学作品的事情，那是在很久以后才发生的了。

这一天夜晚，丹佛的一家中餐馆惨遭抢劫，妈妈作为华文报纸的记者，必须前往采访。因为已经过了午夜，爸爸有点不放心，决定陪妈妈一起去。于是专门请楼上的陈太太定时下来照看我，接着就上路了。

天很黑，妈妈走到门口又折回来，她说："算了，还是让我一个人去吧，小狮子独自在家，我心不定。"

爸爸讲："没有关系，小狮子已经睡着了。"

你们做梦也没想到，在你们拜托陈太太下来照顾我的时候，我已经醒了。以后只是闭着眼睛假装入睡。陈太太看我睡得很安稳，也就回到楼上去煮消夜了。

陈太太轻手轻脚地走了出去，她几乎是没有声音地带上大门。对我来说，却好像是天崩地裂，把整个的世界都割裂开来。天怎么从来也没有这么的黑，外面一点点声音都没有，安静到了连落基山也睡着了，我以为整个的世界上只剩下了我一个人。

寂寞又害怕，我把脑袋缩进了被子里，捂到透不出气来。这时候，我的手突然触摸到枕头旁边的一本书。这是很早以前，在我生日的时候，马蒂妮特别送给我的。

马蒂妮送给我书的时候对我说："我知道你现在没有兴趣，可以把它放在枕头边，也许有一天寂寞了，就看看它。然后一页页地读下去，好像看到我一样。我就坐在你的身边，给你阅读里面的故事。"

这本小说就是《草原小屋》。一件蛮奇怪的事情发生了，在这以前，我曾经好几次尝试着读这本小说，可是总觉得一点意思也没有。有些繁琐，又有些无聊。一直到这一天——这一天，天好像从来也没有那么的黑，外面一点点声音都没有，安静到了连落基山也睡着了，我以为整个的世界上只剩下了我一个人。这时候，我拧开了床头灯，从枕头底下摸出了这本小说，开始读。

这次的感觉竟然和以前完全不一样，以前的繁琐变得那么亲切，无聊竟变得精彩，我一下子就进入了小说的故事中。这本书通过孩子天真的眼睛，把美国人家在草原上饱经艰难困苦、勇敢创业的故事，朴实无华地叙述了出来。渐渐地我就好像变成了劳拉家里的一分子，和他们同舟共济。这是我阅读的第一本美国经典文学作品，尽管是儿童作品，却牵引着我走上了阅读的道路。

自从阅读了《草原小屋》以后，我就一发不可收，好像是狮子大开口一般，只要摸到一本书便拿过来就读，当然包括那本大部头的狄更斯小说合订本，我会读书啦。

这一天，我的阅读小考得了个满分。马蒂妮高兴得面孔上好像要开出花来一样。她特别把我叫到跟前说："你实在是个领悟能力很强的孩子，可是再聪明的孩子也不可能记住所有阅读过的东西。假如说人脑是个银行，我们就应该有心地存入我们所得到的知识，起码填写一张存入单，这就是读书卡。"

说着，马蒂妮就从抽屉里找出一叠红颜绿色小卡片，我一看就乐了，我说：“这种卡片在我家里很多，妈妈说她从小就习惯写读书卡了，可惜她生不逢时，撞进一场‘文化大革命’，都被销毁了。仅留下的几张，现在还常常拿出来读给我听，很有意思的。”

马蒂妮说：“那好，从现在开始，你就努力地帮助妈妈，把她被销毁的读书卡补起来。建立一个新的阅读银行，重在坚持。”

那一天当我们赶到遭抢的中餐馆的时候，里面一片狼藉，从老板到打工的都惊魂未定地散坐在店堂里的椅子上和地板上。其中一个上海老乡揉着手腕上勒伤的血痕告诉我：“就好像电影里一样，所有的人都被匪徒们搜光了钱财、首饰，然后被枪押到厨房后面洗墩布的大水池子里，再被一卷强力胶带把嘴巴贴牢，还要被绳子紧紧捆扎在一起，一动也不能动。一个第一天过来做跑堂的，因为口袋里没有钱，只有一本新买的书，还被匪徒戳了一刀。”

稍后，上海老乡叹息了一声又说：“这本书是他为儿子买的，儿子刚刚拿到赴美签证，下个星期才会到达这里，不料飞来横祸，老爹为了送他一本书，付出了血的代价，生死未卜。”

这个跑堂已经被救护车拉到医院里去了，地上留下了溅满了血迹的书的碎片。伊捡起来看了看，是莎士比亚的《哈姆莱特》。打开夹着书签的一页，正是“文革”期间，我第一次被迫离开母亲时，母亲偷偷抄录给我的话：

不要想到什么就说什么，凡事必须三思而行。对人要和气，可是不要过分狎昵。相知有素的朋友，应该用钢圈箍在你的灵魂上，可是不要对每一个泛泛的新知滥施你的交情。留心避免和人家争吵；可是万一争端已起，就应该让对方知道你不是可以轻侮的。倾听每一个人的意见，可是只对极少数人发表你的意见；接受每一个人的批评，可是保留你自己的判断。尽你的财力购制贵重的衣服，可是不要炫新立异，必须富丽而不浮艳，因为服装往往可以表现人格；法国的名流要人，就是在这点上显得最高尚，与众不同。不要向人告贷，也不要借钱给人；因为债款放了出去，往往不但丢了本钱，而且还失去了朋友；向人告贷的结果，容易养成因循懒惰的习惯。尤其要紧的，你必须对你自己忠实；正像有了白昼才有黑夜一样，对自己忠实，才不会对别人欺诈。再会；愿我的祝福使这一番话在你的行事中奏效！

即刻，我心里涌上来一股说不出的悲凉，儿时的场景历历在目，母亲的面孔呈现到眼前，那时候的凄苦怎么会延续到了今天？这位送书的父亲怀有怎样一份苦心呵？我始终没有看到过这位父亲，但是那本书的碎片一直保留在我的脑海里，我感觉到了那位当父亲的对儿子的爱。他可以找出这么份礼物，一定也是一个读书人，只是命运坎坷，一时落到餐馆打工，这里面包含了多少辛酸苦辣？于是我闭上眼睛，默默地祝愿这位当父亲的早日康复，父子团聚。

后来，在你读到《哈姆莱特》里的这段话的时候，我把那个餐馆里的故事告诉了你，你没有说话，只知道这一天，你写下了一张密密麻麻的读书卡。伊一看，立刻捧出当年自己有关《哈姆莱特》读书卡来炫耀："你们看，我也有的呢。"

我有些动容，我说："妈妈现在是一张也没有了，但是妈妈从现在开始，可以和侬一起开始，侬写侬的将来，妈妈写妈妈的过去。这好像是一个主题的日记，不是为别人写的，就是为侬自己写的。写侬自己喜欢的，也可以骂侬不喜欢的。侬会写得很投入，很宣泄，侬还会从中看到侬自己，认识侬自己。”

伊说：“有兴趣的多写一点，没兴趣的少写一点，甚至只要写一个书名，主要人物的名字就可以了，为的只是留下一个记录，告诉将来的你自己，你读过了这本书了。说不定到了那个时候你又有新的认识，还可以补上去，就好像爸爸一样。”

一直到现在，你都没有放弃你的读书卡，读书卡变成了你最亲近的朋友，你写得很投入，很放松，当然不是写在读书卡上了，而是电脑上。你越写越多，越写越长，你说你这不是坚持，而是自然的流露。无论是你开心的时候、郁闷的时候，顺利的时候、坎坷的时候，轻松的时候、疲劳的时候，你都会自动地阅读，然后写下你自己的想法。

你说你很感谢马蒂妮为你介绍了“读书卡”这个朋友，这将是你永远的朋友。

拼字 Bee

这天走进教室的时候，觉得气氛有些不一样，几个算是好学生的小姑娘，正围在一起嘀咕着什么。我把脑袋凑了过去，那个嗲妹妹伊丽莎白竖起了眉毛说：“小狮子，你挤进来干什么！我们正在讨论拼字 Bee 的事情。”

“什么是拼字 Bee 啊？”我问。

“哈！连拼字 Bee 也不知道，回到你的 ESL 去吧。”伊丽莎白面孔上明显地呈现出一种鼻孔朝天的表情。

正要发作，马蒂妮走过来了，她说：“拼字 Bee 就是拼字比赛，1825 年开始的。最初是随着著名的《韦氏词典》的拼写读本问世而出现的，以后变成美国一年一度的重大比赛，应该是在中学生当中举行，可是我们学区为了帮助大家在以后参加正式比赛的时候做好准备，特别仿效，属于模拟性的拼字 Bee。”

接着马蒂妮又说：“这是全校性的活动，不管你是哪一个班的学生，只要自己报名，都可以参加这种比赛。”

“我可以吗？”我有些好奇。

“当然可以，每个人都是平等的。我本来就想来鼓动你参加的，大家都应该参加，不要在乎名次，重在参与，参与就是成功。”马蒂妮说着，就在报名单上写下了我的名字，并且发给我一大叠道林纸，道林纸上印满了密密麻麻的英语单词，她说这是要参加拼字 Bee 的有关资料。

这些资料里除了告诉大家参加拼字 Bee 的比赛规则以外，更多的是复习资料。马蒂妮直接告诉大家，回去以后好好复习，一定要做功课的。这就是我喜欢中西部地区的缘由了，有啥讲啥。而在东部，我刚刚进入初中一年级的时候，学校里鼓动我们低年级同学参加 SAT 的考试，老师说：“考着玩玩的，不计分，用不着准备，只是让大家去体验一下什么叫 SAT。”

结果每一个同学包括老师的女儿都在家里挑灯夜战，只有我糊里糊涂地什么也没有做，甩着一支铅笔进了考场。还好没有出大洋相，十一二岁的年龄，考到了被科罗拉多州立大学录取的分数线。那时候，我是多么希望回到简单纯朴的科罗拉多啊。

但这是不可能的了，我已经走出了那片纯朴的土地，来到了竞争激烈的东部地区，我不得不朝前走了。只是在我的心里，一直忘不了科罗拉多的学校和老师，特别是马蒂妮。那天，我一边把马蒂妮发给我的拼写 Bee 资料拿给妈妈看，一边告诉妈妈说：“我要参加拼字 Bee 啦!”妈妈高兴得一塌糊涂，不一会儿工夫，周边的邻居、妈妈的同事甚至远在外地的朋友们都知道了。

这天放学回家，一个陌生的中国老先生走过来，摸摸我的脑袋说：“小狮子，真行，要参加拼字 Bee 比赛啦!”

我最不喜欢别人摸我脑袋了，好像在美国孩子都不喜欢，无奈人小，只好让他摸了一下。幸亏好婆已经从加拿大回来，她在房间里听到有人和我搭讪，立刻拉着我回家。好婆说：“侬妈妈也是高兴到了发昏，逢人就讲，不过这也是侬第一次给她争气，她总算可以抬起头来走路了。”

我仰着脑袋对好婆说：“放心，我以后一定会为你们争气的。”

隔天我去参加了学校里拼字 Bee 的海选，这时候我才知道，几乎学校里的每一个同学都参加海选啦，只是我以前从来也没有关心过，真有点像是被排除在外面一般。海选的阵势非常大，好几百个学生，并不在乎成绩，只是嘻嘻哈哈地挤成一团，做游戏一样。到后来，大多数学生都被淘汰下去了。

你过去从来也没有参与过这种好学生的活动，今年也不知道是哪里一根筋搭牢了，居然自己报名去参加拼字 Bee，把我弄得受宠若惊，这是因为有孩子参加拼字 Bee 的家长也很光荣。美国的学校就是这点好，无论是优秀学生还是落后学生，只要自己报名就可以参与，多数学生并不知道拼字 Bee 是什么意思，不过是为了好玩，为了站在台上出出风头。

你过去从来也没有对这种事情发生过兴趣，我以为你只是随便一说，过两天就会忘记了。不料过了两天，我刚刚下班回到家里，你就把一张小纸条举到我的鼻子下面，你告诉我，你海选通过了，还得了一个第五名。我大吃一惊，真的是从头到脚对着你刮目相看了一番，心里真的得意起来。

心里得意归得意，面孔上却装出一副不屑一顾的样子说："哦，第五名啊？只有第五名啊？好了，我们怎样来庆祝一下这个第五名呢？"你的眼睛朝着我翻了翻，因为有好婆支持，你可以不予理睬。果真母亲听到了，给了我一个白眼。

从那天起到正式的比赛时间还相差一个月，在这一个月的时间里，我就天天叫你"第五名"，"啊哟，第五名回来啦！""第五名要去上学啦？"

母亲气得把牙齿咬得咯咯响，她训斥我说："不要讽刺好不好！侬以为第五名是便当的吗？侬来试试看！"

我笑了："没有关系，我们的小狮子经得起，刺激刺激他，他一定会拿到更好的成绩。"

嘴上是这么说的，心里还是相当紧张的，这毕竟是你的第一次出去比赛啊！于是每天晚饭以后就要帮你复习。我发现你和其他孩子不一样，一旦进入状态，就全力以赴，两个小时一口气，一分钟也不会歇息。

你让我坐到椅子上，自己却非要站在我对面，笔笔挺地伸直了脖子，两只眼睛直视着我的额角头，用尽全力地拼读着每一个单字。后来我知道这些都是母亲的教育。

母亲一向教育我们读书要有读书的样子，要用心用力用脑子，要一门心思，全神贯注。她最反对的就是一边做功课一边看电视、听广播、吃零食……母亲说："读书这件事是逃不掉的，用心是读，不用心也是读。但是用心就会读进去，就会把你带到一个新奇的新世界里，而不用心就读不进去，等于白读。浪费了力气，浪费了时间。"

我不知道你是否听懂了母亲的话，但是你一直是这么做的。一直到你戴上了博士帽以后，都保持了这样的习惯。

我还记得，那天你站在我的对面大声地拼读着单词，一个小时过去了，又一个小时过去了，你仍旧保持着你特有的姿势，拼读的声音一声比一声响，一直响到惊动了楼上的陈太太。陈太太拖了双绣花鞋，踢踏踢踏地从楼梯上下来，推开门说："哇啦哇啦做啥？我还以为你们夫妇在吵架呢，不料是在为小狮子复习拼字 Bee，真好。"

伊从里屋走出来说："为了这个拼字 Bee，我们连吵架的时间也没有了。"

陈太太说："我也要赶快回去帮我的儿子复习了，还有两天就要比赛了呢。"

陈太太离开以后，我看看也复习得差不多了，这时候母亲早就在厨房里炖好了一大锅枸杞木耳汤，吩咐大家收工吃夜宵。我后来也为你煮过枸杞银耳汤，你说不如好婆煮出来的好吃，因为好婆用的是黑木耳。

两天以后比赛开始了，妈妈特别请了半天假，赶到赛场的时候，正巧轮到我们三年级的比赛。这是学区的比赛，不仅仅是我们一个学校。各校的小朋友排着队，一个一个地走上来。经过海选的洗刷，每一个年级组都还剩下几十位选手。

想起来昨天晚上，好婆特别让我不要复习了，早一点休息。妈妈焦急地把一大叠复习资料塞到我的枕头旁边说："人家楼上陈太太的儿子还在废寝忘食地读书，小狮子怎么可以呼呼大睡？还是再读一歇歇。"

好婆一把抢出来说："这种临抱佛脚的事情最好不要做，小狮子已经复习得很充分了，要让他有自信心。"说完了又补充了一句："我是相信他的。"

好婆的这些话一直刻印在我的脑子里了，后来，无论参加怎样的比赛还是考试，我都习惯在最后一天早早上床，第二天书包也不带，拿着一支铅笔就进考场了。这次的比赛好像和先前的海选有点不一样，大家怎么都紧张起来了？还有小朋友挤在走廊里不断地练习呢！我反正是连张纸头也没有带的人，想也来不及想就排在进考场的队伍里了。

美国人是很会起哄的，这种小小的比赛弄得就好像世界锦标赛一样，每走上去一个小朋友，他的爸爸妈妈就会带领自己邀请过来的街坊邻居朋友大声欢呼。

我晓得我们家最多只有三个人：爸爸妈妈和好婆，没有想到妈妈的好朋友丹丹也来了，她带过来一堆中国独创的塑料拍手器，声音响到耳朵也要震聋。周边的小朋友羡慕得都来向我示好，想从我手里得到一副。等到我把他们都安抚好了，才发现自己已经拖到队伍的最后一个了，刚刚走出去又被老师叫了回来，原来忘记别名牌了。总算别好名牌再次走出来，比赛已经要开始了。

我看到妈妈就站在我的正对面，她站得很近，我几乎可以看到她额头上的三根白头发。我心里有点难过，这三根白头发是怎么会爬到妈妈的头上的？我祈祷，让我的眼睛里的光，把妈妈的白头发染回去。这些天，我都是看着这三根白头发，拼读"拼字Bee"的单词的，现在我又盯牢了这三根白头发。我盯牢了这三根白头发，跟随着主考老师——老秘书的发音，一个接着一个地拼读单词。如果拼错了就被淘汰。一轮下来，比赛者被淘汰了一半，又一轮下来，又被淘汰了一半，最后只剩下五个人了，我仍旧站在上面，只是已经从最边上挪到了中间。

其实我并没有意识到，台上只有五个小朋友了，只是专心致志地盯牢了妈妈的三根白头发，用尽全身力气拼读每一个单词。又有三个小朋友被淘汰下去，最后只剩下我和伊丽莎白了。

老秘书的嘴巴里滑出一个新的单词："Atlas"。这是复习资料里没有的单词，但是在我阅读过的小说里曾经看到。我听到伊丽莎白打了一个咯楞，下面有人起哄，我没有注意，继续拼读。"bivouac"，老秘书的眼睛朝着天花板翻了翻，又一个复习资料里没有的单词从她的两片薄薄的嘴唇里吐了出来。伊丽莎白又打了一个咯楞，下面又有人起哄，我还是没有理会，继续拼读。这时候老秘书急急忙忙地读出来最后一个单词"Potpourri"，我听到伊丽莎白用快要哭出来的声音拼读了一遍。大概没有拼错，因为老秘书并没有让她下去，可是考场里大声喧哗起来。

校长走上来了，握了握我的手说："祝贺你，你成功了，荣获本届三年级组的第一名。"

我有点糊涂了，因为最后的一个单词我还没有拼读，怎么可以荣获第一名呢，于是认真地对校长说："对不起，先让我拼完这个单词 Potpourri，我想我是对的。"然后又转过身体，对着女秘书说："谢谢你，琳菲儿女士。"全场惊呆了，一分钟以后爆发出来雷鸣般的掌声。

当时我并不知道伊丽莎白已经拼错三次了，只听到旁边有人在说："小小的孩子本事怎么这么大，还会去谢谢琳菲儿女士。只有中国孩子会做出这么世故的事情!"

这听上去很有些刺耳，好像铁勺刮在钢种镬子上一样。

我有些莫名其妙，还没有弄清楚是怎么一回事的时候，妈妈就一把拉我到前面，大声地问：“侬听到那个小女孩三次拼错，怎么不去责问琳菲儿？她是故意的！种族歧视！”

这倒让我大吃一惊。为什么会有这种不公平的事情？我说：“真的吗？她拼错了吗？我真的一点也没有听见，只是用尽力气在我自己的拼读上了。”

周边的听者都大笑起来。一个年轻的黑人家长一个箭步跳上前台，用力地抱了抱我说：“好孩子！这就是我们的颜色，我们的颜色呈现出来的就是我们的真实。”

我紧紧地抱住了你，伊走过来告诉我，要开车赶到学校去开会，丹丹也急着去丹佛的学校上课，于是我和母亲便拉着你的手步行回家。外面的天气很好，风和日丽的，一直到这个时候，你才好像从刚刚紧张的比赛当中回过神来了一样，跳来跳去地告诉我们拼读每一个单词的情节。

路上，不断地有小朋友和小朋友的家长和我们打招呼，并称赞你，向你表示祝贺，让我感到十分骄傲。但是在我的内心深处，琳菲儿三次故意错误的裁判，就好像是三粒恶劣的坚果，嵌卡在我的喉咙口。夜晚，你和往常一样，在伊已经讲述了无数遍的《三国》故事里进入梦乡。我无声地走到你的床边，拧灭了床头的小灯，在黑暗当中，久久地注视着你的脸。

我的小狮子啊，残酷的现实已经展开在你的面前，你要在这个国度获得成功，一定要比别人好出三倍，你将走上一条比你的同龄人更加艰苦的道路。我怎么好像是千里迢迢把你带进了一片陌生的沙漠，让你背载起沉重的负荷，去走一条忍耐、无助、孤独的痛苦历程。这实在是一条艰苦的道路，我的心为此而流血。老早就知道埃涅阿斯的道路上充满了荆棘，到了跟前才领会到其中的犀利。我哀叹自己没有能力来保护你，却由衷地希望可以用自己的身体为你铺路，要求换回来的只是你的健康和愉快。

拼字 Bee 的第二天是星期六，伊说为了庆祝你的第一名，全家到丹佛自然历史博物馆去看恐龙。这是你最喜欢的了，记得还在上海的时候，你姨妈的儿子小阿哥为了背诵课本上的恐龙知识，吃尽了苦头。他还没有背出来，四五岁的你，在一边已经倒背如流，还会给大家讲解有关恐龙的知识。后来出国的时候，小阿哥第一件事就是把这本恨透了的自然课本送给你了，到现在还立在你的书架里呢。

丹佛自然历史博物馆据说是全美国第四大的自然历史博物馆了，里面有人类学、地质学、动物学、古生物学等等珍藏品一百多万件，你最有兴趣的要数其中展出的动物标本、化石、骨架、陨石，不知道是不是和你后来选择了生物专业有关联。

那天你一踏进博物馆，就拉着我们直冲恐龙标本。这具骨骼我们已经在你的带领下看了无数遍了，就好像陪你看那盘录像带 *The Land Before Time* 一样，我都烦透了。但是你仍旧还在那里仔仔细细地观看和讲解，也只有母亲跟在你后面津津有味地聆听，就好像第一次听到一样。

离开恐龙标本的时候，母亲把我拉进厕所说："小狮子讲话的时候，侬要好好听着，脑袋不要转来转去心不在焉的样子。侬要把他当个大人，面孔要对牢他，用点心思，给他一些鼓励。"

随后母亲又说："这实在是侬的福气，小狮子愿意把自己看到的点滴都复述给侬听，对他来讲就是加深了记忆，不会看过就忘记。对侬来讲也一样，增长了知识，也加强了你们之间的感情交流，侬要好好珍惜呢。"

走出厕所我们就直接进入了介绍印第安人的展厅，那里面除了标本、实物介绍以外，还有许多文字材料，母亲看了看对我说："不管侬是不是看得懂，都让小狮子讲解一遍，一方面可以加强他的责任感，另一方面也可以培养他的兴趣。"

从那天开始，一直到现在，几十年过去了，我已经养成了习惯，每次参观博物馆、画展、艺术展，只要和妈妈在一起，我总归主动担任讲解员。妈妈后来问我：“妈妈是不是浪费了侬很多的时间？”

我回答：“不会，因为要为侬讲解，所以养成了仔细观察的习惯。有的画，一眼看过去只有几条简单的线，可是越看越有意思，越看越深奥。在耶鲁大学读书的时候，常常压力大到透不过气来，我就去博物馆看画，常常会站在同一张画的前面半个多小时，看到自己也好像融入到油画当中，心境豁然打开了。”

妈妈说，听到这些话她非常欣喜，能够在艺术当中领悟，实在让妈妈备感安慰。那时候，我的功课非常繁忙，节假日也不能回家，妈妈就想办法在网上“拍”个旅馆，一家三口聚集在耶鲁过个长周末。每逢这种日子，爸爸妈妈除了和我一起出去吃饭以外，还会挤出时间和我一起去看耶鲁的博物馆。有一次，耶鲁大不列颠文化艺术中心会展出乔治·斯坦布斯的作品，我一踏进大厅就被其中的 *Lion Attacking a Horse* 震撼。

我站在这幅巨大的油画前面，感觉到妈妈就站在我的身边，这天我没有向妈妈讲解，只是屏息静气地久久不能移动。歇息，我听到我自己的声音：“妈妈，侬看到了什么？”

妈妈说：“我看到了漂亮、自信和高傲……”

我说：“可是这些马上就要被奸污摧毁，变得丑陋、腐烂和猥琐……”

妈妈倒吸了一口气说：“为什么？这是文明、智慧和正义啊！”

我说：“文明、智慧和正义算什么？永远都是兽性、无耻和邪恶的阶下囚。”

妈妈说：“怎么可以?！我想起来侬十岁时候的拼字 Bee……”

我说：“是的，这就是历史：罗马帝国的灭亡，这也是现实……”

妈妈继续说：“一个贵族跌入了贫民窟，就好像我十岁时候的经历……”

爸爸走过来支撑着妈妈的后背说：“但是，你会爬起来的。想一想，画家把这个恐怖的残酷嵌入如此美丽的背景当中，是不是就想陈述这一点呢?”

我说:“这是一个魔幻的主题，画家第一次把画笔落到画布上就入魔了，以后的三十年都不能摆脱，他来来回回在这个主题当中徘徊，于是留下来一大批这个主题的创作，让后人反复想象。”

这真的是一个魔幻的主题，以后的很长一段时间里，这张画的幻影常常会出现在我的梦魇当中，特别是在我感到孤独和无助的时候，就会看到那个漂亮到了刺眼的画面。

新生活

伊总算拿到了博士学位，在美国东部找到了教职工作，新生活开始了。

经过了三天三夜的长途跋涉，我们驾驶着从 U-Haul（美国一家租车公司）租来的车，横跨了美国。一路上，除了科州以外，又途经堪萨斯、密苏里、伊利诺伊、印第安纳、俄亥俄、西弗吉尼亚，好不容易才到达了我们的目的地——宾夕法尼亚的 Swarthmore，以后发现，这里被中国学生简称为“丝袜”。

进城之前，先在高速公路旁边的休息区整休一下。从公共厕所里走出来，竟然发现旁边的报架上有一摞新出炉的中文报纸。抽出一张阅读，头版头条就让我震惊到了跌坐在台阶上：上海“苹果”因儿子 SAT 考试失败自杀身亡。

上海“苹果”？哪一个上海“苹果”？是不是就是那个当年怀疑你脑袋有毛病的后来又在飞机上相遇的护士朋友？怎么会自杀身亡？一时间，我顾不得妨碍了周边过路客人的行走以及地上的龌龊，坐在休息室门口的台阶中间，急不可待地阅读起来。

真的是苹果呢，记得刚刚到美国的时候还和她通过电话，她告诉我她的胖乎乎的白男人实在是一个很善良的人，五十多岁了，在东部的一所社区大学教算术。早年和他的一个学生结婚，那个学生抽烟喝酒，听起来好像一个女流氓一样，后来怀孕了，生下来了一个戆大女孩。按照苹果的讲法，这个戆大根本不是她的丈夫泰迪的孩子，是那个女人和别人弄出来的，完全可以丢出去的，但是好心的泰迪一直把这个戆大放在身边，而那个亲生的母亲却离家出走，一去不回头了。

老头子一个人又当爹又当娘，也曾经尝试再婚，不料所有要娶进来的美国女人，一看到这个戆大通通逃了出去，最后通过婚姻介绍所刊登广告，找到了苹果。事实上还是苹果的前夫先看到的广告，当时他们的儿子连连闯祸，正当那个小学体育老师一筹莫展的时候，一眼看到了这则嵌在报缝里豆腐干大的消息，即刻想出来这个“馊主意”。这是苹果的原话，苹果说：“这实在是没有办法的办法了，为了儿子我只好离婚，又和这个白男人结婚了。”

苹果告诉我说，第一次看见那个戆大的时候，吓得她饭也吃不下了。二十几岁的人了，蜷缩在特制的床上，眼鼻口全歪，大小便失禁。要不是想到她儿子的前途，老早就逃出去了。但是看到她的儿子每天高高兴兴地上学，她便咬了咬牙齿坚持了下来。

苹果付出的代价是昂贵的，每天天不亮就起床了，先要给这个戆大洗脸刷牙、擦身体、洗屁股洗脚，这些都是老泰迪帮她一起做的。老泰迪出去上班，她就要喂这个戆大吃饭，这是一件非常辛苦的事情，这边塞进去那边流出来，一顿饭下来，苹果累得浑身大汗。接着还要把她换洗干净，送戆大到戆大学校去和别的戆大一起参加戆大的活动。

有一天，过来帮助戆大打针的义工，看见苹果累得摔倒在地上，就说：“你这样下去会累死的，还是让她插管子鼻饲好了。”

不料被老泰迪听见，他趴在门框上哭出声来，他说：“可怜的茱蒂，这样不是让她失去了做人的最后享受了吗？”

苹果一时心软，连忙安慰老泰迪说：“没有关系，我一定不会让她失去做人的最后享受。”

这一天晚上，苹果坐在床沿上，捶打着酸痛的腰背，正在为自己刚刚的话语后悔，老泰迪抱进来一台苹果电脑，直接送进了苹果儿子的房间里。苹果说：“我认命了。”

妈妈坐在高速公路休息区里一所小房子的前面，捧了张报纸皱着眉头，不知道在阅读什么，我叫她，她没有回应。爸爸一个人围着我们的“又航”不断地踱方步，时而把脑袋伸到车子底下查看着什么。我想了想，独自爬到高高的车厢里，找出昨天马蒂妮送给我的一本小书《小王子》。

要到一个新的地方去开始新生活总归是开心的，可惜马蒂妮不可以和我们同行，我在最后一天去看望了她。这是暑假期间。学校里没有一个人，马蒂妮特别在教室里等我，她把我拉到墙壁旁边，那里有我进入这个教室以后的身高记录。我用手一格一格地摸上来，好像看到自己在这里一格一格地长大。

我想起来最先阅读的《草原小屋》，那里面的劳拉后来好像是我的姐妹一样，她的故事就是从搬迁开始的，我也要走上搬迁的道路了，前面会有怎样的“远大前程”呢？那里的小朋友会接受我这个美国中部出来的乡下人吗？还有没有马蒂妮这样的老师啊？马蒂妮说：“聚首离分，这是人生当中不可避免的事情，今后没有了马蒂妮，样样事情要自己分辨，这是你必须面对的，上帝保佑。”

马蒂妮说着，便拿出一本早就准备好的原版法国童话故事《小王子》，我一看就紧紧地抱在胸口了。这本书的英文版我已经读过好几遍的，还记得第一次阅读的时候，我把脑袋缩在被窝里大哭一场，妈妈吓得以为我生大毛病了。后来每重读一次都会流出眼泪，我被小王子的善良感动。马蒂妮知道我喜欢这本小书，特别找到了原版送给我，希望有一天，我可以用法语阅读，并在扉页上写下了其中的警句：“人只有用自己的心才能看清事物，真正重要的东西用眼睛是看不到的。”

马蒂妮在送给我这本小书的时候，不知道是不是想到了美国东部学生的竞争要比悠闲的中部地区激烈很多？那里有“爬藤”这一说，这是我在波德听也没有听到过的。想到“爬藤”这两个字心里就开始发毛，我合上《小王子》从车厢里跳了下来，让我把“爬藤”先丢到脑后，到这个空旷的休息区奔跑一下吧。

不料一脚踏下去就踏扁了一只易拉罐，那只易拉罐卡在我的鞋子上拔也拔不下来。这里怎么这么龌龊的啦？到处是香烟屁股废纸头，草地上还有一泡狗屎没有捡干净，这在波德是不可能发生的。连我这个在家里从来也不被妈妈允许到厨房间劳动的人，也冒出来要劳动的冲动。

正在这时候，妈妈老老远奔跑过来，她一边跑一边哇啦哇啦地乱叫：“小狮子，小狮子，侬在什么地方啊？”一看到我，就紧紧地把我抱在怀里。抱得我气也透不出来啦！好不容易放开了我，又莫名其妙地说：“小狮子侬想要什么？妈妈给侬买，妈妈什么都给侬买！妈妈是最喜欢侬的！”

我嘟噜了一声说：“我想要一根小棍子，把这里的垃圾都捡掉。”看着妈妈一头雾水的样子，我又用她习惯的话语说：“我知道侬最喜欢我了，因为我是妈妈的血、妈妈的魂、妈妈的生命……”

我还没有讲完，妈妈就甩了甩脑袋，然后说：“对不起，我有点头疼。”

我刚刚说完“我有点头疼”这几个字，你就用两只手按摩起我的太阳穴，你说：“妈妈侬不要头疼啊，不要生病啊，千万不要死掉啊！”

我一听连忙说：“不会的，为了我的小狮子，我一定不会去死的。”我又想到了苹果。

后来我在上海遇到苹果的前夫，这个已经再婚的男人，一讲到“苹果”这两个字，神情立刻凝重起来，他说：“苹果实在是世界上最伟大的母亲。”

是的，苹果的伟大不仅仅是为了自己的儿子，做出了巨大的牺牲，还在于后来她为了那个和她毫无血缘关系的戆大，也会付出无限的母爱。朋友们看到她常常推着戆大在小区里散步，逛商店，为戆大买衣服、买零食甚至买玩具，这些都是老泰迪也做不到的。朋友说：“烦不烦啊？这种戆大一点感觉也没有，不要自己给自己找麻烦好不好？”

苹果说：“谁说戆大没有感觉的？她也是人啊！她也会哭也会笑的。”

原来有一天，苹果到戆大学校去接戆大，一看戆大头上多出来一块青紫的包，苹果立刻气不打一处来，一定是有人欺负了戆大。苹果一边向工作人员抗议，一边仔细地查看戆大的伤口，这时候，戆大突然对着苹果大哭起来，并叫了一声：“妈妈！”

苹果说：“我惊呆了，这是两年以来，她第一次叫我‘妈妈’，我当即跑过去，紧紧地抱住了戆大，就好像抱住我自己的孩子一样。”

我想说：这就是中国人，善良的中国母亲。因为这个中国母亲，戆大身上发生了奇迹，她开始发音了。我以为这以后苹果开始了新的生活，所以有很长一段时间没有给苹果打电话了。没有想到今天在这里，在这个高速公路旁边的休息区里，竟然读到了这么一条消息。

我好像听到过在麻省理工学院、哈佛、耶鲁等藤校读书的学生，因为压力太大自杀的，而母亲为了儿子 SAT 没有考好，结束自己生命的还是第一遭。苹果不是一个内向的人，她和我大多数的朋友一样快言快语，很难把自杀和苹果联系在一起。今天会为了这个 SAT 而死，这个 SAT 一定是把她逼迫到了无路可走、绝望的地步。

SAT 到底是什么东西呀？竟然会活活吞噬了苹果的生命？看起来这是一个警钟，苹果的故事是不是要告诉我，小狮子今后的道路，每一步都是凶险，都是荆刺。小狮子，妈妈为你担心啊。

其实，早在离开波德之前，伊就不知道从哪里听说，东部的学校要比中西部严厉很多，每个学生除了成绩优秀以外，还要掌握一门乐器，这是爬“藤校”的必修课，可以加一分。伊和我都学过钢琴，应该可以帮助你。可是马蒂妮说：“不好，不好，我已经打听过了，爬‘藤’加分，是必须要进学校乐团才算的，一个乐团只有一架钢琴，小狮子半路出家不容易抢到这个位置。还是拉小提琴好。一个学校的乐队有几十把小提琴，只要从小学就进入乐团，便可以一直升上去，这一分万无一失了。”

我是在离开波德的最后两个星期开始学拉小提琴的，别的小朋友的小提琴都是从1/4到1/2，然后才晋级到标准型的小提琴，但是好婆从上海托人带过来的，直接就是一把标准琴。看上去有点大，爸爸说：“小狮子个子大，明年就正好了呢。”

小提琴解决了，接下去是怎样在两个礼拜的时间里学会拉琴，而且还要考入学校的乐队。

妈妈有些泄气，她说：“太难一点了吧，当年我的阿哥学过小提琴，好几个月都在家里嘎吱嘎吱地杀鸡，从来也没有拉出来一支像样的曲子，弄得邻居都要发疯。最后，好婆一气之下，连琴带谱一起扔出去了。更何况小狮子一点乐理知识也没有……”

“没有关系，让我来试一试。小狮子记忆力很好，悟性也很高，我们一定会成功的。”说话的是四川过来的音乐系访问学者鲁光老师。

鲁老师一向喜欢我，特别是他的太太陆老师，常常给我包小馄饨，我喜欢做他们的学生。不过学小提琴是不可以马马虎虎蒙混过关的，因为在一开始，我就向妈妈保证：“放心，我不是娘舅，我一定要学会。”好婆说：“讲出来的话就要做到。”这是我第一次的誓言，我不能食言。

鲁老师严肃地把我带进琴房，那里除了琴谱的架子以外只有一张座椅。

陆老师从楼上走下来。手里拿着那把已经“打扮”过的标准琴，标准琴的腮托下面绑上了一个小枕头，陆老师让我把手轻轻地按在琴颈的指板上，我发现那里贴着一条条很细很细的分割线，陆老师说：“这是你妈妈的头发，帮你分辨不同的声音，摸着妈妈的头发，就好像是妈妈和你在一起拉琴，妈妈会帮你拉出世界上最美妙的音乐。”

我一下子感到温暖，我真想说一声：“谢谢你，陆老师。”陆老师在离开琴房的时候，又把那张唯一的座椅带了出去，她对鲁老师说：“你应该陪着小狮子一起站着拉琴，表现出小提琴家的风度。”

鲁老师笑道：“好的好的，不过小狮子用不着训练，就有小提琴家的风度啦。”

因为是暑假期间不上课，于是我就起早摸黑地整天抱着小提琴。蛮奇怪的，我没有拉过任何的练习曲，从一开始就摸着妈妈的头发，直接拉起了鲁老师的《梁祝》。这是鲁老师根据《梁祝》改写的简谱，他每天教我练习一节，等我把这一小节练熟了再练下一节，然后一节一节地连接在一起，来来回回加上变奏，听起来丰富又饱满。优雅的琴声在妈妈的头发上缓缓流淌，我看到妈妈的眼睛里闪烁着光亮。

明媚的月光在你们的琴声底下变得凄婉动人，我第一次为这个古老的爱情故事流下了眼泪，不知道为什么，这支不到十几节的简体版《梁祝》，在你的手指底下，变得余音袅袅，回荡不绝。鲁光相当得意，他说从我的头发到简谱都是他的独创，他到处宣扬他这个没有办法的办法：“狗急跳墙”。第一次尝试，一举成功。

后来你就是凭借着这首《梁祝》——你也只有这首《梁祝》，在东部顺利地进入了学校里的交响乐团。这可以说明了一件事情，那就是像我们这样的新移民，以自己国家的文化取胜，常常是最聪明的举动。

硬着头皮逼迫你进乐队，心里一直感到内疚，明明晓得你很吃力，也不知道有没有小朋友讥笑你。只是咬着牙齿把你送进排练厅，让你混入那些从小就经过了严格训练的美国孩子里一起拉琴。我不知道你是怎样熬出来的，其中的细节我连问也不敢问，个中滋味只有你自己吞咽下去了。

有一天，看着你好像一个小老头一样背着提琴从排练厅出来，我忍着眼泪背对着你说："妈妈晓得侬不喜欢，因此从来也不会要求侬成为一个音乐家。妈妈只要侬'混'在乐团里，哪怕是坐在最后的一个位置上，不要被乐团的老师踢出去就可以了。"

本来我还想说："我只要侬在将来'爬藤'时候，拿到那一分。"可是我说不出来，因为你的压力已经够大了。

你在一开始自说自话地站出来竞选了班长，这是我没有想到的。因为长期以来，我总是教育你，有关政治的事情，不要去参与，这是最肮脏的。不知为什么，这一次你没有听我的话，你的竞选演讲里有这么一段话："我是从中国来的，但是我已经是美国人了。长期以来，大家都把我当做外国人，想方设法地帮助我。现在我认为是我回报大家的时候了，我很愿意有这个机会为大家服务。"

你赢了。你告诉我说，这叫"先下手为强"。伊一听就得意起来了，因为那些天伊正在为你阅读《隋书·元胄传》："兵马悉他家物，一先下手，大事便去。"

这是你为了不再让小朋友认为你是一个和他们不一样的外国人，你率先站立了起来，这实在不是一件简单的事情。我真想对你说："小狮子，我们不要爬'藤'，只要你健康和愉快，就是妈妈一辈子的幸福了。"

可是你后来对我说："我感谢这些压力，真的，假如没有那时候的压力，我怎么会练就以后的坚韧和顽强？"

你还说："幸亏我在波德的最后几年读了大量的书，到了东部的第一次功课竟然是《傲慢与偏见》的读书笔记。”

这让我有点想不通了，小学五年级的学生，怎么会去阅读这本19世纪英国小说家简·奥斯汀的小说，是因为要让你们这些小孩子了解18世纪末、19世纪初，保守和闭塞的英国乡镇生活和世态人情？

伊想了想讲：“一定因为其中错综复杂的人物关系。”

我不知道你会怎样完成你的第一次功课，只看到你画来画去，画了一张蜘蛛网一样的关系图，又复印了不少的人物图片粘贴在一张白颜色的厚纸板上，这叫“故事板”，美国的中小学最喜欢做这种“故事板”了。最后你抄写了这么一句话，那就是：“对一个人有成见之后，便无法公平判断事情的结果。”

当你把一叠二十几页的作业交给老师的时候，连老师也开玩笑地说：“小狮子啊，想不到你那只好像垃圾箱一样的书包里，抽出来了这么一份宝贝。”

新的生活开始了，你变得非常繁忙。除了上学读书、交响乐团的活动以外，还有体育活动、社区活动，以及教会活动，我变得就好像车夫一样，整天地把你送到这里和那里。想起来国内的朋友常常在那里抱怨，说中国孩子的学习多么紧张和繁忙。其实美国的孩子也一样，只不过美国孩子很小就晓得，爱学不学都是自己的事情。他们的脑子很清楚，十八岁以后，假如不继续学习，那就要自立了。

我们的有个朋友是犹太人，他们的孩子十三岁的时候，举办了犹太人的成人生日会。生日会结束以后，他的父亲让他签署了一份抚养合约，其中明文规定：十八岁以后，假如不再继续学习，就要离开父母，自谋出路。

这种事情在美国很普遍，却让你吓到面孔煞白。我一看连忙对你说：“妈妈永远永远也不会让你离开的，无论是什么时候，只要妈妈在，你就永远有一个可以回来的家。”

你说："我知道，我知道。"

可是我心里很清楚，在你的心底深处又添加了一层新的压力。

有一天，你的数学小考成绩发下来了，我发现少了3分，再一看是老师批错了，伊讲："算了，少3分不影响总分。"

我还没有讲话，你就在一边说："我去要回来。"

你自己出去要成绩？这是过去从来也没有发生过的事情，我说："要不要我帮侬去要？"

你说："妈妈，让我自己去试一试。"

第二天，你高举着考卷跑到我的跟前说："我成功了，老师说我是对的，不仅补了我3分，还加了我3分，说这3分是因为我'敢于为自己争取权益'。"

这时候，我知道了，你已经和你的童年再见了。那一年你十岁，小学五年级学生。

等太阳

好婆来了，做了一只极其地道的走油蹄髈，啊哟，这蹄髈色泽红亮，肉质酥软，又鲜又香。刚刚夹起了一块，想要放到嘴巴里，小阿哥拿了个铃铛在我耳朵旁边拼命地摇。烦死人了，快停下来！我伸出手来抓他，差一点从床上掉了下来，原来是个梦，枕头下面的闹钟遽响。

拉开床旁边的窗帘，外面漆墨黑，太阳还没有升起来，让我再闭五分钟眼睛。好像眼睛刚刚闭上，闹钟又响了起来。没有办法，这是我进入中学以后自己设定的，五分钟响一次，一直响到我清醒。妈妈已经在楼下准备早饭了，我知道她头也没有梳，脸也没有洗，从床上跳起来就直接奔到厨房间里的煤气灶旁边，为爸爸烤面包，为我蒸馒头，至于她自己，常常只是扒拉两口昨日的剩饭了。

想到这里，我不得不撑起身体，花费五分钟洗脸刷牙。黑暗当中看了看镜子里的自己，头发根根竖起，这是因为隔夜洗的澡，头发没干就上床睡觉了，难怪美国人都是早上洗澡的呢。找出妈妈的头发刷子蘸点水，刷了刷头皮，再花费五分钟穿戴整齐。衣服和裤子是妈妈昨天就烫好，挂在衣架上的。我对妈妈说:“用不着这么考究。”

妈妈说:“隔壁人家法国教授的太太，是连内衣内裤都烫得平平整整!”

穿上平整的衣裤，是比没有烫过的舒坦许多。然后，背上书包下楼。妈妈看也没有看我，就把午饭盒子塞进我的书包，她自己则从一只巨大的手提包里摸出一把乌木梳，一边在头上扒了扒，一边跑出去发动汽车。

我抓起馒头坐进车子开始吃早饭，妈妈就好像每天早上一样对我说：“开开心心，妈妈相信侬，妈妈喜欢侬。”

这让我想起来了，我是不应该开心的。故事发生在这个学期开学的第一天，吃午饭的时候，食堂里挤满了同学。高大黝黑的克里斯发现旁边有间空闲的休息室，便推开了玻璃门坐了进去，我也随之而入。不料当日的值班辅导员，一个数学老师看见了大发雷霆，他当然不会把指责对准克里斯，因为克里斯的妈妈是学区的负责人。但是，我弄不懂的是，好几个人一起坐在那里，他为什么眼睛一转就盯牢了我。我不服，和他顶撞起来。我永远也不会忘记当时他眼睛里的凶狠，凶狠当中还有一种讲不出的藐视，我被他激怒了。

最后的结果是：我从最高的“数学精英班”直降到最低的“普通五班”里了。我是昨天收到的通知，心里非常不平，但是我没有告诉妈妈。我真的希望还可以回到小时候，遇到问题就让妈妈冲到前面，让什么都能干的妈妈帮我解决所有问题。但是，我不可以，真的不可以。我必须自己面对，我相信自己一定会在这寂寥的沙漠里一步步地走出来。

我是愤怒的，妈妈相信愤怒出英雄，妈妈会讲出这句话，一定是有切身体验。想到这里，我偷偷看了一眼妈妈，她一点表情也没有，对于我的心事浑然不知。

我看也没有看你，就知道你有心事，只是咬着牙齿不肯说出来。我心里很急，但又不能开口询问，因为这是你自己决定不要告诉我，我应该尊重你。只是因为不知道发生了什么事情，心里很纠结。又想起来是我把你从大洋彼岸带到了这个环境里，让你独自面对艰难，却没有办法保护你，我感到心痛。

我把车子停稳在你的校门口，看着你快速走了出去，你没有回头，你的背脊有些僵硬，我的心抽紧了。一个女孩子走过来和你搭讪，后来你告诉我，这个德国女孩问你："现在是几点钟？"

我笑了，我说："这个女孩子喜欢侬了吧？哪有手上戴着手表还要问侬几点钟的？这是没话找话呢。"作为妈妈对于你身边另外出现的女性总是敏感的，曾经一度以为那天你是因为女孩子的事有心事。但是很快就发现这是错误的，你另外有心事。我没有办法忍耐着静待，决定瞒着你到你的学校去一次，我一定要弄清楚这里面发生了什么事情。

隔天我向公司请了两个小时的假，中午抽空赶到你的学校。透过食堂摇门上面一方玻璃，张看里面的情况。我想起来第一次送你到托儿所去的情景，也是趴在门上的小玻璃洞洞上，用一只眼睛张望进去，感觉有一点像探监。那时候看到你可怜巴巴的样子立刻冲了进去，把你抱回家里，可是现在已经不可能了，我这个当妈妈的一点办法也没有，一点力气也没有。

很快，我就在玻璃洞里看到了你。奇怪了，你怎么没有和你的那批精英班的朋友坐在一起，而是坐在一群不喜欢读书的差生背后呢？这批人坐没有坐相，站没有站相，一边吃饭一边还要大声喧哗，打来打去，我知道你一向和他们无交往，可是现在为什么会和他们混到了一个角落里的？

美国的中学常常有精英班和普通班之分，普通班下面还分 Level I（普通一班）、Level II（普通二班）等等。美国人不会直接称之"慢班"，但是大家心照不宣，到了最后就是最慢的班了。一个学生在不同的课程当中，可以分别是精英班和普通班的学生，但是学生群通常是以数理化等主课的划分自然聚集在一起的，这里面学生水平的差距很大。看看你周边那群学生的吃相，一定是比普通五班的学生还要蹩脚的"慢班"，这让我心焦如焚。

正想着，冷不防摇门从里面被推开了，走出来一个满脸大胡子的中年教师，他因为摇门打到了我，吓了一大跳，忙不迭地对我说“对不起，对不起”，而我却顾不得疼痛，直接询问你的情况。这时候我已经知道了，他是当日的值班辅导员，也是你的新的数学课的老师——史密斯先生。

史密斯先生倒是客气的，他先把我请到旁边的休息室，就是你被打入“慢班”的那间房间，然后又给我倒来了一杯冷水。我坐了下来又站起来，推开冷水，咬着牙齿询问为什么。很快我就弄清楚了事情的缘由，我的眼泪也要流出来了，我认为这是种族歧视！想到你在一开始就被排斥到这个社会的底层，将被克里斯这批精英班的学生抛弃，我完全控制不住了，捂着脸大哭起来，我是最受不了你被欺负的了。

正在食堂里吃饭，只感觉到后脑勺有两道目光注视过来。妈妈来了？不可能，她在城里上班，我一直到现在也弄不懂那天妈妈是怎么会过来的，我只知道妈妈来过了。下午的第一节课是数学课，和往常一样，数学课结束以后，我都会留下来和史密斯先生交谈。再下面一节课是劳作课，我的那些“慢班”里的新朋友会帮我完成那些手工作业，他们很能干，而且乐意帮助我这个笨手笨脚的人。

我留在数学教室里，史密斯先生拿出一本精英班的教科书，给我讲解那里的内容。这天因为一直在想妈妈来学校的事情，我有一点点心不在焉。史密斯先生发现了，他问：“你在想什么？”

“我在等太阳。”看了看窗外永远阴沉沉的天空，我说。

史密斯先生绕过写字台，走到我的旁边没头没脑地问：“要不要回到你原来的班级里？我在你踏进这个教室的第一天就发现这是一个错误，可是我有些自私，我已经很久没有像你这样要学习的好学生了。”

我没有回答，但是却证实了刚才的想法，那就是妈妈来过了。妈妈呀，永远都是最了解我的人，无论我怎样守口如瓶，她都会发现我的心事。我实在是不想让妈妈再为我操心了。

还记得第一天踏进“慢班”的教室，上课铃已经响过五分钟了，里面还是乱糟糟的一片。站在教室门口，只看到那里多数是学校里的小流氓。他们打架群殴，欺负弱者。平时面对面走过，看到这些人也要绕道而行的，现在却要坐到一个教室里上课，心里有点发怵，我感觉到整个的世界都被黑暗包围了，这是我第一次意识到别人看我会用另一种的眼光，因为我是一个黄皮。

大概是我的突然出现，教室里一下子安静了下来。我做出一副无所谓的样子，大模大样地走到第一排的座位上，把书包摔在桌子上，拉开椅子坐了下来。一个领头的学生拉萨尔一屁股坐到我的桌子上，挑衅地看着我说："Nerd（书呆子）！你过来做什么？"

"和你无关！"我掩饰着内心的惧怕，毫无表情地回答。他有些吃惊，却飞起一脚踢了过来，我跳起来让开了。教室里的学生们围拢过来帮腔，我很清楚我不是他的对手。这时候一个弱小的男孩子从后面挤过来说："不许欺负人！"

后来我知道这个弱小的男孩子叫威廉姆，威廉姆为了我引火烧身，最后寡不敌众，被打倒在地板上。我用自己的身体阻挡着拉萨尔的拳头，并把威廉姆扶了起来，我对那个领头说："这种欺负弱者的行为是最无能的表现。"

全班哗然，拉萨尔当然不会放过我，还好，史密斯先生夹着他的公文包进来了。那些学生虽然不会服从史密斯先生，却也收敛了许多。史密斯先生开始上课，他在黑板上写了一个简单得不能再简单的代数题目，然后转过身体开始讲课，可是没有人听他的讲解。他好像习惯了，也不管有没有人听讲，只是一个劲地对着空气，看着天花板背诵他的讲义。我无聊地从书包里摸出一本毛姆的短篇小说，读了两行，情绪糟糕到了极点，整个的感觉是：好像再也看不到太阳了。

这天回到公司上班，整个下午都头昏脑涨，我感到压力很大，想逃避，想放松。但是作为一个妈妈，只要孩子一出生，就失去了放松的权利。早就知道在美国东部生存要比在中西部地区更加艰难，上帝啊！为什么不把惩罚都降落到我这个妈妈的头上？我愿意为我的小狮子承担所有！

下班的时候，先到中国城去买了一堆“中学生数学题集锦”之类的教科书。想起来当年我的中学生涯，就是靠自己学出来的，那时候只有一本“数学一百题”，现在是应有尽有。

抱着教科书和中国超市里剁碎的小排骨，打起精神回到家里，刚刚把钥匙插进门锁，就听到天摇地动的一声巨响。“不得了！地震了！”我大叫起来。

你镇静地在后窗前面转过身体说：“没有，只是那棵樟树倒了。”

我一把把你从窗前推开，看着被树枝戳破的玻璃说：“这么危险的地方，侬还站在这里做什么？”

你抱着我的肩膀，一声不响地看着窗子外面的狼藉。这棵两只手都抱不拢的大樟树，足有一百多年的历史了吧。刚刚搬进这幢连体小楼的时候，你就不喜欢这棵挡在你窗前的大树，你说：“因为这棵树，太阳都不来了呢。”

现在大树莫名其妙地倒了，这是什么兆头？我抬起眼睛看了看你的面孔，一时间不由打了个寒战，那里的冷漠让我惧怕。你什么时候变成这样？可以把外界的一切都和自己割断？我把手里的书轻轻放到你的桌子上，我发现一连好几天你都没有翻一下，而是天天都站在窗前，对着樟树的断枝发呆。

大家都对我说，小孩子到了十来岁的年龄，麻烦就来了。明年你就有十三岁了，我应该为你做些什么呢？又想起来了巫婆，打电话让母亲去找她，母亲不予回答。这时候我发现你忙得一塌糊涂，每天吃完晚饭，就回到自己的房间，对着计算机拼命打游戏。看着你如此投入的样子，我六神无主。我知道我不能去阻止你，因为你心里太苦涩，你想要放空自己。

想了想，我决定坐到你的对面，翻开自己买来的数学教科书，你不做我做，我开始做数学题。我做数学做得比你打游戏还投入，就好像回到了我十来岁的年龄，一时间忘记了一切。很快做题目就变成了我每天的必修课，好像不做题目就浑身不舒服，甚至把我久患的失眠也治疗好了，我相信我都可以去参加“奥数”的比赛了。

有一天，我无意之中从这些题海当中抬起头来，看着你一副完全忘我的样子坐在电脑面前，突然意识到：你每天打游戏也是一种逃避的方式，你要在游戏当中逃避残酷的现实，释放内心的痛苦。我不忍心阻止你，又不可能支持你。“苍天啊，祈求你给予我的小狮子力量，让他自己从痛苦当中走出来！”

妈妈坐在我的对面，面孔铁青，我不知道她从哪里弄出来这么多的数学题目，我一打开电脑，她就坐过来了。一开始我并没有注意她的行为，只看见她紧紧地咬着嘴唇，牙齿在那里留下了一排血印。我站了起来，坐到她的身边，她竟然没有察觉。铅笔在道林纸上刻下了深深的痕迹，她好像把自己的全部都融化到这一个个数字当中。

我的眼睛跟随着妈妈的铅笔，不由自主地和她一起做起数学题，我发现自己也加入了进去。妈妈察觉了，并没有停下她的笔，只是扔给我一张纸，我们一起做题。很快，桌子上的数学题都做完了，爸爸买回来了一本很有意思的智商题，我们三人开始一起做智商题，一本又一本，无止无尽。这个习惯一直保持到现在，在我读大学、读研究生，甚至做了博士后，只要电脑里出现一些新颖的稀奇古怪的题目，我们都会通过 email 相互测试一下。

我不知道那时候的史密斯先生是不是出了新花头，他把我们全班分成四个小组，分别完成不同的作业，每一个人解答各自的问题。拉萨尔和威廉姆还有一个忘记了叫什么名字的不要读书的小喽啰和我分在一个小组里，他们都是不要成绩的，分配下来的一大叠作业被扔在地上。因为是四个人一个成绩，如果四个人里有一个人不能完成，成绩就会掉下去。我想了想决定一个人来完成四个人的作业，于是大家都拿到了“A”。

拿到“A”总归是开心的，特别是对那些从来也没有拿到过“A”的“慢班”同学来说。现在威廉姆就好像是我的跟屁虫，时时刻刻跟在我的背后。很快其他小组过来向我示好，他们希望我可以帮助他们拿“A”。我大方地答应了，这就意味着我每天要做十六个人的数学题。再简单的数学题在规定的时间里，要以十六倍的速度来完成，不仅需要熟练，还需要准确。我就是在这样的环境里训练了自己，很快变成了神速的做题大王。没有想到，这是我在“慢班”里获得的意外的收获。

后来我发现，“慢班”的同学多数对学校的态度已经到了放弃的地步，因为成绩上不去，一点优势也没有，便对教室里的知识没有兴趣，整个的心思老早已经到了学校的外面。他们在学校的外面建立了不一样的生活、兴趣和世界。这个世界是我进不去的，就好像他们也进不了我的世界。有一次妈妈开车子来接我，一个“慢班”的同学气喘吁吁地跟在后面，追到跟前，他对妈妈大声地说：“孔太太，你车子的声音不对，一定是方向盘的皮带脱落了。”

这种事情是我一直到现在也弄不清楚的，讲起来都是我的羡慕。也有“慢班”的同学对烧饭，对动物很有兴趣，据说费城动物园里为中国来的熊猫种竹子的，就是我“慢班”的同学。当然，他们中间也有人落进了歧途，最后无所事事，这实在是少数。可是在一开始可以说是学校抛弃了他们，他们也抛弃了学校。

学期快结束时发生了一件事，这天在食堂，“快”“慢”班的学生发生冲突，快班的学生提出来一场做数学题的比赛。原本我并不想参与，但是看到那个把我降入差班的辅导员老师正藐视地看着我们，原本同是快班的同学杰西卡用两根手指转动着铅笔，做出一副趾高气扬的样子，这是我最愤恨的了。我最不能忍受被人看不起，于是从最后一排走到前面，敲了敲杰西卡面前的桌子说："来吧，我和你单挑！"

同学们兴奋起来，他们起劲地找来了高中里的数学老师当公证人，公证人当场出题一百道，我看也没有看就对杰西卡说："你先做五十题，我再开始。"

全场愕然。

我是愤怒的，特别是面对那个藐视的目光，这目光是我一辈子也不会忘记的。"我一定要赢。"我在心里说。我开始做题，我做得非常沉稳，铅笔就好像从纸上滑过去一样。做到最后几题，我有意放慢了速度，在杰西卡完成的同时，我放下了手上的铅笔，"平局！"有人大声宣布。杰西卡一开始还想跳起来欢呼，可是突然记起来我是让了她五十题的，便瘪下来。她说："小狮子，我恨你！"

我的那些"慢班"的同学欢呼起来，我则在大家不注意的当儿离开了食堂，一个人漫步到后操场的角落里。那里有一块孤独的大石头，我坐了下来。不知道什么时候史密斯先生来了，他说："这下子，我就是想留你在我的'慢班'，也没有办法了。"

朋友间

离开了“慢班”以后，你好像并没有高兴起来，我觉得一个学期的“慢班”经验让你改变了许多。小小一个人，刚刚过了十三岁的生日，怎么会变得这么成熟？待人接物都好像十七八岁一样。很少有人可以看到你的内心世界。你后来自己也对我说：“蛮奇怪的，我怎么好像有一种看穿了的感觉？”

听到这样的话，我很难过，这到底是好事还是坏事？都是那个把你降到“慢班”的辅导员老师害的，我恨他一辈子！我不要你变得那么沉重，我说过我只要你健康和愉快。我突然想起来你好像很少在外人面前大笑，更不要说哭了。对了，你已经很久没有大笑大哭了，上一次流眼泪的时间我都记不得了。

这天隔壁邻居丽萨老远和我打招呼，她说看见你和两个小朋友在校园里一路走一路笑，开心得一塌糊涂。我十分吃惊，想到你开心的样子，自己也不由自主地开心起来。再一想，不对！那两个小朋友是谁？一定又是“慢班”的威廉姆和堪。

威廉姆在你踏进“慢班”的第一天就是你的朋友了，虽然他是一个金发碧眼的美国孩子，可是他比大多数的孩子都瘦弱，我总觉得他好像吃不饱的样子。他真的是吃不饱的，甚至是没有饭吃的，在美国很少有这样的事情。

居住在我们这个大学城里的人，很有些自命清高。因为网上统计我们这里城市居民的平均收入没有隔壁城市高，所以就冒出来了这么一句流行语：“隔壁城市的钱多，我们这里的书多。”很有些阿Q的味道。

但是这个威廉姆既不住在隔壁城市，也不住在我们这里，他住在这两个城市的中间。妈妈是个小公司的会计，爸爸好像赋闲在家里，什么也不做，整天玩电脑。在美国这种靠老婆吃软饭的男人还不少呢，他不仅靠老婆吃饭，还会打老婆，这是让我最讨厌的了。

有一天放学，你到威廉姆的家里去玩，一直到我下班才去接你。我发现他的家里乱得一塌糊涂，饭桌上隔夜的剩饭还没有收掉，脏衣服到处都是，一只臭袜子甚至甩在吊扇上。威廉姆的妈妈没有下班，家里的炉灶冰冰冷，电灯也没有点，电子游戏机倒开得山响，一帮小朋友和那个胖男人玩在一起如火如荼。

回家的路上，我一路无语。这算什么名堂？我想起来中国人的老故事：孟母三迁。晚上想和伊商量，而伊正在为学生的事情烦躁，头也没回就丢给我一句话：“你决定就好了。”

我想了想走到你的房间里，你正在打电话，一听又是那个威廉姆。我火气大起来了，走到你的面前，一把拔掉了电话线。你大吃一惊，这是我在你进中学以后第一次对你发脾气。我连理由也没有给你，直接对你说：“不许和这个威廉姆继续做朋友了。”

我知道你一定会问“为什么”。所以连你说话的空隙都没有留给你，连珠炮一般地放出来说：“威廉姆是个没有家教的小孩，当爸爸的没有当爸爸的样子，当妈妈的整天不在家，这种人家是和我们这样的读书人家格格不入的！

“侬已经离开‘慢班’了，再也不要和那里的同学混在一起，那些同学只会拖侬退步！

“不许问‘为什么’，就是不可以！”

说完，我别转身体就离开了你。

妈妈一点面子也不给我，就好像疯子一样地拔掉了电话线，让我明天怎么去面对我的朋友？其实刚刚妈妈弄错了，和我打电话的不是威廉姆，而是堪，堪告诉我，明天他要去看病，不能到学校去，请我多带一点午饭，因为威廉姆很可怜，假如我和堪每天不多带一点饭，他是连午饭也没有，要饿一整天的。

堪本来也是精英班的学生，后来因为爸爸妈妈闹离婚，弄得家里天翻地覆的，堪情绪很不好，总觉得人生没有意思，读书也读不进，最后就落到“慢班”来了。堪几乎每天给我打电话，一打电话我就知道他的爸爸妈妈又在吵架了。讲老实话，我对这件事一点兴趣也没有，为什么他会挑中我没完没了地诉说呢？真烦人，但是我又不能把电话挂断，只好捺着性子倾听。这下好了，妈妈把电话线拔掉了，我应该感觉到解脱，可是不。

早些天堪总是说他一点力气也没有，饭也吃不下。我一开始还以为他是因为爸爸妈妈吵架影响了他的休息，可是这几天看起来他好像真的生病了。昨天在西班牙语的课堂里他竟然睡着了，从椅子上掉了下来，额头也摔破了，从地上爬起来的时候，就好像戆大一样傻笑。

本来堪很聪明的，他的数学基础比我好，我知道他的爸爸是数学教授，从小就被训练得经常出去参加校际数学比赛。可是现在却变得连最简单的数学题也做不来了。我看他是思想不能集中，常常在教室里发呆。堪告诉我，他的爸爸在外面有女人了。这个当爸爸的真是一个王八蛋，太自私了，一点责任感也没有……

我和堪一起在电话里骂堪的爸爸，突然听见电话线的那一头发出一声巨响，还没有弄清楚堪发生了什么事情，妈妈就冲进来把电话线拔掉了。

我无语，看着电话机子开始担心。

我越来越担心，偷偷插回电话线，拨打堪家的号码，忙音，又是忙音……

我想了想，只有求助威廉姆。电话打过去，没有想到他的那个永远都坐在沙发里打游戏机的爸爸跳了起来，立马就开车过来，要接我一起到堪家里看个究竟。我连忙穿上外套，奔到门外，对着妈妈的背影大叫了一声："妈妈，我有点要紧的事情，去去就来，不要担心。"

威廉姆的爸爸精神十足地坐在他那污糟糟的汽车里，两只手紧紧抓着方向盘，就好像战士出征一样。美国人就是这样的，对隔壁人家的事比对自己家的事还要起劲，他们全家都出动了，有点像游戏机里的英雄救美人。美国人都有当英雄的情结，不管自己是多么无能，一有机会表现，绝对不肯放过。此刻我倒有心堪出点什么事情，不然的话好像有点对不起威廉姆的一家了。后来，我很为自己的这一个念头感到愧疚。

我正在为自己刚刚的举动后悔，不知道怎么收场，你对我大叫了一声就冲出去了。我当然不会放任你自己，立刻跟到你的背后。我看见你钻进了威廉姆家的红车，便迅速转身发动了自己的小车，小车就好像一粒子弹一般，蹦了出去，咬紧了红车的尾巴。

威廉姆家的红车飞速地驶向堪的家，老远就看到那里灯火辉煌，不得了，出事了，怎么救护车、救火车还有一辆警车一起停在那里呢？原来美国有规定，假如打急救电话，没有说清楚是什么事情，那是三车都会一起出动的。

当时堪正在给你打电话，他的爸爸把一个花瓶对着他的妈妈扔了过来，堪急火攻心，一下子昏厥。我们赶到的时候，堪的妈妈正护送堪上了救护车，他的爸爸也跟在后面。我恶狠狠地看了这个王八蛋的男人一眼，威廉姆的妈妈则快手快脚地抱起了堪的小弟弟。

手忙脚乱当中，堪被救护车带走了。刚才还是沸沸扬扬的场面一下子安静下来，威廉姆的妈妈留下来帮助照顾堪的小弟弟，威廉姆跟着他的爸爸回家去了。站在空无一人的街口，我以为你会责怪我，不料你老远跑过来，抱着我说："妈妈答应我，永远也不会离婚。"

我拍着你的后背，你已经比我还高了，但仍旧像一个小孩子一样。我想起来几年前，你要我"永远也不会再生出来一个小弟弟"，那是因为点点的事情受到了刺激，这次是因为堪父母闹离婚的事情受到刺激。我不要你受到这种刺激，但是生活就是这样，常常不尽如人意，我实在是没有力量把你藏到真空里的。

回过头来看看堪家门前两排自动发光的照明灯，联想起来住在里面的那对夫妇，那实在是一对最不负责任的父母。怎么一点也不为孩子想一想？其实在我的周边这种不负责任的父母还很多，我们现在居住的教授楼的前主人，就是因为离婚才搬出去的。

那是一对印度夫妇，原本以为印度人结婚都是一锤子买卖，一婚定终身，不料那对印度教授在独生女儿上了大学以后离婚了。有一天晚上我走出去倒垃圾，黑暗里后门口竟然竖着个人，吓到我尖叫起来，定下神发现，这就是那个印度人的女儿娜库莎。那时候，印度人的女儿在普林斯顿大学读书，回到家里休假，发现温馨的家已经没有了。

于是在夜幕降临的时候，她就一个人走了回来，远远地望着以前的窗口。我让她进屋，她摇了摇头，别转身体离开了。我知道这个娜库莎在中学里的时候功课很好，常常名列前茅，所以考入了藤校。可是在大学里，因为爸爸妈妈的离异得了忧郁症，常常无故发呆落泪，最后大学也没有按时毕业。

我不知道她的爸爸妈妈有没有感到愧疚，真是作孽。你后来在出门上大学的时候对我说："那个娜库莎最可怜了，好不容易'爬藤'成功，回到家里却再也没有家了。"

我知道你的意思，小时候为了会不会再有个小弟弟担心，我还可以和你开个玩笑，可是现在我不可能一笑了之，只能告诉你这是不可能的事情。其实我一向认为：一个人一旦当了父母，就没有权利自说自话地拆散家庭，这是一种犯罪，对孩子的犯罪，一定会遭受到上天的惩罚。

堪从医院里回来了，可是却不能正常地到学校里来和我们一起上课，他得了一种稀奇古怪的毛病：神经性肌无力。我去看他的时候，他躺在床上，虚弱苍白。我很害怕，他倒反过来安慰我说："不要怕，我不会死。"接着又说："还记得杰克吗？这次在医院的抢救室遇到了他，他快死了。"

"怎么可能?!"我惊吓得差点把手中的水杯打翻。杰克是我初中一年级的精英班同学，第一天走进教室，就看见一个干干净净仪表端正的黑人站在门口，自我介绍说："我叫杰克。"不知道为什么这个杰克和别的同学有一点不一样，待人诚恳又很厚道，看上去好像比我们老成很多。

杰克喜欢帮助别人，处处显示出老大哥的样子，当我被降到"慢班"的时候，他特别走过来安慰我。因为他一向是学校里的红人，我把他的安慰当做是猫哭老鼠，很有些反感。他是唯一的在我降到"慢班"以后，还会过来和我一起吃饭的人，也会在走廊上偶遇的时候，老远跑过来向我问好的人。但是抬起头来看见墙报上挂着的表扬杰克的照片，我就生气，我恨这种凭借着肤色处处得势的佼佼者。

妈妈曾经在华人报纸上读到过这样的文章：黑人功课好一点点，就会比一般人加分很多，而我们黄种人的高考成绩线，要比一般人高。妈妈提醒我记牢，小时候的拼字Bee的比赛。杰克的成绩很好，特别是文学课。我有一点不服气。我以为他的优势就因为他是黑人。

但是我没有想到杰克是个罹患绝症的脑癌患者。堪告诉我，杰克很早就知道了这一事实，只是他没有自暴自弃，而是更加珍惜活着的每一分钟。他热爱生命热爱世界，热爱身边的所有，他的成绩来之不易，他要比一般人付出更多的努力。我更加没有想到的是，杰克在精英班上数学课，每次发下来的课外讲义，都会有心地多要一份送给我。他知道我的自尊心极强，就请堪偷偷塞在我的桌子里。

难怪我常常会收到一些精英班的学习资料，我还以为是史密斯先生对我的特别照顾呢，不料是杰克！想到这里我起身告辞，我告诉堪，我会到学校里打听杰克的消息，我应该去看看他。这天回到学校的时候，已经是傍晚时分了，照理是课外活动的最热闹的时间，可是不知道为什么整个校园空无一人。门厅安静到了让人惧怕，站在那里就好像是站在旷野里一般。不知道为什么，我感到悲哀甚至想哭。

两只脚带着我无意识地踱步到了墙报前面，抬起头来一看，立刻目瞪口呆。杰克的照片上面为什么画了个黑框？杰克死了？照片下面还有一张讣告，杰克是在三天之前离世的，今天下午正是他的告别会！这是美国人的习惯，去世三天一定要送出去入葬了。我怎么会这么糊涂，这张讣告贴出来了三天都没有注意？真该死，我要马上赶到殡仪馆去，我一定要去送送这个默默关心过我的人。

紧赶慢赶总算赶到殡仪馆的时候，追悼会已经结束。同学们三三两两地从那扇黝黑的门洞里走出来，好像全校的师生都来了，许多不是我们这一年级的女生都哭得两眼通红。我拨开人群挤到最前面，一辆黑色的灵车正在启动。史密斯先生看到我，什么话也没有说，从包包里摸出一叠打印资料，是杰克最后留下来的数学趣味题，现在都送给我了。

当我把这些数学题拿给堪看的时候，堪说他早就看到过了，因为杰克知道我喜欢这种稀奇古怪的题目，特地收集的，杰克最后对堪说的话是：

“希望小狮子可以代替我进入最好的大学。”

这天你回来的时候，面孔上好像刮了一层糨糊，我不敢问你发生了什么。只好在你的房间外面张望。我看到你把一张张的打印资料叠到一起，然后分别夹进活页夹。正在这时候威廉姆在门口叫你，我走出去开门。不料走进来的是一个和昨日完全不同的威廉姆。

此刻的威廉姆，一身私立中学的制服：藏青颜色的小背心，藏青颜色的西装裤，脚上穿的不是中学生日常穿的白跑鞋，而是一双乌黑锃亮的三接头皮鞋。看到我的惊愕，威廉姆很有礼貌地笑了笑说：“对不起，孔太太，我因为刚刚从学校回来，来不及换衣服，直接过来看望小狮子，把你吓到了。”

这时候你从楼上下来，好像成年人一样和威廉姆握了握手，然后就出去了。你回来的时候告诉我，威廉姆的外婆去世了，留下来一大笔遗产，指定全部留给威廉姆，而不是其他人，特别不是他的爸爸。并指定威廉姆要到华盛顿近郊的一所私立中学读书，不可以继续住在家里了，否则一分钱也不给。

原来，威廉姆的母亲出身贵族，家底殷实，不知道为什么这个大小姐大学也没有读，就跟着家里佣人的儿子私奔了。她的母亲极其气愤，在家族当中宣布：驱逐这个独生女出门，永世不得回家。为此威廉姆的母亲吃足了苦头。那个佣人的儿子，也就是威廉姆的爸爸，实在是个懒惰坯，整天躺在沙发上看电视打游戏，威廉姆的母亲起早摸黑，辛苦操劳，刚刚三十多岁，牙齿也掉了。我好几次想问问她有没有后悔，但是看着她身心衰竭的样子实在问不出口。

幸亏威廉姆的外婆无意当中发现，她女儿的孩子当中有一个长得酷似外公，这个孩子就是威廉姆。这实在是一件不可思议的事情，就好像小说里的故事。昨天还是一个你不丢点东西给他吃就要饿肚子的瘪三,一夜之间变成了另一个阶级的富人。

堪病重休学了，威廉姆离开了，那帮“慢班”的朋友渐渐和你疏远了，问及其中的缘由，你笑了笑说:“其实个人有个人的兴趣爱好，虽然仍旧是朋友，但是因为兴趣爱好不同，而且越来越不同，也就疏远了。”

这样看起来孟母三迁好像有些多此一举，相信孩子并帮助孩子在恶劣的环境里健康地长大，似乎要比逃避更加重要。仔细琢磨你的话语，其中的关键是四个字，就是“兴趣爱好”，怎样把孩子引导到正确的兴趣爱好上面，这里面是有很多的学问，最不可行的就是“硬碰硬”，不同的孩子有不同的方法，这里面首先要花费的是真心和时间。这对许多父母来说更加艰难，可是谁让我们为人父母的呢？这是不可推卸的责任。

女孩子

威廉姆离开的时候，和我说的最后一句话让我一直不能忘怀。还记得那天他穿着一身私立学校的制服，送我走到家门口，站在一棵大榕树底下，两只眼睛若有所思地看着我的头顶说：“小狮子，你现在还不会成功，等到有一天，你学会了在你说话的时候说出来的是对方想听到话，你就成功了。”

我吓一跳，从头到脚地看了威廉姆一遍，想不出来从瘪三到富人，一夜之间就会变得如此世故。我想我是没有这个天赋，永远也学不会了，这就是美国私立学校的教育吗？

这天放学回家，门口停着一辆钉着科罗拉多车牌的越野车，车身上面涂满了泥浆。还没有等我走到近处，里面就跳下来一个粗鲁的美国人，他胡子拉茬，一脸的尘埃，走到我的跟前，和我握了握手。我完全记不得这是什么人了，因为不敢直接把陌生人放进家里，就告诉他：“妈妈还没有下班，爸爸在办公室，不远，就在两条马路的后面。”

他点了点头离开了，大概过了大半个钟头，他又过来敲门，我从来也没有听到过这样的敲门的声音，沉闷、巨大，一下又一下。我以为大门要倒下来了，心里极其害怕。还好，正在这时候妈妈回来了，妈妈一看到这个大男人，老远就跑过来和他拥抱，并把他请到了客厅的沙发里，又是倒茶又是煮咖啡，好像还要忙着做馄饨面。

来者也不客气，两只穿着皮鞋的大脚咔嚓咔嚓地穿过走廊，熟门熟路地在饭厅的酒柜里摸出一瓶五粮液，倒出一小杯，一仰头就对着嘴巴倒了进去。妈妈连忙赶过来，递给这个男人一小碟花生米说："托马斯先生，不要焦急，坐下来慢慢喝。"

什么？这是爸爸读博士时候的老师托马斯？西装革履风度翩翩的古典文学专家怎么会变成这样？我立刻想起来了他的女儿莎拉，是的，就是莎拉。那个隔着池塘，在阳光底下向我招手的莎拉。在我梦里出现的故事，永远都是这样的镜头：冬天刚刚过去，莎拉已经甩去了身上的大棉袄，身着红色的抓绒衫，在草地上跑来跑去。

她叫我去抓她，大声地喧哗。不知道为什么，我浑身都发起热来了，踢掉了脚上的雪鞋，在池塘旁边的草地里奔跑。很快我们的脚上都沾满了烂泥，越来越重，抬不起脚来，被地上的草根绊住。莎拉摔倒了，她哈哈大笑着坐在池塘的对面。

莎拉的祖父是个设计师，专门做花园设计的，早年曾经到过中国，那时候这个设计师还是一个传教士。不知道是不是去过了苏州，莎拉出生的那年，他在家里建造了这座东方式样的花园。花园里有座假山，被围在池塘的中间。我隔着池塘对莎拉喊："我喜欢这座花园，就好像是人间天堂！"

莎拉在池塘对面回答："好，那么就这样说好了，我要永远保留这座花园！哪怕是爸爸妈妈把这座房子卖掉了，我也要保留这座花园，我就住在这座假山上等你！"

我以为我的耳朵出了毛病，莎拉为什么会住在假山上等我？那时候我们都不到十周岁。我抬起眼睛望过去，只看到阳光底下的莎拉通体透亮。褐色的头发随风飘荡，因为奔跑，脸色变得通红，显示出花一般的鲜艳。我正想跳起来跑过去，莎拉的母亲，一个凶巴巴的胖女人走过来，一把拖起莎拉，就往屋子里走。天空变得阴暗了，妈妈从远处奔跑过来，一看到我就心痛地把我抱了起来。

“不得了，侬怎么可以赤脚的啦？要冻出毛病来了。”妈妈说着捡起了我的雪鞋，把我扛到屋子里，她把我放到前厅的楼梯上，莎拉的母亲看见了大叫起来：“脚上都是泥巴，不可以进来！”

妈妈没有讲话，只是把我的袜子褪了下来，又立刻把我的两只脚塞进她的衣服里。那里面真舒服，又温暖又柔软。紧接着妈妈快手快脚地把自己的袜子脱了下来，套到我的脚上。整个的过程，妈妈都是跪在那里完成的。莎拉则光着脚坐在我的旁边，我看到她的脚被冻得通红，长头发上沾满了干草，不知道为什么，她似乎有些怨恨地看了我一眼，这时候我感觉到坐在旁边的她一下子变得很遥远，比隔了个池塘还远。

下班回来，老远就看到一个东北大汉一样的人在那里打门。说他是“东北大汉”一点也不过分，他的头上戴了一顶毛茸茸的裘皮帽，脚上蹬着一双高帮的雪鞋，说他是“打门”也很贴切，他是用他的拳头好像是对着仇家一样地擂了过去。走到近处他大声叫我，我才发现他是托马斯。想起来昨天晚上伊刚刚对我说过，这几天托马斯会来，没想到一转眼他就到门口了，可是怎么会变成这样？好像一个坏人，难怪你没有直接把他放进屋子里，我的小狮子已经不是小时候的小狮子了，什么人都会出去搭讪的呢。想到这里，我暗自笑了一下。

其实托马斯是我们家的老熟人了，伊在科州大学读博士的时候，托马斯在东部拿到博士，回到老家任教。看上去蛮威严的，修剪得十分考究的大胡子遮不住他过于年轻的面孔，我们在背后偷偷称他为“小教授”。

“小教授”和我们关系很好，甚至像朋友一样，常常到我这里来吃馄饨面，一来就在大门口叫我的名字，然后问我要“五粮液”。他的太太就是另外一回事了，听说是中学同学，后来跟着托马斯出去读书，托马斯当了教授，她便表现出高人一等的模样，好像笑也不会笑的，我从来也没有请她到家里来过。

可是这样的一个母亲，生出来的一个女孩子倒十分可爱，待人很热情。有一次伊在当了教授以后回科州讲课，顺便看望小教授，小女孩莎拉就削了满满一盘芒果端上来，那芒果之多，让我吃惊。更让我吃惊的是，小女孩坐在一边不断地把芒果叉在牙签上，送到我们手里。这样的举动不大像美国人，有点中国人的味道，大概和她爸爸是学中国古典文学的有关。那时候我在心里还暗想："假如这个小女孩将来是我儿媳妇就好了"，又一想："不对，谁能吃得消她那母夜叉一般的老娘呢？"

那天我们好像没有看到莎拉的母亲，后来伊告诉我，托马斯和他的老婆分居了，正在闹离婚。我听了，态度上一下子来了个一百八十度的大转弯，我一向是反对离婚的，因为离婚对孩子的伤害太大，而且离婚多数是男人出轨，所以同情起那个母夜叉来了。

这以后托马斯在电话里告诉伊："离婚了，但是并不开心，因为莎拉判给了她的母亲。"

我在一边撇了撇嘴说："这种男人最不是东西了，甩掉了老婆和女儿，不是一身轻了吗？还假惺惺地猫哭老鼠。这样的人再也不要想来我家吃馄饨面了。"不料这个假惺惺的男人开了一辆老坦克，横跨半个美国上门来了，而且变得如此潦倒。他浑身疲惫地坐在我家的沙发里，一杯接着一杯喝老酒。我有点害怕，猜想一定是什么事情发生了，才会让他变成这样。

这时候伊回来了，一点也没有惊乍，只是陪着托马斯坐在沙发里，一杯接着一杯地喝老酒。

妈妈在厨房里叫我下去吃晚饭，我蹑手蹑脚地从托马斯的背后溜了过去，我担心被他戳穿刚刚骗他出去找爸爸办公室的事。其实爸爸的办公室在很远的地方，何止两条马路。妈妈一向最懂我了，她在厨房的早餐桌上摆好了我的碗筷，我就可以一个人放松地在厨房里吃馄饨面了。

妈妈在炉台上又炒了几个下酒的菜，端到饭厅里，通向饭厅的摇门摇进摇出，隐约可以听到托马斯和爸爸的讲话。

“不要急，不会出大事的，一定会找到的。”这是爸爸的声音。听上去托马斯丢掉了什么要紧的东西，他为此请了半年不拿工资的假，专门出来寻找。

“是的，在一开始我也是这么相信的，可是经历了这一个多月，我已经到了万念俱灰的地步。你都想象不出来我是在怎样的环境里进出，那是藏污纳垢肮脏得令人发指的地方。多数是在贫民窟和流民区里，常会在光天化日之下就有人吸大麻、注射毒针、进行毒品交易，更不要去说夜幕降临的时候了。令人心痛的是，那里面有很多还是孩子，女孩子。”托马斯的声音哽咽了。

这时候我已经完全清楚了，莎拉染毒出逃，为了可以拿到昂贵的毒品，心甘情愿地充当了毒枭的性奴。我的眼睛里立刻呈现出那个隔着池塘，在阳光底下向我招手的莎拉。我好像看到她那褐色的头发正随风飘荡，她说过她会住在假山上面等我的，可是现在，莎拉在哪里呢?

托马斯又说，有一次他已经追得很近了，几乎抓到了莎拉的头发，可是没有把莎拉留下来。“我看见她穿着一件袒胸露背的连衣裙，坐在一辆敞篷汽车的后座，仰着脑袋喝啤酒，我奔跑着叫她，她回过头来，想抓住我的手，可是那个开车的毒枭反过身体就用酒瓶子丢我，她用自己的身体去挡，没有挡住。我被击中，跌倒在地上，两只手都擦破了。但是我看到莎拉的额头也被打破，渗出了鲜血，我的莎拉出血了！我拼命爬起来，敞篷汽车扬长而去。这时候我听到她叫我的声音，就好像她小时候叫我一样，为了这声音，我也一定要找到她。”讲到这里托马斯大哭起来，妈妈立刻跳起来跑进跑出，又是倒茶又是递毛巾，饭厅里一片忙乱。

我连忙逃到楼上自己的房间里去了，一个大男人哭起来真的有点吓人。

托马斯在饭桌上抱着头痛哭，我怕你吓到，赶紧把通往厨房的门关上。还好，你已经吃完了馄饨面上楼去了。回过头来看了看可怜的托马斯，怎么会发生这种事情？托马斯说，他和妻子离婚以后，莎拉就跟着她的母亲搬到洛杉矶去了。这是被称为“天使之城”的美国第二大城市，不料也是毒品泛滥的地方。据说美国的多数毒品都是从墨西哥过来的，美国警方非常严厉，但是贩毒者都是一些要钱不要命的亡命之徒，甚至挖了地下通道，直来直往。

托马斯的前妻到了洛杉矶以后就嫁了个富翁，这个富翁出钱把莎拉送到了一家私立学校。莎拉的母亲以为万事大吉，出了钱就是尽到责任了，心安理得地和她的富翁老头子到处旅游。问题就出在这里，不是说私立学校不好，而是自己的孩子一定要自己关心，特别是十来岁的小孩，似懂非懂的时候，再多的钱也不能代替爸爸妈妈的心，也不能解决问题。这是我的母亲一向教育我的，因此，我从来也不会把关心你的责任丢给别人。

莎拉在私立中学很快就被毒贩瞄中，该死的毒贩经常是从学校里的学生下手的，他们先是勾引莎拉吸毒，然后上瘾，渐渐地，莎拉变得身不由己了。她偷后爹的钞票，又偷亲娘的首饰，等到托马斯发现的时候，莎拉已经沉沦成了娼妓。

托马斯一下子从寻找新欢的美梦当中惊醒，他想起来莎拉天真愉快的笑脸，半夜里坐在床上睡不着觉，听着窗外呼呼的冷风，不知道莎拉在这种恶劣的天气会栖身在哪里。“我心疼，我想她，我决定一定要自己把她找回来。”托马斯颠三倒四地说。

“警察呢？警察到哪里去了啦？”我问。

“根据美国联邦政府提供的统计数字，80 年代及 90 年代初美国吸毒的人已达到一年有4000万人左右了，历届政府在打击毒品走私，控制毒品泛滥方面都不断地努力，禁毒的开支连年上升。我以为托马斯这样做是对的，光光警察是管不过来的，我们全体公民都应该关心。”整天和学生混在一起，做惯了教育工作的伊在一边说。

“那么明天我请一天假，陪托马斯一起出去找莎拉。”我起劲起来了。

托马斯说：“你是吃不消的，我要不是亲生的爸爸，打死我也不会去那种地方。你想象不出来有多么可怕，就好像地狱一般。”

托马斯为了女儿，在美国中西部的毒窟里一个一个地寻找，自己也弄得好像吸毒者一样了，他说：“我现在对生对死对前路对所有的一切都木然了，除非找到莎拉。”

最后，一个曾经和莎拉一起卖淫的女孩子告诉托马斯，莎拉已经沦落到美国的东部，所以托马斯又一路追到我们这里。托马斯的故事让我胆战心惊，晚上把托马斯安顿好在客房里，立刻来到你的房间。你已经入睡了，我俯下身体，仔仔细细地凝视着你的面孔，那里每一个细小的变化，都牵动着我的心。一个孩子的长大，实在是步步惊心，当妈妈的一刻也不能放松。我忍不住跪了下来祈祷：“上帝啊，保佑小狮子，永远也不要遇到这种吸毒的事情啊。”

妈妈进来的时候，我并没有入睡，我听见妈妈跪在那里祈祷。妈妈不是基督徒也不是佛教徒，但是蛮奇怪的，妈妈走到哪里就信奉哪里的教，无论是摩门教还是印度教，她都会对着那里的教堂祈祷。因为我是基督徒，她到了我的房间里就会真诚地信奉上帝。看上去比我这个真正的基督徒还虔诚，我知道这都是因为对我的爱。

其实妈妈担心的事情我早就遇到过了，只是我没有告诉妈妈罢了。我的很多朋友都吸过毒，那股味道令人头昏。有一天“慢班”里那个拉萨尔背了书包坐到堪的旁边，堪提起鼻子嗅来嗅去，然后说："你走开，以后再也不许背着这种东西坐在我们旁边。"

堪没有点穿拉萨尔的书包里有大麻，拉萨尔也从来没有勾引我们随他吸大麻。在初中部，这种吸毒的事情并不稀奇，无论快班和普通班都有，但是并不像妈妈想象的那样，会有专门的坏人过来骗我们吸毒。要吸的就自己吸了，并不去强迫他人。我的很多同学都吸过，大多数人不会上瘾，只是好奇，试一试。也有一些人上瘾了，他们躲在厕所里，我们走进去，各做各的事，互不干涉。

妈妈绝对想不到的是，她最喜欢的女孩子贝蒂就是一个吸毒者。贝蒂比我高一年级，是个好学生，她很聪明也很能干。有一年夏天，她决定不带一分钱从拉斯维加斯搭便车到旧金山去。搭便车就是竖着大拇指让那些顺路的车子停下来，带一段，再竖起大拇指找下一辆车，这种车子多数是大卡车，开车的都是很粗野的人。贝蒂不是穷人出身，爸爸是个大老板，她能够想出这个主意，纯属贵族小姐居高临下地游览穷人的生活，她成功了。回来以后她把这段经历写成剧本《流浪汉》，被纽约的大都会采用并在歌剧院上演，得意得一塌糊涂。

贝蒂说大麻会让她兴奋，想象力丰富，常常脑子闭塞的时候，一吸毒就开朗了。后来贝蒂考进了哈佛，不知道那时候有没有再吸毒。吸毒吸到萎靡不振的也只有少数人，讲起来还是压力太大。我们这个学校的竞争很厉害，一般人吃不消了，就偷偷去吸毒，麻醉自己。托马斯坐在我家的饭桌旁边，怨天怨地怨他的前妻没有很大的道理，其实最要紧的还是莎拉自己，如果自己可以把握住自己，怎么可能发生这样的事情？

自从托马斯来过以后，妈妈出了一个新的毛病，就是我每天回家，她都会把鼻子伸到我的身上和书包里闻来闻去。有一天我笑道："妈妈侬是担心我吸毒吧，其实吸毒没有那么可怕的，爸爸的那些教授同事，不要看他们现在衣冠楚楚，保不住当年都吸过毒的呢！”

“不要乱说，吸了毒还会成功地当上教授？”妈妈嘟囔了一声，继续用她的鼻子搜索。

“相信我，我是不会去碰那种东西的，侬不知道我是连闻到香烟都发昏的人吗？我过敏。不过吸毒和成功不一定成反比，美国的好多知名的上层人物都吸过毒的呢！只是他们不肯承认罢了。”看着妈妈惊愕的眼睛，我说。

家长会

眼睛一眨，你就变成高中生了。学校里要开家长会了，我是一定要参加的。自从托马斯来过以后，我怎么觉得美国的中学就好像是一个吓得死人的毒窟，我一定要抓紧每一次机会，到你的学校去看看，了解你在那里的情况。出门之前，你拿出来一张自己画的指示图，让我们按照上面的箭头一个个教室去寻找。这要比小学里的家长会复杂多了，小学里的每个学生都有一个叫“家”的教室，自己的书包和学习用具可以放在那里的书桌里。

到了中学，你再也没有自己的书桌啦，每个学生在走廊里都有一个固定的柜子。这只柜子有一人多高，却只有半个人宽，里面有挂衣服的挂钩，也有放书包的隔板。我从来也没有去看过你的柜子，那是因为不知道你的柜子在哪里，也没有你柜子的密码，这是你的隐私。在美国，小孩子也是有隐私的。不过你说：“最好不要去看，因为一打开就塞不回去了，里面的东西都会漕出来的。”

这让我立刻想起来你小学里的课桌，就是那张让我第一次发现了你没有做功课的课桌。

而现在，因为没有一个固定的课桌，你每次上课都要先奔到你的柜子前面，把上一节课的书本放回去，再把下一节课的书本拿出来，上体育课的时候还要拿出专门的衣裤，到更衣室去更换。有时候想想中学生也很辛苦，课间时间就在走廊里跑来跑去，连喝水上厕所的时间都很紧张。再一想，也许这就是美国的教育有意要培养你们自我管理的能力，从小就这么习惯了，长大了比较有规划性，不会乱七八糟。

至于你们的家长会，当然也是学校里精心设计的，为了让我们这些家长体验一下自己子女在学校里的一天，学校安排家长们按照你们一天上课的路线走一圈，一个一个的教室去见老师，了解你们在不同课程里的表现。

第一间教室是你们的晨课，一个脖子扭伤的老师坐在讲台上，他就是你们的班主任了。我以为班主任会和我们个别交谈，向我们介绍一下你在学校里的表现，所以特别早到了一会儿。结果没有，他的头颈上箍了个直挺挺的头颈套，没有动作地示意我们坐下，等到大家都到齐了，便按照书面说明，介绍了家长会的流程，最多只有五分钟时间。至于你在学校里的表现，那是只有各个学科的老师才知道的，这个班主任好像一点责任也不用负的。

第一节课是你的长项：数学，大家乱哄哄地坐到你们的座位上，还没有停当下来，精干的女教师竟然发给我们一人一张考卷，放在我们面前的考卷印着你的名字，老师解释：这是你们明天的小考，先让我们这些当家长的考一下，考不出来的没有关系，让你们明天继续完成。

这算什么名堂？将我们一军啊？高中数学，有一定的难度。还好我是个每天都要面对电脑的人，这种数学题目难不倒我的。于是很快就完成了一大半，伊对我说："可以了，留一点给小狮子，不要让他感觉到比别人有优势。"

我想了想有道理，看看旁边的家长，多数在那里抓耳摸腮地搞不定，不由窃喜起来。又一想，万一我今天做不出来，明天小狮子多难堪啊？看样子为了你，我还得学好数理化呢！

我晓得今天爸爸妈妈要为我去做一个数学小考，有一点点担心，毕竟爸爸妈妈离开学校已经多年了，不知道他们能不能对付。不过妈妈常常会因为我的成绩没有达到她的要求，就会一边讥笑一边骂我，今天让她自己去尝尝厉害好了。

昨天我们的中考成绩发下来了，我得到了满分。数学老师丽小姐对我说，这下你开心了吧，你的妈妈一定会大大地赞赏你的。我没有回答，因为我知道这是不可能的。我得到了满分妈妈会说："不要得意，小心下一次，为此你今天要多做十题的'奥数'。"

假如没有得到满分，那是更加不得了的事情，不用妈妈训斥，我也知道自己要老老实实坐在那里做"奥数"，不然的话是过不了关的。我不知道妈妈怎么会弄到这么多的"奥数"题目，好像永远也做不完一样。后来我发现，她是和她的中国朋友交换来的。有一个中国人的妈妈，要辛苦很多呢。当然，这次拿到满分还是开心的，我想了想没有告诉妈妈，反正今天要开家长会了，让妈妈自己去发现好了。

当我把一张画好的家长会的指示图交给妈妈的同时，我还告诉了她一个四位数的号码。我看到妈妈习惯地摸出一个记事本要记下来，便急忙阻止了她。我要她记在心里，不要写下来，因为这个号码只有我和我的老师知道，就连我最好的朋友之间也不会互通。我告诉妈妈这个号码可以查看我们的成绩的排名，这些成绩都是挂在教室的门口，不用姓名用号码的。

妈妈一听到这个号码有这么大的用处，立刻转了转眼珠子背了一遍，我相信她大概一辈子也不会忘记了，因为对于这种事情，她总是非常起劲的。我想不出来校方为什么要这样做，一个人一个名字，现在还要多出来一个号码，不是多出来的事情吗？是不是为了减少学生间相互竞争的压力，但我则认为实际上是一样的，虽然没有姓名，成绩仍旧一目了然，只是别人不知道罢了。或者是给差生一个心理上的安慰，反正别人不知道最后一名是谁。

后来，我的竞争对手大班告诉我，当他曾经是最后一名的时候，就是一路看着我的号码追上来的。他说这个方法很好，可以暗暗使劲，而且不会伤害自尊心。

讲老实话，爸爸妈妈今天去开家长会，我最担心的还是晨课，因为这是早上的第一节课，我常常是闭着眼睛过去的，那个班主任好像也是闭着眼睛。十分钟时间，大家一起听着广播里的校长，或者是什么人不知道在说什么，而班主任却一句话也没有说，就放我们到下一节课去了。我甚至以为晨课就是让我们再眯一会儿、睡睡醒的呢，这个班主任也当得太轻松了。

不料有一天，我上了第一节课发现我的一份作业忘记在晨课的教室里了，于是急急忙忙跑回去拿，正巧晨课的教室里没有人。这时候我无意当中发现前面讲台上有一本打开的厚簿子，我原本不应该偷看，但是老远看见那一页上面正好写着我的名字："小狮子，没有睡醒，神色呆滞，脸色发黄……"

我吓得跳了起来，原来这就是班主任的工作，不要看他闭着眼睛的，但是在他的眼睛缝里正紧张地观察着我们，看看我们有什么不正常。他是每天都要记录我们每一个学生的动向的啊，甚至一个女同学手腕上有一条红印子，也逃不过老师的分析：是被家暴呢，还是吸毒？看样子他还是很辛苦的，但是在他的笔下，我简直就是一个有毛病的人，什么叫脸色发黄，我本来就是一个黄种人呢。我不知道他会和妈妈说些什么，妈妈是最紧张我的人了，要是他乱说一气，妈妈会被他吓死的。

数学小考还没有做完，十分钟就过去了，数学课的家长会也就算是结束了。接着，我们按照你的指示图前往下一节课，那是英语课。我看见伊的同事，英语系的教授和他的妻子也进来了。我知道他们有一个女儿也在这个班上。再一看，伊大学里好几个同事都在这里，算起来这些人的子女都和你一般大。一拍脑门突然醒悟，这个中学也算是费尽心机了，想出用号码代替你们的名字来公布你们的成绩。不然的话大家都是同一学校的同事，有教授有行政人员，还有学校里的工人，假如孩子的成绩不好，多没面子啊。

对了，我倒是希望不要号码的，因为我刚刚看到你的号码排在第一，不由沾沾自喜。伊在一边敲了敲我说："不要得意好不好，等一下英语家长会给你一个英语考试，你就吃瘪了。"

这句话让我沮丧到顶，美国人衡量一个人的聪明和不聪明是非常简单的，那就是看这个人的英语好不好，英语好就聪明，反之就是戆大。像我这种一向认为语言不过是工具，只懂单词不懂语法的人，在这个国度简直就是白痴。一个人的能力，百分之八十就会因为语言不过关流失。而在中国，从来也不会有一个美国人因为不会说中文而受歧视。我把我的想法和伊讨论，伊翻了翻眼睛反问："假如不是美国人，而是越南人、老挝人、印度人等等来自落后国家的人，不会说中文，是不是也会被中国人看不起呢？"

我想了想无法回答。正在这时候，英语老师走了进来。这是一个年轻的男教师，刚刚立到讲台上，那个英语教授的老婆劈头发问："为什么说狄更斯是批判现实主义的作家？"又有人问："《包法利夫人》的经典之处在哪里？"还有人问："文艺复兴和希腊、罗马的古典文化有什么关系？"

这简直不是家长会，而是群起而攻之的考问。我看见这个年轻的英语老师紧张得语无伦次，冷汗也冒出来了呢。我对伊说："在这个大学区里当中学老师真不容易，碰到你们这些当教授的，真是倒了大霉。不满意学校的教学可以自己在家里教，没有必要在这里大放厥词。"

伊笑着回答："大概是刚刚数学小考考不出，一股恶气发到这里来了。"

年轻的英语老师就好像是坐在针毡上熬过了十分钟，大家离开的时候，我走到他的面前，本来想讲几句好话安慰他一下，结果他看到我反而紧张得手足无措，七颠八倒地询问："小狮子在我的班上满意吗？开心吗？他是一个非常聪明的学生，他的英语出奇地好。"

爸爸妈妈一定会去参加英语家长会，这个英语教师蹩脚得很，不知道是从哪个大学毕业的，许多最基本的问题也搞不清。今天一定会被同学的家长开涮。我们这些同学的家长都是什么人啊？名校的教授，一个比一个厉害。他们和我的爸爸不一样，爸爸总是谦让在先，对什么人都是客客气气，弄得他的那个美国同事的儿子，也总是想在我的前面耀武扬威。

"他还小，你就让让他。"爸爸说。

"什么还小，一点家教也没有。"妈妈说。

而我则想起来了好婆的话："不是不报，时间未到，时间一到，马上就报。"

后来，在爸爸拿到终身教授的那天，他到我的房间里来把好婆送给我的人体模型拆散了，这是我最挚爱的好婆留给我的礼物，我忍无可忍，一把把他从房间里拎起来，丢了出去，并告诉他，永远也不要再出现在我的房间里。我以为他会发大脾气，结果应了好婆的话："蜡烛！不点不亮。"

其实我的这点性格都是在"慢班"里养成的，有时候我还很怀念"慢班"的生活，那里的同学比较直接，不会来虚伪的一套。还有那个史密斯先生，他会很直接地告诉我："这道题目我自己也还不懂，让我今天晚上翻翻书明天再告诉你。"

到了第二天，他也会很不好意思地对我说："对不起，昨天晚上，我的女朋友捉牢我看电视，忘记翻书了。"

我听了心里有些不悦，但也是知道了真相。而现在这个"快班"的英语老师，讲错了也不肯承认，弄得我很看不起他。有一段时间，我看他错得离谱，想要站出来挑战他，爸爸妈妈的朋友夏教授知道了，就对我说：“记住，永远也不要挑战你的老师。”

这就是中国人啊！今天爸爸妈妈去开家长会，一定会看到我那些同学的家长们是怎样让英语老师难堪的。我就是要让他们知道美国人的不一样。可是妈妈后来对我说：“因为这个英语老师是个弱者，假如他有权有势，侬再看看你那些同学的家长，那是拍马屁也来不及的呢。”

妈妈又在这当中偷换了主题，这是妈妈的长项。不过妈妈倒是一个直接的人，她最不喜欢绕来绕去了。早先的时候，我从“精英班”被降到“慢班”，过去和我一起打网球的米歇尔支支吾吾地想告诉我，他要换一个打网球的搭档了。米歇尔讲话的时候两只眼睛盯牢了自己的脚尖，妈妈一看就对我说：“米歇尔在说谎，一定是他的那个假惺惺的妈妈不想让自己的儿子和‘慢班’的同学混在一起。”

米歇尔的爸爸妈妈今天也会去开家长会，现在他们对我非常客气，只是妈妈讨厌他们罢了。

离开了那个可怜的英语老师，我们转向体育课的教室，半路上遇见米歇尔的父母，我最讨厌他们了，特别是米歇尔的母亲，自以为是哈佛的毕业生，鼻子翘得老老高。尽管现在他们老远就和我们打招呼，但是我不会忘记网球的故事，所以板着脸不想搭腔。还好那个壮实的体育老师站在教室门口，一看见伊就好像老熟人一般大叫一声：“孔教授，家长会结束，我们打一场乒乓好吗？”

“好啊，我老早就准备好了，乒乓球拍也带来了呢。”伊立马轻松起来。

和体育老师熟识也是一个蛮奇特的故事，你刚刚进高中的时候，学校里出花头，让每个家长都来参与子女的学校生活，轮流代替自己的孩子到学校里和孩子的同班同学一起上一节课。上什么课是抽签决定的，伊抽到的是体育课。走进教室，竟然是爬墙考试。一时间，我的脑袋嗡一响，真担心伊摔下来。没有想到伊这个上海弄堂里的皮小人，充分发挥了当年爬铁门的技能，噌噌噌，几下子就爬到了墙顶，跳下来还觉得不过瘾，把体育室里所有的器具通通玩一遍，给你带回来了一堆5分，从此和体育老师变成朋友。

你很开心，因为体育课向来是你最不灵光的一门课，但是那个5分是一定要想办法拿到的。因为到了高中，那是每一门课的每一分都要有记录的，差一点点，GPA就拿不到4.0了。这次来开家长会我才知道，GPA是个非常要紧的成绩，这将和SAT以及入学申请书一起构成你成功“爬藤”的三要素，缺一不可。回到家里，我要好好和你策划一下有关GPA的事情。

过了体育课是生理卫生课，怎么会有这种课程的啦？不管男生女生一人发一个人体模型，好像真的一样，我看了都脸红。我对伊说：“还好小狮子从来也没有向我询问过这种事情，这种课程安排得有点过分。”

伊回答：“一点也不过分，这种课在小学、初中里就有了，只是你没有关心罢了。你想想，应该感谢这样的课程，小狮子才不会询问我们这种事情呢，这叫做见多不怪了。”

我听了笑起来，我的小狮子啊，不让他长大也会长大了的。从生理卫生课的教室里走出来，又去了物理课、化学课、西班牙语课和音乐课等等。家长会结束的时候已经很晚了，伊立在门厅里和熟识的同事没完没了地闲聊。我心里急得要命，我还要赶快回去，和小狮子讨论关于GPA的事情呢！于是脸上堆着笑，脚底下狠狠地踢了伊两脚。不料伊大叫起来，弄得我十分尴尬。这天回家，一路上板着个面孔，伊倒一副悠然自得的样子，我更加生气了。

GPA

妈妈从家长会回来，直接坐到了我的房间里，对 GPA 发生了极大的兴趣。GPA 的全称是 Grade Point Average，意思就是平均分，这是一向有的。只是到了高中，这个平均成绩变得重要起来，因为申请大学的时候要起关键作用。而在之前的初中，GPA 再好，再多的奖项，一点用也没有，最多只能安慰安慰自己。

在美国的一般学校里有百分制和字母分制两种不同的计分方式，我们学校采用的是字母分制，最高是 A=4.0，A+ 是鼓励，不会加分。A−=3.7，B+=3.3……以后都是以 0.3 的分数递减下去的。由此可见，无论是百分制还是字母分制，最后都会被转换成 GPA 的 4.0 制。

美国的义务教育一共有 12 年，小学 5 年，初中 3 年，高中 4 年。小学 5 年基本上是想干吗就干吗，自由自在，老师帮助学生充分发挥自己的爱好。到了初中，我认为这里是最乱搭的地方，也不知道为什么躁动得很，吸毒的、吸烟的、男女鬼混的，和老师捣蛋的什么都有，老师、辅导员根本管不了，一些老师甚至有些害怕学生呢。

然而，一踏进高中，多数同学就好像突然变了一个人，走路讲话都变得沉重起来，特别是对 GPA 十分重视。那天妈妈在离开我房间的时候丢下了一句话："以前我从来也没有要求过侬的 GPA，从现在开始，没有 4.0 不要来见我！"

这不是一件容易的事情，那就是说A–也不可以。原本想反驳，但一看妈妈的面孔，就无话可说。妈妈已经走到隔壁房间为我熨烫明天穿的T恤了，看着她辛苦的背影，我只有努力。高中的4.0是必须每一门功课都要拿到A，从主课到副课，甚至乐团。

幸亏我在小学的时候就进入了校级乐团，只要不闯祸，乐团的指挥老师是不会把团员踢出去的，可以一路升上去。到了中学，要进乐团就困难多了，好像还要通过种种考试。我很感激马蒂妮主张我学小提琴，一个乐团的小提琴人数没有定规，所以可以一直混在其中。妈妈原本的要求是：只要混在最后一个位置上就可以了，但是我发现像我这样“混”的同学多得是，比我拉得烂、混在我后面的大有人在，我也就心安理得地滥竽充数了。

问题是我当时并不知道自己的小提琴拉得一塌糊涂，妈妈给我请了一个私人老师，名字叫萝丝。萝丝是从欧洲来的，大概是移民美国已久，变得美国化了。她的教学总是鼓励为主的。我在她不断的鼓励之下，变得不知道天高地厚起来。

这一年暑假回上海，好婆不知道从哪里为我找出来了一个顶尖的小提琴老师，这个老师曾经是上海一家交响团队的小提琴首席。那是不得了的事情，每次上课都好像要地震了一样。一个矮矮小小的老头儿，手里挥舞着一根小棍子，在我的身边不停地跳来跳去，地板也承受不了啦，吱嘎吱嘎发出来哭一般的呻吟。

我以为他就要打我了，但是没有。只是每次一拉错，他就会狂抓自己原本就没有几根的头发，大声地叹气道：“你怎么可以这样？怎么对得起我这个七十多岁的老头子每天来陪你啊？”

弄得我好像犯了罪一样，我是宁可他打我一顿的。结果我吓得只好每天都在酷暑里练琴，一点也不敢怠慢，心里有着说不出来的怨气。但是回到美国的以后，我发现我小提琴的位置一下子向前移动了好几个，几乎要坐到第一排去了。现在回想起来很有些遗憾，要是那时候我可以一直跟着首席学习，也许就会成为相当不错的音乐家了。

“不可能，侬没有那样的命。”妈妈嘟囔了一句。接着又说：“不要忘记，侬很忙，每门课都是要拿到A的，那才是4.0！”

后来我问过妈妈：“假如我那个时候吃不消了，自杀了怎么办，大有中学生为了这个4.0自杀的呢。”

妈妈眼睛也没有抬一抬，一边烫衣服一边说：“那不是侬，因为侬是小狮子。”

我无话可说。

你怎么可能自杀？自杀是有条件的，当年我们家族在特别的年代自杀多人，那是什么时候啊？那是到了走投无路的地步。最要紧的是家里最亲的人，也没有办法给予温暖。对了，亲人的温暖和鼓励是非常要紧的，我很明白这一点。因此我在你最小的时候就让你很清楚：在这个世界上你不是独自一人，你的爸爸妈妈是最爱你的，无条件地站在你的一边支持你的。

但是你毕竟是个小孩子，总有不听话的时候。在我犟不过你的时候，我就会改变方式，这是我最擅长的了。一次加州朋友阿珍给我打电话，她是一个单亲妈妈，有个儿子和你一般大。她说：“儿子最近非常反叛，我说东他说西，还喜欢自说自话在网上购物、买衣服，讲讲他，他听也不要听，现在连话也不跟我说，关系变得冷淡。”

我想了想说：“小小年纪就喜欢在网上购物不是一个好习惯，你应该把他需要的喜欢的东西都买齐了，一方面显示了你对他的关心，一方面让他没有理由去购物。”

阿珍说：“有道理。”

接着我又问：“你说他连话也不跟你说，你有没有专门挑他不喜欢的话题和他说呢?”

“他喜欢打橄榄球，我一点兴趣也没有，听也不要听。我叫他抓紧GPA，他就像只死猫，一到了橄榄球场，又好像只活老鼠。”阿珍说。

我一听大笑起来说:“喂，你也晓得一点兴趣也没有，听也不要听的啦，那么对他来讲，没有兴趣的东西，当然也是不要听的了。你应该学会迂回，不要直别别地要他去做他不喜欢的事情，那会让他抵触甚至叛逆。你要学会弯弯绕，绕来绕去绕到最后在他放松的时候才把你要讲的真话露出来，这叫软着陆。向其他的美国家长学习，去买一张太阳椅，每逢他打球就去坐在那里，当啦啦队。”

我不过是讲了个笑话，不料阿珍真的去买了一张太阳椅，每逢儿子打球，就坐在那里当啦啦队了。不久以后，阿珍给我打电话，我发现阿珍不仅和她的儿子关系和好了，而且自己也变成了球迷。她告诉我:“儿子爱打球有他自己的道理，因为儿子在GPA上面一点优势也没有，可是到了橄榄球场上绝对出风头。女孩子都向他示好，他就好像英雄一般，虚荣心得到了充分的满足。”

阿珍还告诉我，要当这个啦啦队也不是一件容易的事情，儿子对老娘的要求不仅仅是坐在那里当啦啦队，而是在场外也要跟着他们的团队奔跑，每逢进一个球还要大声地欢呼。阿珍说:“我的年龄不轻了，又跑又叫实在不是一个‘老’妈妈可以身体力行的事情。不过看到儿子在橄榄球场上矫健的身影，忍不住也要跟着他欢呼起来。”

“看起来，我们这代人都是受到晚婚晚育伤害，弄得现在精力透支，没有办法和孩子接轨。”我说。

阿珍立刻反驳说:“很多美国人生孩子的时候年纪也不轻，但是他们对生活有着极大的热情，‘热情’会让人年轻，会让人精力充沛。特别是橄榄球，对美国人来说，就好像是命一样。很多祖父祖母级的人都过来当啦啦队，叫喊起来比年轻人还起劲，兴奋得就好像小男孩小女孩一样。”

阿珍还告诉我，根据哈里斯民意测验调查（Harris Poll）的结果，美国18岁以上的民众，最喜爱运动就是国家美式足球，这项被称为NFL的运动，已经连续30年获得民意测验第一名了。因此在美国，想要进入上层社会，看得懂橄榄球也是非常重要的呢。在美国的公司里上班，周边的白领除了工作之外，交谈的就是橄榄球。另外，美国许多大公司，都喜欢招收运动员，因为这些人比较有团队精神，也会相互帮助，而且经得起打击。

我想以上这些有关橄榄球的知识，一定是阿珍的儿子教给阿珍的。那以后，阿珍不再盯牢儿子的GPA了。虽然她的儿子最后没有进入“藤校”，却也进入了加州大学的伯克利分校。毕业以后在一家计算机公司工作，变成一个很有成就的白领。

我倒没有在意阿珍的儿子以后会做什么，而是听到她讲的橄榄球这么重要，想起来你对橄榄球一点兴趣也没有，是不是一个欠缺啊？

其实我是尝试过看橄榄球，培养自己对橄榄球的兴趣的。当年拉塞尔过生日，特别邀请了几个好朋友去看费城的橄榄球比赛，我也算其中一个。被邀请到的同学兴奋了好几天，因为这是非常高的待遇，而且是很昂贵的。只有我实在对橄榄球没有兴趣，又不好意思拒绝，只好硬着头皮去了。

记得去看橄榄球的那天特别冷，冬天里的寒风就好像小刀子一般地刮在面孔上，生疼。妈妈给我穿了一件爸爸最厚的羽绒衫，也挡不住冷气。同学们热气腾腾地又蹦又跳，恨不得把外套也甩掉，只有我一个人像只萎糟猫一样，缩头缩脑地躲在角落里，我想不通这有什么好看。

我从小就没有体育方面的才能，天生还有恐高症，那种爬墙、爬绳子都是我最棘手的了，跳马、跳高也不能达标。不像我在上海的小阿哥，学也不用学，就比我这个花了昂贵的学费学打网球的人，还要打得好。可是我的体育课成绩倒是不差的，全部是A，连学校里的运动员也拿不到这个成绩。妈妈非常吃惊。我笑着对妈妈说："这里有个秘密，就是中国人讲的，'忽悠'。"

体育课的A，是我花费了最大力气才拿到的。我讲的这个"力气"不是体力，而是"脑力"。其他同学，特别是校队的运动员对体育课的运动项目不屑一顾，还会看不起老师。只有我谦虚好学，在老师面前反复练习。老师被我感动了，尽管没有达标，老师也给了我一个A。我是全班唯一拿到A的人，这个A来自于认真的态度。

这让我发现，态度也是可以拿分的。一开始，我认真的态度只是为了GPA的4.0，可是到了最后让我体会到，任何的事情，只要花出去的工夫都可以有收获。锻炼身体不是为别人，受益的是自己。幸好我爸爸体育很好，他会常常和我一起做体育锻炼，一直到现在，他的仰卧起坐和引体向上都比我灵光，也比很多年轻人灵光。看到他在运动场里跑步，我很自豪。

妈妈就不一样了，好婆讲妈妈小的时候，家里有个保姆专门抱她，弄得她一直不肯走路。很多人不相信这一事实，以为妈妈是炒作。其实，妈妈就是一个不喜欢走路，不喜欢运动的人。除了逛街，其他时候她是一定要开车的。

只要是和运动有关的事情，妈妈都不喜欢。她还会有很多的例举，例如：什么什么人因为运动摔伤了、骨折了、生病了等等。最后总是一句话：各人有各人的能力。

除了和运动有关的事情，妈妈是个能力很强的人，她好像什么都会做。令我吃惊的是手工。我简直不能相信她竟帮我完成了一项非常复杂的手工作业，这是我拿得最轻松的A。手工老师做出来的样品都比她的差远了，弄得我很不好意思。

这没有什么不好意思的，在家里，我从来也没有让你去做过这种女孩子做的事情。我的好婆讲过：“我们家的男孩子是不下厨房、不摸针线的。不然的话会读不好书，做不来大事。”

可是在你们的学校里，不管是男是女，样样事情不以性别分工，都是一视同仁，都要打分的呢。记得你手工课里最辣手的功课是要缝制一只长毛绒的哈巴狗，那是手工加上缝纫机并用的，你缝出来了一个四不像，还好最后一步你带回家里来完成了。我相信老师也发现了大多数的学生做不出来，特别是一些其他功课都很优秀的男孩子，对于这些孩子，只好睁一只眼闭一只眼，放一马了。

等到把作业拿回去学校交给老师的时候，你的哈巴狗最漂亮。那是当然的啰，妈妈十岁就会踏缝纫机了。角角落落都拼接得天衣无缝了，闭着眼睛也可以得到一个 A。那天到你学校去，老远就看到你的哈巴狗霸气地站在展示柜里最醒目的地方，微微地歪着脑袋，斜着眼睛，好像是在得意地显示自己的漂亮。伊看见了，先是大吃一惊，然后便大笑起来。

我说：“这有什么稀奇，你有没有看到隔壁人家的男人，这些天正在锯木头，为完成儿子的木工作业呢。这实在是为难了那个老爸，锯出来的木头毛毛糙糙，好像狗啃的一样。”

再后来，你自己也觉得心安理得了。在你十六岁的那年，你得到一个奖项，去华盛顿的一家实验室学习，结果看到实验室里的一个工程师，一连好几天都在为女儿做中学里的科学作业。看起来美国人也会为了子女的 4.0 出手的呢。这让我对许多新闻当中报道的中学生做出来的科研成果开始怀疑，应该先看看这家人有没有是这个专业的。可是转眼一想，也就理解了，还不都是为了孩子吗？又不是坏事，至于以后，孩子是不是成功，那是孩子自己的造化了。

除了你的手工劳动课以外，我是一点也没有本事帮你的了，特别是你的外语课程。在美国，一般中学的普通学生，除了英语以外还要掌握一门外语。我让你学中文就可以了，虽然你的中文不会像中国孩子一样优秀，但是和大多数外国人竞争，拿一个A绰绰有余。

不料我的建议得到了家里两个男人的反对，他们异口同声地说："这叫浪费时间！"

然后纷纷讲出自己的理由，认为学习不仅仅是为了A，而是要学到新的知识。我讲不过他们，只好说了声："好吧，这是你爸爸帮你决定的，放着阳关大道不走，偏偏喜欢羊肠小道，这叫自讨苦吃，不过这个A是一定要给我拿回来的！"

后来发现，这种自讨苦吃的事情在你以后的生涯当中无数次发生。

我最看不起那种在学校里选修外语课的时候，用母语来蒙混过关的人了，这对其他不会这门语言的同学很不公平，母语可以在家里学，没有必要到学校里来显摆。可是后来，在我工作的时候为此吃尽了苦头。办公室的同事看到我一路顶尖学校的履历，找不到茬就来攻击我的中文不如他的女儿。妈妈说："一定是他的女儿没有其他东西可以拿出来和你比，也是可怜。"

这些都是后话了，可是在当初，虽然爸爸和我在不选中文这个问题上达成了共识，可是除了中文以外应该选修什么语言呢？我们产生了分歧。我一向喜欢法国文学，不要忘记，马蒂妮送给我的那本法国版的童话故事《小王子》还立在我的书柜里呢，我答应过她，总有一天会去阅读的。

爸爸说："为了当年的一句话，就要花费这么长的时间去学一门不那么实用的语言，太不划算了。"

爸爸认为应该选西班牙语，因为讲西班牙语的人是美国最多的少数民族，每六个美国人里，就有一个讲西班牙语的人。随便买一个东西，里面的说明书多数是一半英语一半西班牙语的，许多城市大街上的路牌和公共交通的告示牌，也是英语和西班牙语双语标识的。

为了更好地说服我，爸爸还特别请我去吃了一顿西班牙的小吃，叫“Tapas”，其中一道吃橡树果（acorn）的黑猪猡做成的生火腿，极其鲜美，简直到了入口即化的地步。为了这道黑猪猡火腿，我最后决定放弃《小王子》，选修西班牙语。

西班牙语的老师是从墨西哥来的，不知道为什么她喜欢强调自己是西班牙人，而不是墨西哥人。她很严厉，午后的第一节课，是最容易打瞌睡的时候，常常有学生趴在课桌上睡着了，于是她就恶狠狠地揪这个学生的耳朵，这是我在上学以来碰到的唯一一个会采取“体罚”的老师。

因为西班牙语是副课，并不那么紧张，读起来也轻松，拿一个A是没有问题的，我想了想又加修了一门拉丁语。不料拉丁语和西班牙语完全是两回事，这种一般人口中的“死的语言”，学起来好像要掐死你一样。它是一种非常典型的屈折语。变性、变格、词态、词性、人称、语态、语气、方位等等，一直读到我脑子也发僵了。

刚刚开学的时候，拉丁语班里有6个学生，到了半当中只有一半人了，还没有到学期结束，只剩下我一个学生。年轻的老师拼命拉住我，因为如果我再逃走，她就没饭吃了。她是一个临时工，有没有工作全靠有没有学生。我倒不是因为可怜她才坚持学下去的，而是我发现，这是一门非常有意思的语言，就好像为我敞开了一扇语言的大门，为我以后学习其他语言都提供了很大的帮助。最后我还发现，拉丁语实在是最最实用的一门语言，对考SAT有直接的帮助。

高中里的老师们

又是一个星期五，下班回家一身轻松，专门到中国城买了一条活鱼，准备晚上做“西湖醋鱼”。我的这条“西湖醋鱼”绝对灵光，朋友们都一致公认：就是搜索遍全费城，也端不出第二条这样美味的鱼。想到这里便得意起来，于是一路走一路高高兴兴地盘算起做鱼的材料。不料到了路口一拐弯，两只脚差一点抽筋，手里的鱼也跌落到了地上，不得了！家门外怎么会停了一辆黑色的警车？走进走出的警员们的面孔一个个到了壁垒森严的地步。

小狮子？我的小狮子！脑子还没有别转过来，两只脚已经跳将起来，三脚两步地冲进家门。

客厅里，一个警官正背对着我，坐在你的面前，伊也回来了，坐在一边。你看到我立刻站立起来，向警官介绍：“这是我的妈妈。”

不年轻的警官客气地和我握了握手，这让我心定很多。可是到底是什么事情发生了呢？

原来，事情发生在你们的学校里。你们的学校虽然只是普通的公立中学，但是花头精倒是常常十八出。这一天收到学校的通知，说是最近学校要组织一项新的读书活动。我知道读书这件事是不会难倒你的，因为早些天，一位中国过来的文学理论大师，刚刚考过你。他拿出一份美国蓝登书屋“当代文库”编辑小组，于1998年7月间选出的20世纪100本最佳英文小说的名单让你看，你竟然读过了大半，而且还可以将其中的内容和观点拎出来，和这位文学大家探讨，让我十分得意。

可是这次的读书活动不同，是要求学生和家长同读一本书，而且还要同写一本读书笔记，在笔记当中各自摆出观点想法，讨论对这本书的不同的读后感。这实在是一个很好的主意，不仅仅让学生们学到了新的知识，同时还加强了父母和子女间的了解和沟通。其实类似的交流，在我和你之间每天都在进行。我说过了，你自小就为我充当了新闻报纸的传播员，在博物馆等地的讲解员，等等。后来你又习惯把自己读到的好书和看到的好电影和我分享，我也会把我的不同想法告诉你。有时候为了一个不同的观点，互不相让，还会寻找资料引经据典。这些都不是问题，问题在于：我不会写。

通常中国人到美国，最大的问题是“说”，而不是“写”，特别是语法，那本“张道真”的英语语法书背得滚瓜烂熟，运用起来比美国人还清楚。只有我，英语盲一个，到了美国才开始在公共汽车上跟着一个黑人司机学英语，当然不是书写，而是口语。我的口语到了不能再口语的地步，是从“公共汽车”、“公共厕所”这种最最底层实用的单词开始的，我以为我的英语只要够我生存就可以了。难怪后来回国省亲，英语专业的姐姐说：“侬讲英语从发音到音调语序等等，怎么都不一样的啦？”

我告诉她我讲的是美国黑人的英语，而且以此自豪，因为非常实用。不料现在遇到了大问题，我不会写，伊又一天到晚为他的学生奔忙，哪有时间顾及你的功课？怎么办？怎样才能完成你们中学里的作业呢？

妈妈愁眉苦脸地看着学校里发过来的通知发呆，我笑起来了：“妈妈，原来侬也有做不来的事情啊！”

“不许讽刺，谁说妈妈做不来啦？只不过……”妈妈的眼珠子在眼睛里转来转去，没有说下去。

我更加大笑，我说："妈妈，侬不用犯难了，我已经解决好了。"其实在一开始我就想出来了一个主意，因为妈妈和我之间的沟通已经够多的了，我所需要的是美国人的想法。一般来讲，美国人的内心世界是很难窥视的，脸上永远堆着微笑，脑子里却是完全不同的念头，说不定心里正在讥笑甚至仇恨。我没有受过这样的教育，趁此机会，我可以知道他们的看法。当然多数也是虚假的，不过多少可以靠近一些。

我找到了我的班主任，告诉他，我的爸爸的工作非常繁忙，妈妈英语写作有问题，所以我希望有美国人可以出来，义务帮我完成这个读书活动，和我同读一本书，同写一本笔记。美国人是很热衷于做义工的，一听到我的要求，很快就有了响应，那是学区里的负责人，最后的问题就是出在这个负责人的身上。

这个学区负责人叫史蒂文森，他原本是学历史的，已经有十多年的教学经验了。很快我就发现，他虽然是西方人，但对日本文化很有兴趣。不是一般的兴趣，特别是对武士道，他把我叫到他的办公室，一点也不掩饰地告诉我，他敬佩武士道的精神。我以为他是看透了死亡，有"不怕死"而为主君毫无保留地舍命献身的精神，结果不是，他是对武士道里的那把被誉为武士之魂的武士刀到了痴迷的地步。

我们的读书活动多数是围绕着日本文学开始的，这并不是我的期望，但后来发现这对我以后了解日本文学很有好处，我们共同阅读了《我是猫》、《挪威的森林》等等。后来发现他根本没有阅读，完全是在听我讲故事。我发现这个事实，是因为我故意把《我是猫》里的故事情节改编了，他一点也不知道，还在别人面前按照我改编的版本吹牛。

我把这件事告诉了妈妈，妈妈得意地说："相信了吧，要比妈妈灵光的人不是那么容易找到的。"

我说:“对不起，妈妈，史蒂文森先生有一样东西比侬的灵光。”

“是什么?”妈妈问。

“是刀！武士刀！他对武士刀的精通比侬灵光!”我回答。实际上我并没有看到过史蒂文森先生的武士刀，只看到过他的一张身着和服，横握一把武士刀的照片。他不是故意要给我看的，而是我无意当中看到他拉开抽屉，照片放在抽屉里面的最上一个角落。妈妈被我的回答吓了一跳，连忙说:“当心点，喜欢这种东西的人，一定很凶，很阴暗。”

其实史蒂文森先生一点也不凶，反而有些懦弱，大概就是懦弱，才喜欢这种威武的装饰。据说许多发生在中小学里的枪杀事件，持枪者都是学校里最受欺负的学生，长期的压抑，让他们爆发了出来。

有一天，我不知道这天是史蒂文森先生的生日，总之他有些不一样，是开心还是不开心，我也讲不出来。他把我叫到他的办公室，洗干净两只手，又把房门关上，这才打开办公室里的保险柜，小心翼翼地从最里面搬出一根长长的布卷，布卷是灰乎乎的，并不起眼。

史蒂文森先生有些激动，两只手都发抖了，他把布卷一层层地打开，到了最后，我看到了两把武士刀。我并不以为这刀有什么特别，还没有我小时候在北京故宫里买来的蒙古刀漂亮。但是当史蒂文森先生嚯一声从刀鞘里拔出刀的时候，一股寒气逼到眼前。我刚刚想把脑袋凑过去看清楚，办公室的门被大力打开，几个持枪的警察冲进来，一下子把史蒂文森先生按倒在地下，那把武士刀一点威严也没有地摔到了老远。

我看见你把手放在圣经上，反复证明史蒂文森先生没有要砍杀你的心，只是想在你面前显摆一下他所挚爱的武士刀。我一听又气又急，你是读书读得太多了，脑子糊涂啦?又不是《悲惨世界》里的神父，想要拯救犯人的灵魂。看着我一副气急败坏的样子，你走到我的身边，两只手抱起我的肩膀说：“妈妈，相信我，他真的没有要砍杀我的意图，不然的话，我就站在他最近的地方，一点防备都没有，老早就被他砍到了，怎么还会一根汗毛也不少地站在这里呢？”

史蒂文森最后因为滥用学校的公款私自购买昂贵的日本武士刀，被判刑两年，关进了监狱。我倒有点想不通了，假如他是想要砍杀你，这刑判得太轻了。

伊说：“这就是美国，依法办事，听说那两把武士刀花了四万美元，算是巨款了。动用教育基金，当然要法办的。”啊哟！仅仅是为了私自购买两把武士刀？才四万美元？又没有拿到家里去，还放在学校里，属于学校的财产。这和中国那些贪官相比，这个刑也判得太重一点了吧？

史蒂文森的事件，让我重新看待你。我发现，你变了，你变得有自己的想法了。这些想法不是我和我们这个家庭里灌输出来的，而是长期以来社会、学校、老师、周边环境，还有你所信奉的圣经等等让你变成这样。我非常感谢这里面的所有，因为我一个人是没有这个本事把你教出来的。

但是那时候我一点也不知道，在你和史蒂文森先生同写一本读书笔记的时候，你还有一个秘密师傅。你后来告诉我：“我不知道这个师傅在哪里，是男还是女，我只知道他说他叫汤姆，我猜想这不是他的真名，因为我也用了一个假的名字‘本杰明’。汤姆是个诗人，说是常常在报刊上发表作品，我相信。他是个高手，我的文章经他改动一两个字就变得非常漂亮！我在他的身上学到了很多。”

“吓死人了，坏人怎么办？你们怎么会搭上的？”我想起来从小受到的阶级斗争的教育。

“他是坏人，我就也是坏人了。我们是通过网上的诗歌发布开始往来。他有时候也会告诉我他和他孩子之间的分歧，最要紧的是他教会了我怎样用‘心’写作。”

“后来呢？”

“后来他突然消失了，我没有办法找到他，连谢谢他的机会也没有。不过在心里我永远称他为‘师傅’。”

我一点也没有察觉你自己会弄出来这么一个“师傅”，只知道史蒂文森先生出事之后，你对科学发生了兴趣。一开始我还以为这是因为史蒂文森先生的行径让你对文科失望，但是很快就发现，文科和科学在你的爱好当中是并进的。看起来年轻人的精力充沛，爱好是广泛的。但是我却开始失落，因为我觉得你离开我越来越远了，那是个我一点也不能了解的领域，我和伊甚至我们的上一辈都没有人涉及过这个领域。

在我失落的时候，你就会拿出你的生物课本，给我讲解其中有趣的事情，渐渐地我也被你的兴趣感染了。有一天办公室的电脑主机发生故障，老板不得不提早放大家回家。我趁机到你学校，想看看你在做什么，那时候正巧是生物课。

我躲在门外偷看，让我吃惊的是你们中学的课堂秩序怎么这么糟糕？简直就是没有课堂秩序。比我在“文革”期间上的中学还不如，乱哄哄的好像是个大庙会，学生们想干吗就干吗。咦，你怎么自由自在地在教室里走来走去？这算什么上课？老师呢？老师在哪里？

老师巴博，正坐在讲台后面看着大家喘气，他已经喘了很久了，一开始大家还以为他的心脏病发作，需要抢救，后来发现他每天都这样，也就见怪不怪了。于是各自管各自，做些与巴博无关的事情。

克里斯坐在我的旁边，正在看一本日本漫画，他说他无所谓，因为他的爸爸就是生物教授，回家让爸爸一教，就什么都解决了。另一边的大班是我的数学竞争对手，他一心想当一名数学家，对其他科目不感兴趣，现在正苦思冥想他的微积分。我觉得无聊，顺手翻开了生物课本。

这是什么？五颜六色的一幅画，好像现代派的作品，旁边还有一帧黑白照片，那里面密密麻麻的点点巴巴有些像垃圾。而在当时，我根本没有想到就是这些“垃圾”，将会和我以后的生活紧紧连接在一起。我只是站立了起来，对着巴博的办公桌子走了过去，那上面有一架显微镜，我要仔细看一看。

巴博看见我朝着他走过去，两只眼睛毫无表情地翻了翻，假如当时他阻止了我，也许我以后的道路就会完全不一样，但是他没有，而是让我直接跨过了他横在前面的脚。我走到显微镜的后面，把眼睛凑了上去：哇！这里面怎么有这么多的东西，一层又一层，这是除了病毒之外具有完整生命力的生物的最小单位——细胞。

细胞用肉眼无法看见、无法描绘、无法解释，甚至还有许多是人类迄今为止都无法了解的东西，它们一下子就把我吸引了。这是一个无止无尽无底的、宇宙间的最神秘的世界！这和数学、物理不一样，是一种看不见前路也没有后路，完全要靠自己开天辟地去研究的神秘，没有公式、没有常规，有的只是寻找和探求。

我把眼睛从显微镜上挪开，深深地喘出一口气。可是那架显微镜就好像伸出手来，又把我拽了回去。走来走去好几次，因为凑在显微镜上要弯着腰驼着背，我的背脊开始僵痛，我想坐下来，但是身体后面没有椅子，椅子被巴博拖到讲台后面去了。

巴博总是在上课的时候，花费第一个十分钟哼哧哼哧走到他的办公桌旁边，把他的办公椅哼哧哼哧地拖到讲台后面，然后就一屁股坐下来哼哧哼哧地大喘气。一直喘到快下课的时候，又站立起来，哼哧哼哧地把椅子搬了回去。

我火气大了起来，哪里有这样的老师，课也不会上，只会喘气！

“其实，巴博是一个很会上课的人，他还是正宗的生物学博士呢。真的上起课来，他会比谁都上得好。不过在我的记忆里，他好像只给我们上过一堂课。”你说。

那是有一次，校长和学区领导人要过来听课，这天他西装笔挺，老早就站在教室门口，给每个学生作揖说：“今天一定帮帮忙，用心听讲，关系到我的加工资，加到工资，我请大家吃比萨。”

实际上这天就是没有比萨，大家也会用心听讲的，因为他的这堂课讲得非常精彩，他从牛顿和罗伯特·胡克争执的故事开始说起，然后是牛顿发表了万有引力定律，胡克一气之下发现软木是由一个个蜂窝状的小室组成的，他将这些小室命名为“cell”——细胞。接着巴博又用一个个精彩的故事把细胞在不同的条件下产生的不同作用，讲解得有声有色。以至于一直到今天，你回忆起来都好像发生在眼前一样。

我听了越加生气说：“巴博为了加工资，找出这些乱七八糟的故事骗骗你们，也只有侬被他骗进了。”

“就算巴博是为了加工资骗我们，但结果却是把如此枯燥的生物讲解得那么生动，让我看到了枯燥当中的生命，而且这个生命是神秘的，人类将不断地探索、发现，侬不觉得这是一件令人兴奋的事情吗？”你把脑袋从你的生物课本里抬起来对着我说。

这时候我发现，你的生物课本怎么变成了巴博的那本教科书了？你看到我疑惑的目光便笑起来说：“那天我看见巴博的教科书要比我的课本精彩许多，就搬到自己的座位上读。巴博看见了并不在意，只是对着我挥了挥手，我想大概就是允许我拿走的意思。于是老实不客气，干脆背回到家里来读啦。”讲完了又加了一句：“反正他也不用的。”

我有点哭笑不得，心想这个生物老师当得太舒服了吧，一个学期只上一节课，其他时间只会对着你们喘气，现在连教科书也给你了，还教什么书啊？想到这里，我嘟囔了一句："这叫误人子弟，侬在他的身上什么也学不到，侬的成绩怎么办？"

你想了想认真地说："妈妈，不要担心，因为我在他的身上学到了一件在其他地方，哪怕是最好的学校里也学不到的东西。"

"是什么？"我问。

"那就是：在没有人教的时候，自己去学习，去寻找。这个学习方法可以让我受用终生。"你回答。

我的小狮子啊，这不是太辛苦了吗？我好像看到你一个人在荒漠里，没有前人的引导，去寻找一条崭新的路，而且还不知道能不能找到这条路。

很久很久以前，还在波德的时候，一位被人称为"男巫"的大作家过来做客，他操着一口山西话说："我看到你的小狮子在寻找……"

"他在找什么？"

"无止无尽地寻找。"

"找到了吗？"

"找了还要找。"

当即我的心就抽紧了，我以为你会去当一名侦探，最成功的就好像是那个美籍华裔侦探李昌钰，那是一件多么危险的工作啊！但是侦探的工作虽然危险，寻找的毕竟还是一件原本就有的东西。

而你，你要寻找的是不知道有没有的东西。对此，我诚惶诚恐。

约翰·让

约翰·让和马蒂妮一样，是我最重要的老师。一开始我就把他们当做了自己最亲近的人，所以没有在他们的名字后面加称谓。

第一次看见让，是因为上厕所的时候，发现厕所隔壁有个房间半敞着大门，里面传出来大声的争执。一个穿着老式西装，头发梳得溜光的老头，正慷慨激昂地面对着校长在分辩着什么。从厕所里走出来，校长已经离开了，而那个老头则十分沮丧地垂着脑袋坐在那里叹气，这就是让。

我有点好奇，把脑袋伸进去张望了一下，让正巧抬起无光的眼睛，对着我看了看，然后招了招手，我就进去了，坐到了让的对面。

让好像忘记了是他自己把我招呼进去的，甚至完全忘记了我的存在。我坐在他的对面有点进退两难，刚刚想再溜出去，让突然开口说话："这本犹太小姑娘的日记，你从小学开始到现在一共学过了几次？"

我不用抬起头来看就知道是《安妮日记》。记得小学五年级第一次夹带在回家作业里，后来到了十三岁那年，也就是在安妮写日记的年龄，被老师要求重读了一遍。这些天我看到刚刚发下来的"课程安排"，里面又有《安妮日记》这四个字，正有些不以为然，但是没有提出任何异议。因为我知道，在美国这个自由的国度，可以反对任何人，甚至总统，但是不能反对犹太人，好像反对了犹太人就会变成纳粹的帮凶，就成了不得了的敌对分子了。

那时候让还不是我的任课老师，但他是我们学校的英语教研组负责人，我想让这次可以出面反对校长，要把《安妮日记》从教学大纲里拿掉的先天条件是：他本身就是一个犹太人，他是最痛恨纳粹分子的了。他从教学质量的角度提出来：一遍又一遍地重读这个十三岁的小姑娘的日记，有点浪费时间，还不如腾出时间阅读其他经典著作。

我表示赞同，让立刻高兴了起来，先是把我转入他的班里，又常常在课堂里和我对话，交换各自对文学作品的不同看法，这好像对其他同学有点不公平，但这就是美国，要学习的无止无尽，不要学习的没人管你，你可以自由自在，做自己爱做的事情。

还记得让特别向我推荐了《禅与摩托车维修艺术》一书，这实在是一本非常枯燥的小说（?）我在这里打了一个问号是因为我不知道这是一本"小说"还是柏拉图式的"对话"。读起来相当晦涩，但那个年龄段的我，越是艰难，越是读不通，越让我感觉到高深，也就越是要去攻克的了。我花费了差不多一个星期，把这本又是"禅"又是"维修"又是"艺术"的怪异的书读了一遍。

那时候正巧是炎热的夏天，我就好像跟随着那对父子和约翰夫妇，骑着摩托车从明尼苏达，跨越美国大陆，到达了加州。因为小时候爸爸开车带我走过这段路程，更有在旷野里行驶的切身感受。那里面寻求生命的意义以及自我的解脱，透过自然的景色、野外的露营、夜深人静的谈话还有摩托车的维修和日常生活的点滴，通通流露了出来。这是科学与艺术、精神与物质的混合。全书以两个故事不断地交叉行进，一个是"我"和儿子，还有一个主角叫"斐德罗"，不断地在一边散布着抽象的理论。我后来告诉让，我注意到"斐德罗"也是柏拉图《对话录》当中的一个人物。

对不起，妈妈不喜欢这本书，特别是那个精神病兮兮的斐德罗，执着于他的抽象理论，连篇累牍地讨论着《道德经》、庞加莱、柏拉图和苏格拉底还有“禅”等等，他在大学里教书，却处处反抗西方哲学的正统观念，活该把自己逼到分裂。最后一个场景，斐德罗盯着墙壁看了三天三夜，“他的尿液流满了房间的地板，他也不觉得讨厌和羞愧。香烟一直烧着，烫到了手指，然后手指起了水泡。”

这算是什么东西，一点也不健康，不阳光，没有美感，简直就是病态。我认为现实生活已经够丑陋了，黑暗的东西太多，我希望我的小狮子阳光，快乐，而这个让，总是推崇这种稀奇古怪的东西给你读，让人担心。

我看过你们的中学生阅读书单，这是印在“课程安排”后面的书目里的，除了但丁、莎士比亚、塞万提斯、简·奥斯汀、托尔斯泰等等作家的作品以外，还有：

美国 F. S. Fitzgerald《大亨小传》(*The Great Gatsby*)

爱尔兰 James Joyce《一个青年艺术家的画像》(*A Portrait of the Artist as a Young Man*)

英国 Aldous Huxley《美丽新世界》(*Brave New World*)

美国 John Steinbeck《愤怒的葡萄》(*The Grapes of Wrath*)

英国 George Orwell《一九八四》(1984)

英国 Robert Graves《我，克劳迪亚斯》(*I, Claudius*)

美国 Kurt Vonnegut《五号屠场》(*Slaughterhouse-Five*)

英国 George Orwell《动物农庄》(*Animal Farm*)

英国 William Golding《蝇王》(*Lord of the Flies*)

美国 Ernest Hemingway《太阳照常升起》(*The Sun Also Rises*)

美国 William Faulkner《八月之光》(*Light in August*)

美国 J. D. Salinger《麦田捕手》(*The Catcher in the Rye*)

英国 Joseph Conrad《黑暗之心》(*Heart of Darkness*)

…………

这个书目还只是普通中学的阅读书目，假如和那些私立学校相比只是沧海一粟了。其中的覆盖面之广，远远不是许多中国家长想象的那么简单。难怪后来许多凭着 SAT 高分出国留学的中国学生，知识面明显要比美国学生窄很多。只是美国学生也不是人人优秀，这个书目的阅读规矩和以前一样，那就是“爱读不读”。有的学生毕业以后都不知道有这么一个书目，而有的学生的阅读则远远超过了这些，就好像你。

让对你视如己出，不断地给你个别指导，因此你在很早就读了《洛丽塔》(*Lolita*)，这是俄罗斯裔美国作家弗拉基米尔 · 纳博科夫在 1955 年发表的作品，我是到了成年以后才接触到。对此我很有些不快，我把我的想法和伊讨论，伊说:“这又不是你小时候，‘文化大革命’当中，后来就算是家教威严，你不也偷偷读了《十日谈》吗？在你现在当了妈妈的脑子里，那是更加直接的不健康了呢！你是绝对不会让自己的孩子来读这一类的书的。相信小狮子，他会有自己的分辨能力，生活在这个环境里，这是必须的。”

话是这么说，但是心里总有一些犯嘀咕，从那以后我便更加注意你的英语作业了。有一次我在你的书包里发现一张只写了半面活页纸的作业，大概是你在课堂上完成的。仔细读下去，那是评论诺贝尔文学奖得主——美国作家约翰 · 斯坦贝克（John Steinbeck）的短篇小说《人鼠之间》，短短几行字，你写到了人性的邪恶，欺善怕恶的本能，甚至还冒出一个共产主义的思想在平民老百姓当中的渗透，让我忍俊不禁。

但是转念一想，不对头，这里面怎么没有写清楚“主题思想、创作方法、写作结构”等等呢？这些都是我读书的时候必须要背下来的呀！你那样的写法对头不对头啊？

在让的班级里没有“对头不对头”的这一说法，只有合乎不合乎逻辑。让最不喜欢的是死记硬背，他说：“我又不是你们幼儿园里的体育老师，和你们一起丢皮球，上课的时候我把皮球丢给你们，到了考试的时候，你们再把皮球丢回给我。这样的试卷，我会打零分的。”让还说：“在我这里是没有标准答案的，我讲的只是我的想法，而我要的是你们的独立思考和创造性的见解。”

让似乎有意引导我们走上和他唱反调的“歧路”，有时候在课堂上我会和他争论，也带动了同学们的起哄，常常把他逼迫到十分尴尬的地步，他反而很高兴。为了可以和他对峙，我大量地阅读。《红字》《罪与罚》《包法利夫人》《红与黑》等等这一类的书，都是在那一段时期读的。至于圣经和希腊神话几乎是每日必读的。渐渐地，我发现自己在文学的大海里面不可自拔了。

我不知道这是件好事还是坏事，但书确实为我展现了另外一个世界。现实当中的痛苦让我沉湎于书籍，在书籍里面，我更多地思考。妈妈以为我不会面对现实，而我则以为自己看透了现实里的世界。让时常也会赠送我一些他喜欢的书，我开始藏书了。

和我的同龄人相比，我的藏书是非常丰富的，妈妈最喜欢让她的朋友来参观我的藏书，在我的卧室里，顶天立地的书架占据了三面墙壁，足有近千本书，其中最让我得意的是从上海背过来的一百多本“老书”，这是我外公的遗产。

在我第一次回中国省亲之前，我的好婆以为没有后代会再去读这些英语原版书了，于是准备捐出去。接收单位来不及高兴，半路杀出一个程咬金，就是我，我一把拦住，运到美国来了。我发现外公的英文藏书多数是英国伦敦“Everyman Library”和美国“Modern Library”出版的，他喜欢的是莎士比亚、丁尼生、雪莱、济慈、华兹华斯和司各特，这些书多数是精装本。让看到了说：“这些书非常珍贵，不是一般人收藏得起的。”

我告诉让：“我的外公是个写书的人。”

让立刻说：“这很不容易，你的外公是个作家，他一定读过很多书，你的爸爸妈妈都是做文学工作的，是不是你将来也要学文科？”

千万不要！父亲在世的时候，就反对我们去走他的道路，哥哥考上清华大学，让他松了一大口气，因为他很知道文学这条道路的艰难，特别是在他那个年代，弄不好就会变成“右派”。可是我不知道你为什么会对文学情有独钟，我知道这里是个号称是自由的国家，但我们毕竟是外国人，别人到底是怎么想的？不知道！长期以来的禁锢，总让人心有余悸，我的小狮子啊，你千万不要闯祸呵！

这一天吃完晚饭，你很得意地把我们叫到你的房间里，从书包里抽出一张英语课上完成的作文草稿，让我们一起阅读。我不知道让为什么会想出这么一个题目：什么样的政府才是最成功的政府。

伊一读大声叫精彩，而我一看浑身冰凉。小狮子，你真是胆大包天了，你怎么可以这么说：“会骗人的政府才是最成功的政府”！接着洋洋洒洒一大篇，我不知道是讽刺还是赞赏，是正面还是反面，论点、论据、论证滴水不漏。不得了，小狮子你这是要闯祸了！

我想起来你最小的时候，被幼儿园里那个雀斑老师说成是“有思想问题”的小孩，现在真的验证了。整篇文章从头到尾都是“思想问题”，弄不好把你当做“反革命”甚至是“敌对分子”抓起来。我越想越担心，半夜三更睡不着，好像又回到了当年我所经历的时代，跟在幼年的保姆胖妈的后面，在上海一家监狱的铁笼子里，看见一个个关押在那里的“反革命”，刹那间心惊肉跳，一身冷汗。

从热乎乎的被子里跳了出来，用力摇醒呼呼大睡的伊，说：“这一下要出大事了，小狮子怎么可以交出去这样一篇批评文章，明天要被警察捉进去的啊！”

“你做梦啊？”伊翻了个身又打起呼噜。

“你快点爬起来！警察来抓人了！”我歇斯底里大叫。

伊一个骨碌跳了起来，站在地板上，两只手抓住我说：“啥事体？啥事体？”

我一屁股坐到伊的被子上，不让伊再睡回去，然后就好像机关枪扫射一般，把我的担心全部释放出来。最后说：“这篇文章全部都是反面的论点，没有一点点的肯定，很不全面，就好像瞎子摸象一样。”

这一下伊真的醒过来了，伊走到我的面前，摸了摸我的额头说：“你这是发烧啦？怎么牛角尖钻到《涅槃经》里的瞎子摸象了呢？过去，我们当学生的时候，老师总是教导我们不可以瞎子摸象，要全面地分析，但在现实生活里，谁不是在瞎子摸象？可以做到瞎子摸象已经很不容易了，只要通过一只耳朵一条尾巴，把自己的感受、体验讲清楚，就是最有价值的了。”

伊讲完了，不由分说把我从他的被子上拖起来，又钻进被子，回到伊的呼噜里去了，而我是一点点睡意也没有了。趿着拖鞋，走到你的房间里，洁白的月光一如既往地洒落在你的脸庞上。我俯下身体，仔仔细细观察着你脸上每一表情，在那里没有微笑也没有痛苦，只是坦然自若地平稳呼吸着。

上帝啊，菩萨啊，神灵啊，老天爷啊，我都不知道祈求什么好了，我只祈求保佑我的小狮子，我跪了下来。

朦朦胧胧的时候，听到妈妈窸窸窣窣地跪了下来，我赶紧闭上眼睛，不让她察觉。我知道她完全是出于她自己的经验而为我担心，我不知道怎样去安慰她，也不可能去承诺把我的思想禁锢起来。我只有一个念头，那就是："放心吧，我知道我应该怎么做。"

第二天放学，远远地就看见妈妈来了。我好像有预感她会为了那篇作文，提早下班来接我一样，便把刚刚发下来的成绩单攥在手里。我从校门口的斜坡上跑了下去，那里的停车场上，妈妈把小车停在两条白线的中间，正靠在车头上和让交谈。看着她满脸春风的样子，我相信一夜的阴影已经烟消云散了，让一定在那里夸奖我，因为昨天的作文，我得到了一个A+++。

这是我在让这里第一次拿到A+++，通常都是A+，有时候他也会给我A++，而A+++好像是唯一的一次。妈妈总归会说美国人对中国人是有种族歧视的，她不会忘记小学里的"拼字Bee"，更不会忘记我被降入"慢班"的往事，但是我不都是通过自身的努力战胜了吗？因此我以为只要自身强，别人就根本没有办法歧视你了，谁歧视你，就会变得小丑一样，歧视、讥笑了他自己。

为此，我会相当努力地读书，特别是主课英语，我是一定要拼到第一的。再想起来也是上帝爱我，我遇到了一个让。

让在这个学校里已经任课三十多年了，今天上课的时候，他突然指着自己的秃顶说："你们知道我这里的头发都到哪里去了吗？"

因为问得唐突，喧哗的教室一下子安静了下来。接着他又说："都是送给你们啦！"

同学们哄堂大笑，又各做各的事情去了，没有人再去理会他的话。据说让本来就是这个学校的学生，大学毕业以后又回到本校来教书，和一个辅导员结婚生子，一直到现在。让的人生实在是一点意思也没有，就好像好婆弄堂口看门的工人，退休的时候，他把他坐的凳子要回去了，他说这是他坐了一辈子的凳子。

听起来有点吓人，仔细想想很可怜，这就是人，人生。不对了，我这么年轻，怎么会有这种念头？不要出毛病了。我被我自己的想法吓一跳，抬起头来，正看到妈妈对着让不断地点头，一定是被让的“说教”骗进了，让在教室里很少有听众，但在家长当中很有威信，他毕竟还是学校里的核心人物，专门分管辅导员的。

我当时并不知道辅导员有多么重要，可是到了后来，到了要申请大学的时候，辅导员的办公室门口的条凳上，就好像我小时的反思凳，天天坐满了排队的人，有学生也有家长，这些都是后话了。而现在，妈妈好像早就预料到了这一点，在其他家长的脑筋还没有转过弯来要和辅导员搞好关系的时候，妈妈已经和辅导员混得很熟了，特别是他们的“头”——让。

课外活动

你的那篇作文就好像是一根鱼骨头，卡在我的喉咙里不上不下。于是今天专门请了假，提早下班，赶过来看看你是否安然无恙。一路上心急火燎，连闯两个红灯，还好警察没有看到。

到了你们的停车场，正值放学，学生们一窝蜂地从校门里涌了出来。正巧让站在校门口值班，看见我，便满脸微笑地走了过来。那张笑脸，立刻把我忐忑的心，安抚到了原处。

让和我很熟并不是我刻意的，我也不知道他是辅导员的头，只知道在他和我讲话的时候，过往的老师们都对着他点头哈腰，于是暗自寻思：这个人一定很重要。我想让会专门过来和我说话，不是因为客气，而是因为你的优秀，对此我很有些得意。

让并没有和我谈论你的作文，只是告诉我，今天你报名参加了校报的工作。我听了感到有点突然，不知道怎样看待这件事情。最近几天，我和伊正在为你的课外活动头痛，因为在美国考大学要想爬藤的话，除了成绩好，还要有组织和领导的才能等等。但是，这种组织和领导才能怎样才可以表现出来呢？当然只有通过课外活动了。

隔了一条马路的邻居王小姐是从香港过来的，嫁了一个美国人，夫妇俩都是哈佛大学的毕业生。他们有两个非常活络的男孩子，还在读初中。这天我到镇上的公共废品回收站去扔老酒瓶，路过她家门口，只看见那里停满了车，还以为王小姐请客吃饭呢。一打听，原来是这对哈佛夫妇正在举办课外学习班，有数学班和棋艺班，每个周末都在家里开展活动。

“赚钱啊？”我问。

“哪里是赚钱的？都是免费的，这是为了两个儿子将来考藤校，预先为他们组织的课外活动，要表现他们的组织和领导才能呢……”她的隔壁邻居一撇嘴说。

我听了大吃一惊，酒瓶也忘记去扔了，连忙掉转车子回家，把正在为学生改作业的伊，从写字桌旁边拖起来说：“怎么办，人家的孩子这么小，就开始准备了，小狮子已经是高中生了，不要说没有组织和领导过这一类的课外活动，连参加一个都没有，完了，落后了。”

伊站起来，在房间里走来走去，抓耳摸腮地想不出办法。想了又想，伊说：“要不，就去参加一个王小姐家里的课外活动？”

“不好，不好，参加别人组织的活动，等于白辛苦，所有的功劳都给别人了，一定要自己组织一个。”我说。

“有了，我们去给他们学校捐两张乒乓球台，让小狮子来组织一个乒乓球队，又有中国特色，又可以锻炼身体，一举多得！”伊突然聪明起来说。

我一听也乐了，连忙帮腔：“太好了，他们学校从来也没有乒乓球队，开天辟地第一个，有创意。”

“不好。”不料你走进来反对。然后你说：一你不会打乒乓球；二没有兴趣。因此，你不会做这件事。一瓢冷水泼下来，我和伊面面相觑。看到我们的失望，你又接下去说：“不要为这件事担心，我自己会解决的。”

没有想到你的解决方法是参加校报的工作，因为我自己是做报纸的老手，很知道其中的辛苦。我的小狮子啊，为什么一开始不去唱歌呢？那是站在那里张张嘴，混到后来，起码可以当个小组长。

谁说我没有去尝试过唱歌？这是我最大的耻辱，我被他们赶出来了。不是每一个人都可以像你朋友的儿子一样，天生有个好嗓子的。妈妈朋友的儿子，原本什么都不会，也没有参加过什么课外活动，功课也不灵光，后来为了爬藤，突然想起来唱歌，不料嘴巴一张，被发现是罕见的男中音。这下好了，老天爱他，他的男中音为他打开希望的大门。

由此可见，课外活动虽然重要，但不是样样都能够参加的，还是要看自己的能力，有能力的千万不要放弃，没有能力的话，还是趁早另谋出路。

至于校报，我在一开始并没有想到要参加，反而是站在走廊里，和一群朋友讥笑我们的校报。这张校报办得也太蹩脚了，从头到尾通条排版，大标题也不会放在中间。那个办报的主编，就是妈妈最喜欢的贝蒂。

这几天，贝蒂的那个《流浪汉》正在纽约公演，贝蒂已经得意得不知道天高地厚了。刚刚还看到她穿着一件黑色的风衣，握着那个剧本，在校园里撞来撞去，老早就把校报的事情扔到了脑后。

我们一群人正在大声讥笑，不料贝蒂站到了我的对面，她挑战似的盯着我的眼睛说："有本事就自己动手来做，不要插着手站在这里讲风凉话。"

我有点下不了台，但是嘴巴上不肯放松，说："我把校报办好了，你有什么话可说？"

"我就把主编的位置让给你！"贝蒂大声地回答。

"好啊！好啊！一言为定！小狮子上！"周边的同学们欢呼起来，我进退两难。最后只好当着大家都面，一咬牙一跺脚应承了下来。妈妈这几天正在为我的"组织和领导"能力而担忧，而我本身是最不赞同这种为了考大学爬藤校作"假"的，这次实在是贝蒂把我逼到了墙角，无路可走了，不得不跳进了这个为"爬藤"做准备的漩涡。

没有想到，办报实在是相当辛苦的事情，这个"假"绝对要作得非常"真"。踏进报社，第一个任务就是让我去采访我们学校的橄榄球队，我想这一定是贝蒂给我的下马威。明明知道我最不喜欢这种体育活动了，为了那个主编的位置，我不得不硬着头皮，拉开了橄榄球教练办公室的玻璃门。

“大粪！屁眼！操你……”不料两只脚还没有踏进去，一连串骂人的脏话飞了出来，刚刚想退出去，里面的一个彪形大汉已经看见我了，他对着我大吼了一声：“什么人？到这里来做什么？还不赶快进来！”

我一下子吓呆了，顷刻间不知道怎么办才好。大概是他看到我这个陌生人，被他吓得魂飞魄散的样子，便把语气放缓了很多。当他知道了我的身份和来意之后，便叹了一口气说：“你来得不是时候，我们的校队刚刚被隔壁学校踢得落花流水。假如你上个星期来就好了，那是把你爸爸的大学也踢到全线崩溃的地步的。”

看着这位橄榄球教练沮丧的样子，我这个最不会讲励志话语的人不知道怎么一回事，嘴巴里蹦出一套一套的煽情的豪言，讲着讲着，我忘记了采访的任务，和体育教练一起骂粗话，两个人都感到超爽快。

日子过得很快，渐渐地我有些得心应手起来。这时候同年级的一个女同学跳出来和我作对，她大概早就看中了这个校报编辑的位置，不料被我横刀夺爱便十分恼火。于是，她自说自话创办了一份叫做《自己的声音》的小字报。小字报复印在正反两页的打印纸上，每逢校报出刊的时候，她就在报架子旁边分发她的《自己的声音》。虽然只有两张简陋的纸头，不成气候，但总是站在那里扰民，让我不舒服。

自从你进了校报，变得忙起来，有时候到了吃晚饭的时刻也不见你的踪影。这天我等到两眼发花，决定先到你的学校里去找你，正逢一个中国女孩子站在那里分发《自己的声音》。我接过了看了看，不正规、简陋，却也算是花尽心思，有点当年“文革”小报的风范。这时候我知道了，这就是近几天来你不痛快的缘由。

再想想这个中国女孩子也不容易，大概只有中国人会想出这样的点子，归根结底还是为了爬藤。想到这里，我停下脚步，回过头看了看这个女孩子疲惫的背影，然后便急急找到校报的办公室。你正坐在那里发呆，我说："侬完全可以把她收进来。"

"怎么收进来？又不是《西游记》里的托塔李天王有个玲珑宝塔。"你说。

"这叫'魔高一尺，道高一丈'，不要忘记，侬手里有张校报，可以让这份《自己的声音》在校报里有一席之地。"我看着你说。

你突然顿悟："太好了，我怎么没有想到？我们可以把她的《自己的声音》作为一个栏目放进校报里，让她负责，给她一个独立出声音的地方。"

正在旁边排版的贝蒂听见了跳起来，她抱着我的脖子说："谢谢，太谢谢了！她的声音再大也是归拢在校报底下。这件事交给我，我来负责去'收'她。"

很快一切都摆平了，你以此类推，一下子开辟了好几个专栏，发动大家来办报，报纸办得越来越热闹，你反而倒轻松了。你常常只要在出报之前最后一天，到校报办公室去审视一下。这时候，你俨然变成了一个名副其实的校报主编，很有领导者的风范。

然而就在这时候，另外一件事情发生了，也是发生在中国学生的身上。

你在前面已经说过了："在美国这个自由的国度，可以反对任何人，甚至总统，但是不能反对犹太人，好像反对了犹太人就会变成纳粹的帮凶。"一般来说在美国，中国人和犹太人没有很多的瓜葛，可是不知道为什么，一个中国学生写了一篇批评犹太人的文章投到校报里来了。文章写得不赖，只是措词比较激烈，讲老实话有一点你的风格。

你把文章拿给我看，我说："这件事要谨慎，特别是和侬的文风很像，千万不要让别人以为是出自侬的手。"

我的话音未落，你们校长的小车停到了我家的门口，他十分严肃地直接告诉你，这篇文章不可以刊登出来，不然的话，这一期的校报就要停刊。你原本并不是十分赞同这篇文章的观点，此时因为校长的反对，你竟然罩头罩脑地为了那个并不熟识的中国同学和校长辩论，我连忙站出来打圆场。

这天晚上，妈妈和我谈了很久，她提醒我是外国人，生活在别人的土地上，处处要尊重别人的习惯。她又把小学里的“拼字Bee”和初中时候的“慢班”经验翻出来，重温一遍。妈妈啰啰唆唆地讲个不停，很烦人，我真想逃出去。这时候那个写文章的打电话过来，我告诉他文章不能刊登了，没想到他二话不说破口大骂，最后还丢下一句话:“胆小鬼，告诉你山不转水转，我投别处!”

我本来就没有看好他的文章，被他这么一说更加反感，放下电话正要发作，贝蒂过来了，她就是一个犹太人，我以为她会发表自己的看法，但是她做出一副不闻不问的样子，拿出两张镇上小剧院里正在演出的话剧票，让我陪她一起去看戏。我想起来了，我的同班同学克里斯和米歇尔都参加了表演，他们曾经多次邀请我去观看。

克里斯和米歇尔是我刚刚搬到这里就认识了，从小学开始便是同班同学。两人的爸爸都是宾州一所藤校的教授，曾经是我最好的朋友。后来长大了，兴趣爱好分歧，特别是和米歇尔之间发生了“网球事件”之后，我们渐渐疏远。

我老早就听说克里斯和米歇尔都热衷于歌剧和话剧，妈妈知道了撇了撇嘴说:“假的，都是假的，还不是为了爬藤作的假。克里斯还好说，高高大大的，形象不错，而那个米歇尔，矮得一点点，混在里面跑跑龙套，也算是一项课外活动了。”

不料事实正好相反，克里斯一进哈佛就不再演戏，而是专攻当时最热门的学科——计算机。只有米歇尔一如既往，死死抱住表演不放。这实在是一条非常艰难的道路，加上他的外在条件不那么好，一直都在跑龙套。后来克里斯结婚生子，还当上了公司的主管，而米歇尔却一直没有着落，但是仍旧在坚持，也不知道靠什么生活。可以说克里斯是成功的，他的道路也是正确的，聪明人应该效仿。但是这时候，妈妈却转变了对米歇尔的看法，说是要请他过来吃饭。

这些都是后来发生的故事，而当时，我已经被米歇尔的表演感动了。我完全忘记了那是一出什么戏，只记得克里斯始终站在舞台最显要位置，光彩夺目。而米歇尔就好像是一只灰溜溜的老鼠，在角落里窜来窜去，却认真得一塌糊涂。他好像没有独立的台词，只有几处合唱，那是他拼出了性命，挺直了脖子在唱歌。谢幕的时候大家都涌到台前，给克里斯献花，而我则把贝蒂准备好的花束献给了米歇尔。

贝蒂对我的举动不能理解，她说："你不以为克里斯是最伟大的吗？我刚刚去采访过他，他从早上六点钟起床以后是跑步、上学、打球、唱歌、参加乐队、演戏、写作业，有时候还要参加演讲比赛、校际比赛等等，每天都弄到十二点钟以后才睡觉。他的功课虽然不是前三名，但也在名列前茅，很不容易的。"

我笑道："你爱上他了吗？但是今天，我真的被米歇尔感动，我认为他才是真实的，没有一点点掺假。我们，包括克里斯都没有他的伟大，都没有他的真实。"

在我和你讲话的时候，我就知道你是这个耳朵进那个耳朵出的。当我意识到这一点的时候，便不断地强制自己打住，可是嘴巴就是刹不住。这是我的脾气，心里的想法过不了夜的。正在我越讲越起劲的时候，那篇文章的作者打电话过来，我看到你气得眼睛也要发绿了，还好有贝蒂拉你出去看话剧，回来的时候脸上的怒气已经烟消云散。看起来，有时候女孩子的功能要比妈妈强多了。

第二天又是周末，吃过午饭，我正在厨房收拾，突然看到朋友老赵的儿子，抱了一架游戏机，远远地穿过大草坪，朝着我家走过来。到了近处，他很有礼貌地询问：“小狮子哥哥在家吗？可不可以和他玩一会儿游戏？”

我说：“小狮子刚刚上去休息，他昨天睡得太晚了，一个小时以后再来好吗？”

男孩子的脸上立刻呈现出巨大的失望，他说：“那么我下周再来吧，一个小时之后，我就要到王小姐的数学班去学习了，接下来是到中国城去补习英语，晚上还要练习小提琴和钢琴，明天要去见老师的。教我小提琴和钢琴的中国老师很厉害，拉不好弹不好要骂死我的。对了，还有中文学校功课没有做好，我还是回去做功课吧。”

“不得了，现在的初中生怎么变得这么忙？”我惊愕地问。

“这是我的妈妈要我这么做的，还有绘画、跑步、唱歌、打橄榄球、辩论，反正一张开眼睛除了上课就是课外活动，我一个星期只有一个小时可以玩一玩……”男孩子的话没有说完，我就听到你从楼梯上噔噔噔地下来了，原来你还没有睡着，正巧听到了我们的谈话。

你说：“上来，上来，快点上来，你一个星期只有一个小时可以玩一玩，我还能不陪陪你吗？我不要休息了。”

男孩子一听高兴得眼睛也发亮了，两只脚一蹬，脱掉了鞋子，光着脚板就连蹦带跳地跟着你去玩游戏。不一会儿从你的房间里传下来了欢天喜地的笑声，想到这个一星期只有一个小时可以玩一玩的男孩子得到了放松，连我也为他高兴起来。

隔天上班，在地铁上遇到男孩子的妈妈，我说：“你真厉害，把儿子教育得这么好，简直就是全能的了。”

她回答:“这也是没有办法的办法，周边的小朋友都忙于课外活动，我们作为中国人就更不能落后了。”

“你不觉得他太辛苦了吗？毕竟还是个孩子……”

我的话音未落，她的两道眉毛就竖了起来，说:“你不知道我为了这个课外活动花了多少钱吗？都是为了他好，他应该是喜欢的。对了，你的小狮子好像是学校击剑队的，他是怎么被选上的？我要我儿子也去参加击剑。”

我一听就想到她儿子满满登登的日程安排，再加一个击剑，不是连那一个星期只有一个小时可以玩一玩的时间都没有了吗？连忙说:“你儿子还小，击剑是高年级的活动。”

义务劳动

学校里正在准备参加县里的花剑比赛，我很快就在预赛当中打败了对手。矮小的女教练高兴得几乎把我抱起来，这是一个参加过奥运会的运动员，后来因为伤痛，不得不退役。教练大概一心想把我培养成一个击剑运动员，可是她不知道，我参加击剑仅仅是为了参加一项课外的体育活动，我并不想投入更多的精力。对不起了教练，辜负了你的一片期望。

除了辜负了教练以外，我还辜负了我的爸爸。爸爸是最得意于我参加击剑队的，每次有客人，他都会把我叫出来，让我打开手臂，看看我的手臂有多少长。我很知道，我击剑的优势就是我的手臂，因为手臂很长，我只要掌握好防御，对付那些初级的对手，还是比较容易的。我的胜利，多是凭借着手臂而不是技能。对此，我常常会站在对手位置上，为他们感到不公平。他们当中的很多人，比我活络多了。

这天我练习完毕，脱下沉重的击剑服，放在手里掂了掂，想起来这还是学校里专门为我定制的呢，也不知道以后会不会再有一个长手来继续穿着这件衣服。正想着，贝蒂在窗子下面叫我，我匆匆洗了个澡，换上干净的T恤就下楼了。

贝蒂说：“走，到老人公寓去。”

“为什么？老人公寓好像不是我们校报的采访对象呵。”我说。

“不是去采访，而是去义务劳动。”贝蒂回答。

“义务劳动？你一个人去吧，我就不奉陪了。”说着，我停下了脚步。

不料贝蒂别过身体一把捉牢我说：“不要搞错啊！不是你陪我，是我陪你！”

原来，辅导员告诉贝蒂，我从来也没有参加过义务劳动，在我的义务劳动表格里，我是零分，于是就想出来陪我去参加义务劳动的念头。因为怕我偷懒半路逃脱，贝蒂还让她的朋友马丁开了一辆破车过来，捉我一起去。我说：“这么破的车子，哪里弄来的？”

贝蒂说：“你用不着担心，反正不是抢的。”

“那么是偷的？”我调侃。

没想到差不多就是偷的，这辆车子停在马丁家的门口好几天了，也没有人来认领，马丁说：“借来用用，一会儿还回去。”

马丁说着就一脚踩下油门，老爷车咳咳咳地喘起气来，摇摇晃晃地把我们送到了老人公寓。一下汽车，贝蒂熟门熟路地带着我们直冲食堂里的厨房。这是休息时段，里面没有一个人，不锈钢的条桌上，山一般地堆满了一片片的面包，还有一盒盒的火腿肉、生菜、起司、芥末酱、黄油、色拉酱等等，原来是要我们完成三百个三明治，明天一大早，老人们要带出去活动。

我想妈妈在就好了，她只需要一个人就可以很快搞定的，不要忘记她当过夏令营的大厨呢。正想着贝蒂和马丁已经套上了围裙，洗完手，开始工作了。我也只好磨磨蹭蹭地跟在后面。

先撕一张保鲜膜，这张保鲜膜怎么这么难撕的啦！一定是上面那把带齿的刀太钝了，我连拉带扯地撕下一张，太小了。再撕了一张又撕歪了，贝蒂站在一边看不下去了，走过来，摇一摇头，一句话也没说，手一扬，一张方方正正的保鲜膜就放到了我的面前，然后又回到了她的工作位置上。

我把一片面包放到保鲜膜上，正要放火腿，贝蒂又从对面跑过来，给我换了一片刚刚烤过一下的面包说:“先刮一点点奶油，这样面包不容易被生菜打湿。”

我这样做了，又把起司火腿生菜一一放了上去，好不容易用保鲜膜包裹好，发现忘记放色拉酱了，又拆开重做。这样反反复复，弄得我头也要发昏了，总算做出来歪歪斜斜的一个，和贝蒂、马丁的三明治相比，只好自认不及格，而且他们已经做好满满一盘了。

这时候，贝蒂大概也对我失去了信心，她叹了口气说:“算了，你就坐在一边给我们读书吧，我们两个人一会儿就可以弄好了。”

我老早就知道考大学还需要义务劳动这档子的事情，但是却一直没有重视。这天朋友从佛罗里达过来送女儿上大学，听说这个孩子的SAT成绩并不好，学习成绩也一般。这次可以爬进藤校，完全得益于她的义务劳动。

“你女儿做了多少时间的义务劳动啊？才可以拿到这么大的好处?”我问。

朋友有些不乐意了，她说:“什么叫拿到好处啊？首先是付出，我的女儿付出了一千多个小时，为此她还拿到了美国白宫颁发的热心公益奖，全美国也没有几个人可以拿到的呢。”

“不得了！一千多个小时是什么概念啊？每天做三个小时就要一年多的时间了，高中的功课这么繁忙，不要吃饭睡觉啦?”嘴上这么说，心里却在想，义务劳动也可以加分，倒是一个快捷方式。后来知道这条快捷方式并不容易，特别是对你。

这天这个朋友扎扎实实地给我上了一堂义务劳动的课程，她告诉我，每一个美国孩子要想从高中毕业（不仅仅是为了考大学），都要参加义务劳动，而且有规定的时间标准。这个时间不是随便说说，或者是父母朋友证明一下就可以的。必须是有专门机构的记录和证明，还要打分，然后一并送到孩子的学校。也就是说义务劳动必须是为公益、社区服务，自己在家里擦擦玻璃窗是不算的。

每一个城市和学校义务劳动的时间标准不同，但绝对不是几个小时就可以敷衍了事的，最少也要一百多个小时，通常是累计两百个小时以上。义务劳动的目的是让孩子从小就养成关心别人，关心社会的习惯。

美国高中生还有一个叫 National Honor Society（美国国家高中荣誉生会）的团体，这是一个全国性的高中社团，必须是具有一定的学业成绩、领导才能、社区服务及道德水平的突出学生才能参加。我一听，这不就是中国的三好学生吗？我从来也和三好学生无缘，所以也不敢对你提出过高的要求。我猜想这个从佛罗里达过来的孩子，就是得到了这个 NHS 的国家奖。一想到需要一千多个小时的义务劳动，我也只有望洋兴叹了。

但是就算放弃 NHS，中学总归要想办法毕业的呀，只是不知道怎么才可以帮助你。我想来想去还是偷偷到你的学校去找你们的辅导员，辅导员说："小狮子啊？他是我们学校的好学生，这点小事我来帮助他解决，放心吧。"

这天和贝蒂和马丁花费了近三个小时才把三百个三明治全部做好包好，看着桌子上整整齐齐堆放着的劳动成果，贝蒂和马丁决定把这天的义务劳动时间都算到我的名字上，因为他们老早就完成了他们可以参加 NHS 的小时了。我想了想没有答话，在心里我知道我不会这么做。我很清楚：不是我自己义务劳动的时间，我一分钟也不要。我要凭自己的实力，进入藤校，而不是弄虚作假。

星期五的晚饭以后，我对爸爸妈妈宣布："明天我要去参加义务劳动了。"

妈妈笑道："真的吗？我们的小狮子要劳动了吗？要不要我去当助理？"

我说："用不着。我自己会的。"

爸爸在一边说:“你当真了吗?妈妈这是在讽刺你也不知道。”

我嘟囔了一句:“我老早就知道了,但是我已经是死猪不怕开水烫的。反正我就是在讽刺当中长大的。”

大家一起大笑,这时候妈妈倒认真了起来,先是问我在哪里义务劳动,然后是组织者是谁,多长时间等等。我告诉她这是学校里组织的,到社区花园清理垃圾,大概三个小时。妈妈立刻大呼小叫起来:“太长时间了,又龌龊,又辛苦,换一样好不好?”

爸爸却说:“这是好的,大家一起劳动,比较有意思,也可以看看别的同学是怎么做的。”

妈妈见没有办法阻挡我,便到地下室找出来了爸爸已经不穿的工作服说:“先套一套,回来就扔到救世军去好了。”

第二天一大早,我就像模像样地穿戴整齐,随着学校里义务劳动队伍出发了。到了目的地,老天不作美,下起雨来。一个园林工人站在蒙蒙细雨当中为我们布置了工作:搬石头,建筑花坛。又被妈妈说中了:“又龌龊,又辛苦。”

一个多小时以后,多数同学的动作慢了下来,开始磨洋工,只有几个好表现的,仍旧围在辅导员的身边,哼哧哼哧地累到了满头大汗。我既不想磨洋工,又不想刻意表现,就一个人在不远的地方抱起了一块大石头,哦哟,有点太重了,好不容易搬到花坛旁边,慢慢放下去,一不小心,唔哇!压到了我的手指头了。

旁边一个中国女孩子小雨大叫起来:“小狮子,你的手出血啦!”

辅导员闻声跑过来说:“小雨,快到车上去拿急救包!”自己则紧紧地握住了我的手指。

血很快就止住了,我也没有感到很疼。辅导员为我包扎好伤口以后,便让我休息,他说:“不要再劳动了,你已经负伤。”

就这样，我的义务劳动就以我的负伤而告终。

你垂头丧气地回到家里，我一看你的背影就知道有什么事情不对头了。妈妈就是这样的，哪怕只是听到你在电话里的呼吸，也听得出来你情绪的变化。我走到你的跟前，把你受伤的手捧起来，心痛，但是表达出来的则是："没有关系，明天就会好的。"

你说："我并不因为伤痛而不开心，而是因为真的不懂义务劳动。我今天劳动了一个多小时，实实在在的一个多小时，可是很多同学都在那里闲聊、玩耍。讲讲是义务劳动，完全不是发自内心，只是为了那几个小时而混时间，我不喜欢。"

我说："每个人都知道是假的，都会作假，只有侬戆噱噱的，一本正经，把手也弄破了，以后聪明点。"

你说："在这方面，我就是不会聪明的。"

很久以后，你已经从中学毕业了，我看到你们学校里推出一个新的包括义务劳动的 CAS 计划。这个 CAS 计划的意思也就是创造、行动和服务。其中还有不少具体的要求：最低不能低过 150 个小时的活动，每一次活动都要有文字记录，这些记录包括制订计划、具体行动以及总结汇报等等。

我对伊说："这不是我们在中国的政治课吗？"

伊接过我手中的资料读了一遍说："不大一样，美国规定了具体的活动，重在'做'字，在'做'的过程中，让学生创新、锻炼和提高。希望学生们除了课本上的知识之外，也学会关心他人，学会和别人合作，这是最重要的了。目的是培养学生全面发展，成为一个具有完整公民意识的人。"

我说："这样看来，CAS 要比 NHS 清楚，让学生清楚义务劳动的宗旨、目标和怎样去做。"

后来回想起来，你虽然只参加了一个多小时的义务劳动，但是这一个多小时，还是让你发生了很大的变化。我发现你在平时的学习、生活当中，有心注意起义务劳动来了，并对义务劳动产生了独特的看法。

有一天，也是一个阴雨的天气，你带着我来到社区公园里散步，走到那个压破过你的手的花坛旁边，你说："看，这些石头就是我搬过来的。"

说着你又弯下身体，把几块不整齐的石头搬了搬正。我笑道："侬什么时候也注重起公益来了？"

你说："我一向是注重公益的，我反对的是带着私心去做公益。"

你在说这句话的时候站直了身体，我突然发现，你怎么长得这么高了？我挎着你的胳膊，站在高坡上，透过蒙蒙细雨，看见不少年轻的中学生在那里义务劳动，无论是为公还是为私，他们都为此付出了时间和力气，最后的结果不仅仅是对社区有益处，而且习惯成自然，就好像你一样，会主动为公益的事情搬一块砖。

我刚刚想把这些话说出来，你把你的胳膊从我的手底下抽了出去，然后架在我的肩膀上，你说："别说话，就这么站着，看着远处，侬不觉得很美吗？"

我点了点头，和你一起沉浸在大自然的美妙当中，以及那些为了大自然而付出义务劳动的中学生的身影里了。

对不起了妈妈，我从来都是让你看着我走上领奖台的，为此你感到骄傲。可是这一次，在NHS的颁奖大会上，你没有能看到我。NHS听上去是一个很大的奖项，大多数同学都参加了。我想这也是学校里为我们这些要考大学的学生，在履历上提供一个亮点。

在NHS颁奖之前，专门负责我们这个年级的辅导员特别找我谈话，他说："小狮子，你怎么还没有申请NHS啊？都快到截止日期了。"

我说："我是有心没有申请的，因为我的义务劳动时间还没有达到标准。"

“没有关系，我们可以给你的，你只要在申请表上写个名字，其他事情由我来帮你，好吗？”辅导员关心地说。

我回答：“不好，我没有达标就是没有达标，我不要作假，不要为难你。”

辅导员焦急起来：“一点也不为难我的，只会为难你自己。你知道NHS在报考大学的时候是多么重要吗？一般的学生都会想方设法地钻进去，你的成绩差不多是全校第一，又是校报的主编，不参加NHS会逊色很多，你是一定要申请的。”

我笑了笑反过来安慰辅导员说：“不要为我担心，我相信我自己。我一定要以自己的实力进入顶尖的大学。”

离开辅导员以后，遇上分工组织学生出去参加校际英语、数学、物理比赛的辅导员老师，这个辅导员老师也就是当年把我降到“慢班”去的。不知道从什么时候开始，他对我特别客气起来，老远看到我，就打招呼说：“小狮子，这次要你帮忙了，大家都说我们这次出去比赛一定要你参加，也算是公益活动……”

他还没有说完我就回绝了：“对不起，几年以前我要求参加的时候，你没有让我参加，现在我很忙，没有时间参加这种游戏了。”说完我就离开了，留下一个不知道在心里怎样骂我的辅导员老师，站在走道里发呆。

后来想想似乎有些过分，应该宽容一些，更显示自己的大度。只是在当时满脑子都是妈妈生气的面孔，妈妈最不开心的是受到种族歧视的委屈了，她说要长中国人的志气。

离开了那个降我去“慢班”的辅导员老师，迎面又遇上了我的拉丁文老师，我在前面说过了，拉丁文课已经只剩下我一个学生了，她的工作有否，全靠捉牢我这么一个学生，所以一向对我客气，后来我们变成朋友了。可是这次不知道为什么，这个拉丁文老师好像一副有些什么话难以启齿的样子看着我。

我站在那里等待她开口，良久她说:“小狮子，我刚刚听到你拒绝参加校际大赛，但是我正想来求你代表我们学校出去参加校际大赛里的拉丁文比赛，最好拿到前三名……”

“哦哟，你不要做梦啦！就是用‘求’，也没有办法让我担当起来的。因为你知道我的水平，我总共只学了三个月的拉丁文，其他学校的学生都是学了好几年了，而且还有一所专门的拉丁文私立学校也会参赛，我怎么可能拿到前三名?”我很认真地说。

拉丁语老师叹了一口气:“看样子我明年的工作有危险了。”

听到这里，我脑子一热，说:“好吧好吧，我答应你就是了，我想办法帮你……”

我的话还没有说完，拉丁语老师已经跳了起来，连连说:“我就知道你会帮我的！我就知道你会帮我的!”

拉丁语老师是高兴了，而我却是自己给自己挖了一个大坑，跳了进去。这实在不是一件简单的事情。离比赛只有一个多月了，在这一个多月里，我起早摸黑，把爸爸大学里的拉丁语基础教科书都背了回来，咬着牙齿一本本啃。因为是关系到拉丁文老师的饭碗头，我不敢怠慢。妈妈半夜三更趿着拖鞋走到我的房间里，她摸了摸我的脑袋叹了口气又回去了。我没有抬头，我到了连抬一下头的时间也怕浪费。

终于，比赛的时间到了，我不知道妈妈这天请了假也来了，只看见拉丁语老师捧了许多吃的喝的坐在观众席的第一排。我想起来小时候的拼字Bee比赛，还记得那时候是老师站在前面，同学们按次序一个一个地回答，而现在是一个问题跳出来，分别抢答甚至辩论。我把脑子放空，眼睛里只有拉丁语复杂的变位。

一轮又一轮，几个小时过去了，比赛进入到了最后的阶段。我发现，台上已经没有几个选手了，大家都紧张到了极点，这时候我反而镇定，甚至有些享受这种紧张的氛围。一直到了台上只剩下三位选手的时候，大家都跳了起来，击掌欢呼。这时候我才知道，这个拉丁文比赛到了前三就算优胜了，不再继续。我却有一种意犹未尽的感觉。

拉丁语老师第一个跳上来抱住我，我想这是我最成功的一次公益活动，我把它算作是我的义务劳动，但是没有想到的是，这一次的公益活动，在以后给我带来了巨大的好处。

SAT

SAT 的考试期限渐渐接近，这是我最紧张最担心的事情。我知道你已经非常辛苦了，但仍旧咬着牙齿，把一本本复习的资料放在你的写字桌上。那里还散乱着拉丁文的书，这些都是你为了拉丁文校际大赛，买来的和借来的。

那天我没有告诉你我会来看你比赛，我是因为你这天早上来不及吃早饭，就奔出去参加比赛，特别给你送两只包子过去。不料到了学校，老远就看到拉丁语老师塞给你一大片比萨。这不是中国人的习惯，但是见你一把抓起来就送到嘴巴里，我也就只能放手让你入乡随俗了。

看着你大口大口地吞咽着比萨，周边的有同学和你打招呼，那些孩子都是去参加不同项目的校际比赛的。我知道克里斯参加的是英语比赛，大班参加的是数学比赛，你们的校长也来了，走来走去给你们打气。许多参赛的孩子，手里都抓着一把把的小纸条，面孔上一点表情也没有，在临时抱佛脚。

你虽然没有那种狗急跳墙的模样（这是母亲一向灌输给你的风范），但看到你两只眼睛通通红，两只眼圈漆墨黑的样子，我不由心疼万分。谁说的："在美国读书要比在中国便当很多，那里的孩子也比中国孩子笨多了，中国小孩个个是班级里最优秀的，随便一考就可以考进好大学，前途无量……"

再一想，讲这话的苹果已经不在人世了。此刻，那个把苹果逼迫到死路上去的SAT，正一步步向你逼近。有很长一段时间，因为你要参加这次的拉丁文比赛，我一直回避和你讨论SAT，为此我都有些怨恨那个拉丁文比赛，因为这个比赛浪费了你很多复习SAT的时间。我知道其中的艰难，而且这个艰难是关系到前途，不然的话苹果怎么会绝望？我害怕。

苹果，苹果，苹果的面孔掺杂着SAT，始终在我的眼前交叉着呈现，挥之不去。这个SAT到底是什么东西啊？会活活把苹果吞噬？

据说SAT是在1926年出现的，全称为Scholastic Assessment Test，简单地说也就是美国高考，由美国大学委员会主办，后来我发现中国的孩子也在紧张地准备SAT，熟识的家长们就想办法过来询问有关事宜，特别是其中的奥秘。原来SAT是面向全世界的，全世界的高中生想要到美国上大学，都要参加SAT，其成绩不仅是入校的关键，还是获取奖学金的重要参考。

在美国，读书考试都是孩子自己安排的。在中国，这种事情好像不仅仅是孩子，更加是家长的事情。想起来你第一次参加SAT的考试，我都不知道。那时候，你被老师骗进不准备就去考SAT，结果你真的书也不翻一翻，带了一支铅笔就进考场了。

我不能接受这样的态度，后来想想，你从小到大，对于学习，多数带有猎奇、感兴趣甚至兴奋的态度，培养孩子们轻松愉快地读书，大概就是美国的教育刻意的宗旨吧。那一次你拿回来的SAT单科成绩，平均只有五百多分。一开始还为你感到骄傲，因为满分也只有八百分，你才是十一岁的小孩子啊。但是从这个成绩可以了解到，五六百分几乎每一个考生都考得到的。只要填写清楚自己的基本资料，再回答几个最简单的问题，凡是正常的孩子，就是小学生，也可以拿到这个分数。

美国就是这样，连最差的学生也不会把他们弄得太难堪。五百多分，听上去不坍台，如果配件好，还可以进入不错的学校，许多州立大学都会接受。最不济就到社区学院去，社区学院总归会接受的。更何况，社区学院也会飞出金凤凰，伊的导师，一开始就是在社区学校读书的，后来攻读博士，成为中国现代文学的首席翻译家。因此，只要是块金子，到哪里都会发光。但是这些话都是对别人说的，轮到自己头上就会吃不消了，这大概就是苹果悲惨结局的缘由。

这一年的冬天特别长，凄风苦雨掺杂着雪花，还不到下午四点钟，外面已经漆黑一片了。回到家里，第一件事情就是把暖气拨到最高一挡，妈妈嫌不够，又打开了壁炉，燃烧起干裂的木材。妈妈说："老天忘记时间了，再撕两张日历纸，就是五月份了呢。"

没有人答话，爸爸正在苦思苦想为学生出考题，我正在想今天发下来的 SAT 考试介绍。SAT 的复习在学校里没有专门课程，完全靠自己复习预备，已经有学生开始找校外的补习学校。妈妈对此最不能接受了，她说："学校里怎么不管的啦？指导学生考大学应该是他们的工作！"

爸爸说："谁也没有规定中学生一定要考大学的，中学只管中学里的事。至于中学毕业以后的事情，中学就不管了。读书读到这个地步，每一个学生都已经很清楚，考大学不是别人的事情，而是自己的决定，一旦决定了，就要自己负责。"

妈妈看看没有人支持她，只好自顾自地端上一锅腌笃鲜说："没有鲜笋，用芦笋代替了。在美国做中国饭，要擅长变通。"

我连汤带肉再加上一勺碧绿的芦笋，哦哟，鲜得来眉毛也要掉了。突然想到妈妈刚刚讲的"变通"两字，对了，我不一定要按部就班，我有我的特点，我可以自己创造一套复习的方法。想到这里我对大家说："我决定了，我不要去参加 SAT 的补习班，我自己来复习。"

“来事哦？这种性命交关的事情，还是多付点钱，找一家高级一点的学习班。”妈妈说。

“这件事情要慎重，我们都没有这方面的经验，不能帮你。大多数美国人的孩子也是上补习班的。不去上补习班，不是比别人少上了一节课吗？”爸爸说。

“我决定了，我会自己安排好的。”我觉得我有这个能力。说完了，我就大口喝起汤来了。

晚上，做完了日常的作业以后，我先从一堆妈妈到处给我觅来的介绍SAT的书里，随便抽出一本，开始阅读。我是坐在被子里开始读的，背后的大枕头把我深深地埋进温暖的柔软当中。越来越热，我以为失火了，是不是妈妈忘记把壁炉熄灭？我听到爸爸踢踏踢踏地从他的书房里奔下去，又回上来说：“奇怪了，天怎么一下子变得这么热？”

第二天早上醒来，我先把掉在地上的书本捡了起来，然后拉开窗帘。突然，我惊呆了！窗子外面一片阳光，庭院里面的樱花正冲着我怒放。我一时糊涂。哪里有这样的事情，冬天还没有过去，春天还没有到来，夏日已经一下子逼迫到了家门口。

我感到昏眩，因为这就好像是我，我的童年是那么短暂，甚至还没有享受到那四个字“无忧无虑”，就要开始没完没了地读书和考试。还好小时候我做过“坏小孩”，那时候的闯祸捣蛋变成了我最好的回忆。

昨天在饭桌上你宣布“不要去参加SAT的补习班，要自己来复习”。我一听，脑袋轰一声涨大，当即给科州的丹丹打电话诉苦。今日丹丹打电话过来说：“我帮你去打听过了，中国城就有SAT的补习班，为期一个月到三个月，是按照课时计算的，两千美金左右。另外还有美国人的补习班，大概三千美金。我看小狮子不要去补习班，你就多付一点钱，找一个好一点的私人辅导，五千美金。一对一，连入学的申请书也会一并指导你的。”

我把这话告诉你，你一点表情也没有，我气得大叫起来：“妈妈这是要花钱的，为侬花钱还要求侬吗？”

你笑起来了，抱住我的肩膀回答：“不要生气，也不需要花钱，我自己就可以。”

伊在隔壁房间听见了，走过来说：“不要逼迫小狮子好不好，相信他会对付的。”我白了伊一眼。想起来你从小到大，都是伊在唱白脸，做好人。每次遇到棘手的问题，都要我出面唱红脸。算了，话已经讲到这个份儿上了，只好随你。

好在 SAT 一年要举行 7 次，这倒很有人性，一次不行再来一次。不像中国的高考，一锤子买卖，一考定前途。听说最近改成两次，但是春季考试可以选择的学校和专业很狭窄。大多数学生仍旧挤在夏天。难怪那些家长为此操心至极，除了敦促甚至威逼孩子做功课以外，还要炖补汤买补药，有朋友专门远道过来，让我们开车到美国的补药专卖店，我问他：“你手里的补药单子是从哪里来的？”

“那是我儿子学校里流传的，很有效，凡是吃了这些药，都可以考上大学。”他很认真地回答。我拿过来看了看，上面多是有毛病的人吃的，从小儿多动症一直到老年痴呆症，看得我哭笑不得。我发现这个朋友自己在美国连一只皮夹子也不舍得买，所有的钱全部花费在这堆药上了。倒是那个开店的老板开心得一塌糊涂，一下子赚到上千美元。后来我也不敢问他，这些药有没有效。

吃药这种事情我是不会让你做的，但是买书借书倒是我的特长，还是先到那家 Borders 书店（没想到这么实用的书店后来倒闭了）。而在当时，走进书店吓了一大跳，那些出版商真会赚钞票，有关 SAT 考试的书，铺天盖地堆满了好几个书架。那真的是排山倒海的气势，让人惧怕。来来回回在这SAT的书当中搜索了好几个回合，总不见得把所有的书都背回去啊。不去算计要花多少钞票，就是搬到家里也没有地方放。更何况我的小狮子不吃不喝不睡，也不可能读光这些书的。

空手而归，满心的沮丧。还是去问问王小姐和她的丈夫，这对哈佛大学的高材生，也许有招。王小姐倒是热心，她说："当然是普林斯顿大学出版的，那是名校，有优势。"

又打电话去找你的老师让，让说："Barron's 吧，我的儿子就是读了这一本，后来考上加州理工学院的。"

办公室里的同事看到我在午休的时间紧张得饭也不吃，不是上网搜寻，就是打电话打听信息，得知我是为你搜寻SAT的书籍时，他们一脸疑惑，有的甚至讥笑说："这种事情你也要操心的吗？"

我的同事们，多数是美国最普通的老百姓，他们对藤校没有概念，更有些人，对子女的前途是不关心的，当然也有少数另类。

妈妈就是这样的人，急起来好像要去救火，一下班直奔书店，家里晚饭也没有人做。爸爸饿得实在吃不消了，自己动手炒了一镬子蛋炒饭。我好像从来没有吃过这么难吃的东西，湿漉漉糊答答。妈妈回来一看就大发脾气，我只好在旁边打圆场讲："蛮好吃的，我喜欢这种烂饭。"

到了周末，我决定和妈妈一起到书店去挑选书籍。我让妈妈先坐在休息处的沙发里喝咖啡，自己来对付那些五花八门、铺天盖地的SAT复习资料，我一本本地翻阅，最后挑中了一本《10个真正的SAT》。

这本书是最有帮助的复习资料，里面有十份历届学生考过的试题，编辑把这些试题汇集在一起，加以分析，很客观也很实用。我一直向后来的高中生推荐这本书，可是不知为什么，以后不再出版，买也买不到了。

我选中了这本书以后，妈妈当然不会满足，又抱出来了普林斯顿和

Barron's等等出版的书，一并买回到家里。这天妈妈好像放下了一桩心事，用一只可以旋转的专业烤箱，烤出一只美味至极的鸭子。啃完了鸭子以后，我回到房间里，打开了我自选的《10个真正的SAT》。

我习惯地从第一页前面的介绍开始读起，连SAT的历史和发展也没有放过，我以为这样的方法很有效。只有真正了解SAT，才可以对付好它。一本好的书就会有这样的功能，不会让读书的人感到枯燥，反而很有意思。

读完了介绍，开始进入"真正的SAT"。我发现其中的题目并不难，特别是数学。难的是速度。假如不限时间，每个人都可以考到高分。但是题目之多，根本没有时间思考，必须在几秒钟之内甚至一秒钟里完成一道题。不要忘记，我在"慢班"里练就的"飞速做题"，加上在我很小的时候，妈妈就会弄出来一大堆稀奇古怪的题目，我们常常在一起比赛，所以我早已习惯。中国人有句话："熟能生巧"，我想就是这个意思，很有效。

但是对许多人来说，包括美国人，在数学考试当中最困难的还是语言。记得我们邻居的孩子美国人，从小在私立学校长大，据说还是他们学校的高材生。到了高中，转回我们学校，结果数学功课一塌糊涂，考试几乎不及格。问及缘由，原来他在私立学校做的都是计算题，而我们做的多是应用题。其中文字当中的阴谋诡计，经常引诱考生误入歧途。后来这个同学不得不又回到私立学校去了。妈妈说："他原本是花盆里的花，一下子移到野地里，吃不消了。"

因此在SAT当中，无论是"数学"还是"阅读"，英语都是很重要的。关于"阅读"是大多数同学最为头疼的，那里的词汇量之大之偏之复杂，当然我讲的这些都是要考到750分以上才会遇到。而我发现在复习这些单词的时候，对我来说最大的优势就是我学过了拉丁文，加上参加过拉丁文的校际比赛。这个拉丁文比赛一点也没有浪费我的时间，而是"恶补"了一下，此刻发挥了大作用。因为我了解了词的根本，这会加分许许多多。

后来，我总结了一下，这些单词30%来自日常生活，30%来自电影电视和报纸等，30%来自学校里的课程。最后的10%，一半来自名著，最后一半那是需要相当的工夫。我得益于从小就喜欢看大书，又在爸爸和他的文学前辈当中长大，再不灵光也讲不过去了。

SAT的考试时间终于到了，我想让你最后一年再去考的，可以充分地准备，但是你说你已经准备好了。听别人说这种考试在秋季比较难，因为多数顶尖学生都是踊跃在那个时段，到了冬季就会松弛许多，大部分的普通学生看看前面优秀学生都考过去了，不考也拖不过去了，这些学生的竞争力相对差很多。

我把这些话告诉你，你说很有道理。但是在这种事情上你从来就有自己的主张，我也管不了你了。因为报名的时间有一点晚，你总归是这样，样样事情要拖到最后一分钟。结果我们这个大学区的考场已经客满，只好归拢到一个远距离的考场。一听到这个消息，我心里有些不快，生怕不是好兆头。

你倒无所谓，只是考试的前一天，很早地就上床休息了。我反而比你紧张，在楼梯上走上走下，伊终于跳出来说："你歇一歇好不好？烦死人了。"

我咬紧牙齿不吭声，眼睛里跳出来的是你小时候参加拼字Bee的情景。小狮子，你一定要比美国人好出三倍，才能得到和他们同等的待遇，这就是你一生当中都要面对的竞争。

第二天早上，我像我的好婆当年送我们出去考试一样，给你煮了一个白煮蛋，在你的面前滚了一下说："一路顺风滚过去。"

你笑起来说："我会滚的，会滚的。"

我听到你还在开玩笑，立刻竖起了眉毛说："侬还不去祷告祷告，求上帝让侬考好。”

这时候你认真起来，你说：“放心吧，我会祷告的，但是我从来也不会去向上帝要不属于我的东西，我只祈祷上帝把属于我的东西，发挥到最好。”

我听了无言，只是率先跳上了小车，伊也快速地坐到驾驶座上，最后才是你慢慢腾腾地上来了。和往常参加所有的考试一样，你手里甩着一支铅笔，一脸的坦然。

那时候还没有GPS导航仪，他自己画了一张地图，七拐八拐倒也是顺利，不一会儿就到达了考场门口。走出车子吓了一跳，怎么是在一个坟地中间？阴森森的天空上，翻滚着黑云，更加让我感到压抑，刚刚想对伊发作：“为什么不敦促小狮子早点报名，不能报进我们的大学区，起码可以报进隔壁的富人区。现在这算什么名堂？”

你的声音就好像是对我内心的疑问做出了回答：“这里是天主教堂里的教会学校。”

我抬起头来一看，只看到圣母玛利亚慈爱地注视着你，让我感到无限的温暖。接着你快步地走向玛利亚雕像下面的校门，在校门口打开双手，狠狠地做了一个伸展的动作，好像全身的力气都迸发了出来一样，这是你在每次重大考试之前都要做的。很久以后，在一份科学杂志上读到这么一篇论文：人体最大限度地伸展，会最大幅度地激发荷尔蒙的活动，让人自信，获得更好的成绩。

如坐针毡的一个星期过去了，我已经到了身心崩溃的边缘，这天，听说如果多付十几美金，就可以提早查询考试的成绩。美国人真会赚钱，不过十几美金就可以解决这么大的心病，当然不可放弃。

我三脚并两步地跑到家里，发现伊和你正坐在电话机旁边等我，伊讲伊已经把钱付出去了，准备好了打电话询问。我的心一下子跳到了喉咙口："上帝啊！请保佑我的小狮子。"

免提电话设定到最大音量，打开家里所有的录音系统，屏息静气地聆听了电话的那一头核对了你的基本信息以后，停顿了一秒钟，这一秒钟简直让我感觉是漫长到了天老地荒。你的SAT成绩终于出来了：满分。

没完没了的考试

得到SAT满分的消息，妈妈一下子瘫软了，好像绷紧了的一根弦突然松弛了下来。在我们的中学，已经有十四年没有学生考到满分了。所有的老师、辅导员、校长甚至不认识的人都过来向我祝贺。一时间在学校里，我好像变成了最首要的人物。

妈妈的许多中国朋友听到了这个消息，都想办法来打听其中的奥妙，其实这里面是没有奥秘可谈的。SAT的设计非常合理，不会让学生考出来个零分，也不会轻易地让学生考出来一个满分，每一道题都要用心对待。我讲的“用心”，不仅仅是最后坐在考场里，更要紧的是长期以来用心地积累。临时抱佛脚是来不及的。我在复习SAT之前，曾经为自己画了一张图表。每一个项目都有打分，长项短项一目了然，然后重点攻克。千万不要欺骗自己，要正视自己的不足。我觉得把握好自己，认清楚自己，比最高价位的补习班都有效。

正在妈妈得意到了发昏的时候，她突然发现，考大学，特别是藤校、名校，除了这个SAT，还有SAT Ⅱ，PSAT和AP！妈妈这天从中国城买菜回来，噔噔噔地直接跑到楼上我的房间，对着我说：“美国考个大学怎么这样麻烦？要比中国考大学复杂很多。每门考试还要付出去50美金的报考费，一年有多少考生、多少考试啊？那真是一大笔的经济收益了。”

我笑起来了，我老早就知道SAT只是众多考试当中的一项，先前考过的 PSAT 是这一类考试的开始，那以后就没有轻松的日子了。有学生在最后的两年里，因为没有考到高分，就翻来覆去地轮流考试，有一句很难听的话形容这些人:“考试专业户”。

变成了“考试专业户”就不好了，会减分的。SAT 考试最多不要超过三次，因为每一次考试的成绩都会有记录，如果没有几分的进步，一大堆烂成绩排在那里，一点用也没有。讲老实话，到了最高分的时候，哪怕是往上增加一两分，也是很困难的，这些都是 SAT 机关算尽的事情。

PSAT 听上去就是 SAT 的预考，考到高分，可以帮助拿到国家优秀学生的奖学金（The National Merit Scholarship）。其实真正要拿到这个奖学金，是非常复杂的。我们学校一开始有十几个同学，然后层层筛选，到了最后真正拿到那个大奖的，只有我和大班了。大奖的奖金并没有多少，只有两三千美金，有些大学会追加，但多数藤校没有，只是永远的荣誉。

SAT Ⅱ 是 SAT 的单科主题考试（Subject Test），有很多不同的科目。在我们的中学，并没有要求每一个参加高考的学生都要考 SAT Ⅱ，不过要想进好学校的，那是必须的，最起码要考三门。通常是数学、英语和自己最擅长的科目。因为数学里有两项，所以我多报了一门，加上生物和文学都是我的长项，我一共报考了六门。

考 SAT Ⅱ 和 SAT 相同的地方是，学校里没有安排专门的课程，如果要参加考试，就要自己想办法复习，妈妈对此最不认同了，她认为这是学校里最不负责的表现，可是我觉得，学校大概就是有意这样培养我们的学习能力，将来的道路很长，不可能样样都要依赖学校的安排。但是在复习过程当中，我发现 SAT Ⅱ 这门考试的本身，有点重复 SAT 和 AP。对于学习来说，AP 更加重要。

AP 也就是 Advanced Placement，即大学预修课程，这在中学里是有专门课程的，但是一所中学，想要开设这种具有大学水平的课程，必须经过教育部门的验证。开设AP课程越多，表示这个学校的水平越高。这也是值得骄傲的事情，那些AP课的任课老师，好像比其他老师高出一等，自以为是大学教授一样了。

据说这个AP的学分可以带到大学里抵学分，但是我的大学没有。对于这种顶尖大学来说，AP成绩仅仅是入学参考，他们是不会相信一个中学的成绩的。还记得我报考了七门AP，后来因为考试时间的冲突，只考了六门。

那一段时间里，我和伊就好像救火员，三天两头把你在各个考场之间运来运去。一会儿是SAT，一会儿是AP。你进了大学以后我问过你："你考了这么多的SAT Ⅱ和AP，到了大学里，是不是非常出众了？"

你回答："还好考了这么多，不然的话就落后了，我们同一宿舍的室友，平均6门SAT Ⅱ，6门AP。"

我惊乍地说："不得了，每个人都考这么多，你们的大学又不计这些考试的学分，太浪费了。"

你说："不会啊，尽管我们的大学不计这些考试的学分，但是学到的东西已经记在脑子里了，对后来的修课很有用。"

你停了停又说："学习是不会浪费的。"

有一天伊到你的大学开会，我趁机跟过来看看你，正巧迎面遇到一个瘦弱的男孩子。这个男孩一脸的疲惫，你和他打招呼，他也提不起精神，你告诉我说："这个同学是从偏远地区过来的，因为在高中里没有AP课，到了大学里一下子跟不上，非常痛苦，也很吃亏。"

那时，看着这个男孩子的背影，我久久不能离去。想起来他那在远方的父母，如果知道自己的孩子这么辛苦，怎么还会舍得把他送到这个地方？还不如在当地的学校上学，说不定会是学校的佼佼者呢。又一想幸亏当你在我身边的时候，辛苦一些，多选了几门SAT Ⅱ和AP，到了大学里才可以应付。

讲到SAT Ⅱ和AP，最让我担心的还是你的生物课。我一直也想不通那个生物老师巴博，为什么不会被学校开除出去，而且还让他教AP课。这是进大学最要紧的了。我前面说过了，他上课的时候只会喘气，什么也不会教你们，怎么办？

这一天学校里召开上AP课的开家长会，我是一定要参加的。走进教室，气氛有些紧张，连那个巴博也忘记了喘气。他一身西装，神气活络地站在讲台前面，大讲他的AP班是多么重要，是学校里最高深的生物课了。

一个家长举手要求："可不可以介绍一下AP考试的具体安排？"

巴博竟然愣了愣，然后回答："考试不考试不是重要的，重要的就是进入我的班，不参加考试也已经很优秀了。"

别人可以被他骗进，我是不会放过他的，会后我走到他的面前，开口就问："按照你的说法，上了你的课，不用考试也可以通过AP的啰？"

他看着我竟然脱口回答："考不过去的学生当然不用去考了，小狮子不行，他是一定要去考的。我还指望他拿个满分，明年可以让我继续教AP。"

我一听连忙说："你上课的时候好像书也没有发，怎么让小狮子去考满分呢？起码有一本复习资料吧。"

他的回答要让我厥倒："唯一的一本书已经借给小雨了。"

我立时气到要发作，伊在旁边插话说："没有关系，没有关系，我们自己去想办法好了。"

回家的路上，我急火攻心，一句话也讲不出来，伊也不做声，两人一路无语。

爸爸妈妈从学校开家长会回来，听到妈妈沉重的脚步，就可以知道她又在为什么事情担心了，一定是生物课的AP。今天我看见小雨围着巴博转悠了半天，巴博一挥手就把一本崭新的课本借给她了。我没有过去追问，因为我知道巴博自己也只有这一本书。

听说小雨想要提前毕业，所以这些考试对她来说更加重要。我想了想就走到隔壁的AP教室，那里有一个刚刚从大学里毕业的女教师，她告诉我，她本来就是我们这个中学毕业的，而且也是巴博的学生。她没有批评巴博的教学，只是说我可以自己过去找她很好，因为到了大学、研究生的时候，这种事情都是要自己来计划安排，这是一个成功者必须具备的学习能力。

我从这位女教师的手里接过一大叠的复习资料，走出教室上突然想起来：巴博会不会有意这么训练我们，让我们学会怎样面对在没有老师的帮助，甚至没有书的情况下，自己想办法解决困难？这实在是我在巴博这里得到的最大的收获。也是我对妈妈说过的："这个学习方法可以让我受用终生。"

我把我的想法对妈妈说了，妈妈立刻反驳："小狮子，侬太好心了，把巴博想得太好。他实在是一个最不敬业的教师，倒是那个新来的女教师很好，明天我来做一点萝卜丝饼送给她。"

妈妈就是这样，永远按照"受之点滴报之涌泉"的中国习惯待人接物。事实上到了第二天，还没有走进教室，我就和同学们把那一盘又香又脆的萝卜丝饼吃得精光。这天放学回家，一眼就看到一本生物AP书安放在我的桌子上。黄颜色的封面，和巴博借给小雨的那本一模一样。

"妈妈，侬怎么会知道就是这一本啊？"我高兴地大声问。

"记住，妈妈想要的东西，总归不会弄不到的。"妈妈得意地回答。原来是妈妈找到了小雨的妈妈，从那里抄录了这本书的名字。

这下好了，书也有了，资料也有了，没有理由考不好了。这时候我发现这本书很有用，简明扼要，没有像其他同类的书，绕来绕去把一个简单的问题弄得非常复杂。后来我向许多人推荐了这本书，大家都有同感。我发现这就是想要得到高分的奥妙之一：在选择复习资料的时候，一本对头的书是非常要紧的，会加分很多。

自从SAT考到了满分以后，所有这类考试的地点，我都选择在天主教堂。我迷信这个考场，就好像大班迷信他身上的一件花衬衫一样。这件花衬衫是他妈妈当年从她的犹太国家带过来的，还是他外公的呢，陈旧到了破烂，但是大班认为这是他的幸运服，一遇到重大的考试或者是比赛就套在身上了。妈妈听到这个故事就说："看到哦，外国人和中国人一样，也会有自己的迷信。"

这天AP生物考试的卷子一发下来，我就知道我完全可以掌握的了。我做得相当顺手，甚至感觉到有点太容易了。很快就完成了。抬起头来看看其他考生，一个个还都埋着头。我想了想，从头到尾检查了一遍，又一遍，最后实在无聊了，便站起身来。监考的老师有些吃惊，小声地说："你这是做不出来，还是全部做好了？要不要回去再想一想？"

我没有回答，只是把完成了的考卷递到她的手上，然后离开了。只听到背后有个女孩子的声音："小狮子，我恨你！"

又是那个婕西卡，我回过头去，向她挥了挥手，表示再见。

你去参加AP的生物考试的时候，我们已经不会像以前你参加SAT考试的那样，一直等在考场外面。而是趁着你考试的当儿，自己到菜市场走了一趟，正巧遇到小雨的爸爸妈妈。

"听说小雨要提早毕业了，你们抓得好紧啊。"我说。

"我们哪里管得了，都是小雨自己计划的，反正她的课也已经修完了，在中学里待着也是浪费。小孩子自己要 ，我们只好支持了。"小雨的妈妈回答。

“她要报考什么学校呢?”我问。

“这是小孩子自己的事情，她不告诉我们，我们也不好问。”小雨的爸爸明显没有说真话。这是一个非常敏感的问题，特别是在现在，在这个最紧张的时段，中国人的同学之间甚至家长之间的交谈都很小心。

不料恰恰在这当儿。大班的妈妈迎面走了过来，她哇啦一声说:“喂，听说小狮子要到耶鲁大学去!”

“谁说的?我怎么不知道?”我大吃一惊。这是我们关在房间里讨论还没有决定的事情，她怎么会这么清楚?

“这又不是什么秘密，大家都知道的。”大班的妈妈不屑一顾地回答，然后就走了。留下一个目瞪口呆的我，捧着一包蔬菜不知所措。

还是小雨的妈妈讪讪地打了个圆场，说:“祝贺啊，这么好的学校，很难进的，小狮子真厉害。”

听上去有点刺耳，我放下蔬菜，回了一句:“还没有进去呢，也不知道是什么人在嚼舌头。”说完菜也不买了，拉着伊就去接你。

大概是因为一个接着一个的考试，把你训练得答题的速度飞快。我们的小车到达考场的时候，停车场上空无一人，伊正在埋怨我来得太早了，连他最想要的牛肉也来不及买。我没有理他，因为我老远就看到你一个人在坟地里走来走去，你的背影让我知道，这次考试又成功了。于是连忙大声把你叫过来:“快上车，不要在这种晦气的地方逗留。”

“妈妈，这里不少坟墓都是上个世纪留下来的呢，老古董了。我猜想，可以躺在这里的不会是穷光蛋，一定受过相当的教育，他们的墓铭志写得非常漂亮，很有诗意。”你一边说，一边一只脚跨进了车子，接着又回过头去看着寂静的墓地说:“多么优美，一点声音也没有……”

“上来!上来!快点上来!这里当然是一点声音也没有的，要是发出声音来，不要吓死人了吗?”我一边说一边把你拽进车子，然后对着伊大叫了一声："开车，快点开车！"

妈妈莫名其妙地大发脾气，我一开始还以为是她不喜欢我站在坟地里，后来知道还要加上大班妈妈的话。实际上，我可以大声地说出我的想法，说明我的自信，在我们的学校里，只有自信的同学才敢这样说。妈妈应该为我感到骄傲才对。

下午时分，大班过来和我一起复习微积分，后面还跟着个米歇尔。因为网球事件，妈妈一直对米歇尔耿耿于怀，于是趁妈妈在楼上，我先把他们带到爸爸大学的教室里去了。

米歇尔穿着一件紫红色的T恤衫，上面醒目地印着哈佛大学的字样。他好像有一打这样的T恤，每天都穿同样款式的衣服。有人问他："喂，你这是要上哈佛吗？"

"当然，我当然是哈佛的学生，我的爸爸妈妈是从哈佛毕业的，我的爷爷奶奶、外公外婆都是哈佛毕业的，我有三倍的优先权！当然可以进哈佛。"米歇尔得意地回答。

米歇尔在学校里的成绩并不领先，却可以如此自信，这又让我想起来妈妈在拼字Bee以后对我说的话："小狮子啊，你要在这个国度获得成功，一定要比别人好出三倍。"

米歇尔倒不避讳他的功课不如我们的事实，直言地说："你们都是聪明人，让我和你们近一点，可以沾一点灵气。"

大班对此不予理会，他本来就看不起米歇尔，他什么人都看不起。我则笑了起来，米歇尔的心底里还是很天真的，他没有坏心，有什么就讲什么，我想我还会把他当朋友。

我和大班都在上微积分里的最高班，老师爱达非常出色，她的丈夫是一家藤校商学院里优秀的数学教授。我一直以为爱达在中学里教书有些委屈，她应该是大学里的教授。听她的课是一种享受，再笨的人也会被她一点通，只要进入她的班，微积分 AP 就好像小菜一碟，多数可以考到 5 分，我觉得自己是稳操胜券了。

大班看了我一眼说："你知道我们班的胜券是哪里来的吗？你没有发现数学 AP 考试以后，很多同学都退出了吗？告诉你吧，都让爱达'踢'出去的！一开始她会把大多数学生收拢在自己班里，经过筛选，凡是不能考到高分的，就趁早了断。这样她的班级里的学生永远是学校里的顶尖，她也变成我们学校里的顶尖人物了。"

这时候我看到米歇尔在旁边尴尬地笑了笑，我想起来米歇尔曾经也和我们一个班级，现在好像在隔壁教室，我有一点同情他了。于是我立刻转换了话题："好了，好了，不要去管爱达了，还是赶快复习功课吧，明天让要去看他的儿子，英语 AP 课由代课老师来上，据说上来就是小考。"

第二天，那个代课老师夹了一卷考卷进来了，每人一大摞，也不知道是从哪里拼拼凑凑抄来的，有的地方还抄错了。我站起来指出，同学们开始起哄，代课老师生气了，他一甩手说："这堂课我不上了，你来上吧。"说完他就走出去了。

我心想：这堂课你本来就没有上，只是找来一堆乱七八糟的题目给我们做，你不上就不上好了。可是又一想不对，他到校部告状我就倒霉了。这时候，我站起来走到讲台前，对着大家宣布："下课。"

等到同学们都离开了，我便找到代课老师的临时办公室，对着他说："请你回去上课吧，我不行，大家不听我的，都逃走了。"

我给足了代课老师的面子，也让同学们逃掉了一次考试。最开心的是大班，他又弄通了一道微积分的难题。

最后的中学生

这天早上睁开眼，伊就提醒我说：“今天下班不要到其他地方兜圈子，直接回家，小狮子学校要开家长会，是要穿正装的。”

“当然，当然，小狮子的家长会，对我来讲总归是最要紧的。但这不过是高三年级的家长会，明年才是毕业典礼，为什么这么隆重？”我有点想不通地问。

“这不仅仅是家长会，还是颁奖会，小狮子在高中里所有的奖项都会在今天颁发。”伊回答，看看我仍旧一面孔的疑惑，伊又说：“这就是美国高中学校的周到了，你想想，下一个学期开始，他们这一年级的中学生都要出去申请大学了，所以高中就把能发的奖项都发出来，让这些学生手里有王牌，可以在申请学校的时候打出去。”

“我知道了，一定会提前回来的。”我一边说一边起床，然后是和往常一样，匆匆准备早餐，出门送你上学，自己上班。到了办公室，坐在电脑前，思想一直不能集中，不断地开小差：我的小狮子到底会有多少张王牌呢？

你从十六岁那年的暑假开始，连续到华盛顿附近的美国国家卫生研究院，作为荣誉生在那里学习。这算是一张王牌。还记得你第一次出门远行，我一个人站在那张空落落的床前，直流眼泪。伊走过来说：“你要坚持住啊，要给小狮子打气，这是他第一次出征，一定要成功。”

“好像小了一点，别的孩子都还在家里打游戏机呢!”我百般心疼地说。

“忘记了拼字 Bee 的故事了吗？小狮子一定要比别人好出三倍，才可以成功!”

“这是一条多么艰辛的道路啊!”说完我就大哭起来了

伊连忙在一边安慰我说：“小狮子能行的，他一向都是最优秀的。”

你确实是最优秀的，从你进高中起，就进入校报工作，一路做到主编，这绝对也是张王牌。

接下去是你的 SAT 的满分、众多的 SAT II 和 AP 的满分，等等等等。哦哟，我都数不过来了，按照道理我应该是安心的了，可是“不”，我仍旧加倍地操心，因为米歇尔。

前面已经说过，美国进大学有校友优先权这一说，假如这个孩子的父母或直系亲属是这个学校毕业，以后又经常捐款给这个母校，哪怕他们的成绩不那么好，也绝对会有优先权。中国人开后门还要偷偷摸摸，这里是大明大方，理直气壮。按照没有明文规定的规定，你们学校一般一年只有三四个学生可以进入哈佛、耶鲁和普林斯顿，我们这些没有根底的外国人，一点优势也没有，真怕米歇尔一类有优先权的学生把你挤下去。米歇尔算是单纯的，直言相告，还有多少隐蔽在那里具有优先权的学生呢？让人担心。

这时候我想起来了小慧，她也是上海来的，住在南费城，别人为了孩子都想方设法离开那个地区，搬到白人区，或者是送孩子进私立学校，可是她没有，反而把孩子送进了最最黑人区的学校，她自我调侃说：“我去接孩子的时候根本不用费力气找，再远也可以一眼看到一点白。”

那时候还为小慧担心，现在想想她真是聪明，因为在那里的竞争相对减少很多，假如能够在那个学校出类拔萃，本身就是一张王牌，没有优先权也变成有优先权了。后来，小慧的孩子成功地进入哈佛。

这天，我整个的人都被王牌和优先权的事情搅得头昏脑涨。

今天的家长会在学校里的大礼堂举行，这是我上学以来最隆重的一次，许多同学的爷爷奶奶也来了。辅导员让我们这些三年级的学生在前厅里排好队，等待家长们先行入座。

我已经忘记了上一次我们三百多个学生聚集在一起是什么时候了，这里面有很多同学都是从小学开始就在一起的。虽然平时每天见面，可是因为今天是学期结束，相对放松，一时间把前厅弄得沸沸扬扬。

后背被人猛击一拳，回头一看是大班，他把我拉到一边，然后一脸的认真对我说:“小狮子，听说你下个学期就要离开中学，到大学里去修课了，我感到很有些失落。”

我刚刚要解释我并没有毕业，还是一个中学生，他把手指竖在嘴唇中间阻止了我说话，自己接下去说:“我想告诉你，我很感谢你。我怎么会碰到了你？从头到尾，自始至终较着劲地竞争。我好像一口气也不敢歇一歇，生怕被你甩下去。有时候我比你多出一分，还没有笑出声来，你又超过了我一分。弄得我无法放松，累得要死要活。最后，我们俩的数学在同学们当中变得遥遥领先。因此，我真的感谢你，要是没有你，也许就没有我的今天。”

“对我来说也是一样的，甚至更加应该感谢你，因为我没有数学的家庭背景，要不是你一直在旁边刺激我，我怎么会有动力坚持到现在？其实你比我强，你是抱着研究的态度在学习，我相信你会成为一个数学家……”

我的话还没有说完，突然听到校长在广播里呼叫我的名字:“小狮子，小狮子，马上到校长室里来一次!”

哦哟，这个声音听上去吓煞人，就好像小学里叫我坐到反思凳上去一样。周边的同学们都回过头来看我，大班也显示出不是好兆头的模样。我强作镇静地对大家说:“没有关系，我去去就来。”

我不知道自己是闯了什么祸，校长要在大庭广众里把我叫出来，站在校长室的门口，我深深地吸了一口气，然后推开了那扇玻璃门。我看到:校长正笑容可掬地站在巨大的写字桌后面。

一看到我，校长立刻快速地绕过写字桌，走到我的面前，然后伸出右手和我握了握。他握得很有力度，虎口坚硬，两只眼睛看着我，好像充满了赞许，祝贺，还是骄傲?总之让我感觉到了他对我的信任。然后，他没有让我坐下，而是从写字桌上拿起一块奖牌。奖牌是木制的，深褐色的橡木框当中镶嵌同样质地的黑色硬木，黑色硬木上刻写着我的名字，名字是金色的。

不得了，我拿到了我们学校最杰出的男生奖，就好像 Valedictorian 奖，按照道理获得这个奖项的学生要在毕业典礼上讲话，但是因为我们这个学校的竞争太激烈，而且家长多数是附近名校的教授、同事，家长之间也会有竞争，因此校委会修改了这个奖项的规则:不在公开场合颁奖。

校长慎重地把奖牌交到了我的手里，我想起来，从他的手里我已经接到过无数的奖状，几乎可以贴满我房间里所有的墙壁甚至天花板，可是把这些奖状全部集中在一起，也没有这块“黑色的巧克力”沉重。

我们这些家长在大礼堂坐稳以后，就看到学生们排着队，从两边的侧门一个一个走来。这时候，你不知道从哪里钻出来了，站到我的身后，把一个黄色的牛皮纸信封塞进我的包包里，并在我的耳朵边轻轻地说:“千万不要打开，回去再看。”

旁边一个学生看见了，便问:“这是什么?”

你回答:“巧克力。”说完就回到你的队伍里去了。

你是知道妈妈的脾气的，越是不让我打开，我的心里就越想打开，终于忍受不住啦，偷偷溜到厕所里，关上小门，坐在马桶上，小心翼翼地拆开了信封。哇！我兴奋得差点要从马桶上掉下来，我知道你是优秀的，但没有想到你会在三百多个学生当中拿到第一。特别是在这个白人的世界，作为中国人，能够名列前茅就很不容易了，竟然可以拿到 Valedictorian！

一时间眼泪哗哗地流了下来，眼睛前面又冒出来琳菲儿在拼字 Bee 上的三次误判，以及在初中部莫名其妙地被打入“慢班”……正在不知道是感伤还是感动的时候，只听到伊在女厕所外面哇啦哇啦大叫：“喂，你是不是掉到马桶里去啦？快点出来。小狮子拿到本届生最大的奖‘哈佛大学读书奖’！”

“最大的奖在我的包包里呢!”我真想大叫一声，但是我没有，只是咬紧了嘴唇一路小跑回到大礼堂。这时候我看到你的手上已经抱满一大摞的奖状，除了“哈佛大学读书奖”以外，还有办报纸的奖、领导才能的奖、“生物学奖”、“金钥匙奖”等等等等，我紧紧地抱着我的包包，忍不住大笑。

你从台上走下来的时候我还在大笑，伊看着我说：“你好了没有，谦虚一点好不好，别人以为你发精神病了呢。”又回过头去拿起“哈佛大学读书奖”发给你的一本书，对你说：“真好，真不容易，你会不会改变你的主意，去报考哈佛呢，你很有优势的。”

你想了想没有回答，只是快步地走到我们的后一排座位上，那是病休在家的堪坐在那里。你真心地对堪说：“对不起了，我把本来应该属于你的奖项拿走了，你比我聪明也刻苦，这奖应该属于你。”

堪和你击了一掌说：“小狮子，不要这样说，你获得了你应该得到的。祝贺你！明年我一定会振作起来，把这些奖项一一抱回家的。”

后来堪真的战胜了疾病，锻炼得相当强壮，而且成为一名哲学家。

回到家里，我把你的奖牌放在爸爸的遗像对面，我要让爸爸看到你的成长，要让爸爸保佑你健康地长大。

这天家长会结束以后，我没有和爸爸妈妈一起回家，而是一个人在校园里转了一圈。先是来到了后操场的角落里，那块孤独的大石头仍旧孤零零地坐在那里，想起来这些年，每当我烦恼、疲惫甚至孤独的时候，我都会来到这里，坐在这里。我不知道这块大石头是从哪里来的，也不知道它是什么时候就开始坐在这里的，但是我知道这块大石头见证了我在中学里所有的生活。

想到这里我站起身来，因为我还有很多事情要做，我要去清理我的橱柜，自从我进入中学这个橱柜就一直跟着我了，对不起，我好像从来也没有清理过。这一次我要彻底地清理干净，因为这是我最后一次打开这个橱柜了。下个学期开始，我要离开这里，到爸爸的大学里修课。

我是在高中三年级的时候，完成了所有的高中课程，并且修完了我们学校开设的所有的AP课程。按照道理我可以和小雨一样提前毕业，可是我想起来当年马蒂妮反对我跳级的理由，这实在是给我带来了许许多多的帮助，我想我真的很感激马蒂妮。

我把我的想法和爸爸妈妈说了，我希望高中的最后一年可以修一些自己想修但是将来在大学里不会去修的课程。这里面有：法语、古英语、佛教、概率等等。我老早就说过了我一直想学的是法语，而不是西班牙语。爸爸学校的法语非常强，我一定要利用这个机会。选修古英语是因为对文学的爱好，这不是热门的课，一共只有四五个学生，非常好。我最不喜欢乱乱哄哄，大家挤在一起上课了。选修佛教课是因为这里的教授是世界级的，明年就要到哈佛去了，不修他的课太可惜。至于概率，这是我最不喜欢的，曾经读过一篇论文，其中讲到中国人没有“假如”，还运用了很多概率的理论，我很想了解。

后来的事实证明，我在高中的最后一年到大学里选修的课程，因为没有压力，读得很轻松很开心，是我最愉快的读书时光了。我发现大学生和中学生是不一样的，大学生更多的是现实，中学生更多的是幻想。啊呀，我最美好的，人说是“金色”的年代，很快就要和我再见了。

开学的第一天，我一边想一边穿过熟悉的校园，走进古英语课的教室。年轻的教授看到我，如释重负地松了口气，然后开始自我介绍。这时候我才知道他刚刚从研究院毕业，他说他很幸运，这里的教授生孩子，休假六个月，再加上我这个中学生过来修课，正巧凑满可以开课的人数，他就过来了。至于下个学期，他就不去想了，他根本不知道自己的下一份工作在哪里，甚至不知道届时会不会有饭吃。

“昨天，我的同学，也是一个古英语的博士毕业生，被 WAWA 开除了。”他用非常悲观的语调结束了开场白，同学们面面相觑。

WAWA 是什么？是我们这里的一个连锁店，卖卖饮料、三明治，顺便加加汽油。古英语的博士生怎么会落到 WAWA 打工？还要被 WAWA 开除？只能说明人生的惨烈了。这倒要让我好好想一想，想一想我的前路应该怎么走。

你要到伊的学校修课，应该是天经地义的事情，本来你们的中学就和伊的大学有协议，最优秀的中学生可以到大学选修课程。加上伊是终身教授，家属可以免费修课并拿到学分。但是真正到了具体落实，还要经过一番周折。特别是古英语，据说那里的很多教授连学生都快没有了，却仍旧还要摆出一副鼻孔朝天的样子。

这天伊把你高中 4.0 的成绩单递到那个系主任的面前，他皱了皱眉头说：“这不可以说明问题，我们接受的必须是最优秀的中学生。”

伊笑了笑，心想 4.0 已经是你们学校最高 GPA 了，还要什么才是最优秀呢？因为都是同事，虽然不熟，走在路上也是面熟陌生。于是又拿出你SAT、AP等等的满分成绩。系主任立马松弛下来说：“这就可以了，这就可以了。我们很荣幸可以得到小狮子这样的优秀学生。”

看来，硬件的坚硬要比软件的关系更加重要。记起来每年夏天回国，总是在高考以后的发榜前夕。那些在大学里任教或者是有相当地位的朋友们的手机，常常会在我们叙旧的时候突然狂响。几乎都是亲朋好友或者直系或者转托过来，要求进入“扩招”，听上去这是个新名词，但这个新名词下面包含的是巨额的钞票。

姐姐说：“侬不懂的，侬已经是外面人了，现在许多学校都有扩招的名额，这些名额就是为学校创收而设定的。钞票被接受了，就是一粒定心丸。”

付了钞票的家长们见了面大叹苦经，一讲就是：“复杂，复杂，学生之间会搞诡计，老师也有偏爱……”

你在一边听见了问：“中国人进大学都是要靠家长送钱、学生明争暗斗的吗？假如成绩硬，所有的硬件里都挑不出毛病，还需要这些吗？”

我拍了拍你的脸颊，只想说：“我的小狮子啊，不是每一个妈妈都这么幸运，有侬这么个自立的小狮子的。”

其实，我并不比中国的妈妈少担心，只是担心的方式不同，表现的方法也就不同了。在美国，无论如何我们都是外国人，一张面孔摆在那里，别人总归会用不同的眼光看过来。这时候找关系没有关系，花钱财没有巨款，就是有关系有巨款也没有用，没有人会来接受，这时候只能自强。

你是老早就意识到了这一点，爸爸妈妈已经是竭尽全力为你创造了可以创造的条件，但是路必须你自己走。

讲老实话，你在伊学校里修课的时候，也是我们全家最轻松的时候，首先不用开车送你啦，你所有的活动都在校园里，我们就住在校园里面，常常在校园里散步。那时候，你经常和我交谈，我感觉到了你的成熟，但是我却一直弄不懂：美国的中学是怎样把你磨炼成这样的？

一直到你进了大学，有一天晚饭以后，我和伊无意当中散步到附近的电影院，看了一场迈克尔·霍夫曼导演的《皇家俱乐部》，当场震动。后来我建议中国的爸爸妈妈，有机会的话都去看一看这部电影。因为美国的中学就是这个样子的呀，我后悔当初没有更多地了解你，没有能更好地帮助你，于是站在电影院门口拨通了你的电话。

电话的那一头传过来你沉稳的声音："妈妈，生活会教会我们每一个人生活下去，这是谁也替代不了的。"

面试

自从考过了SAT以后，我的信件遽然增多，都是一个个大信封，从全美国各个大学寄过来。一打开，先是露出一封精美的邀请信，通常都是那个大学校长的亲笔签名，然后是一大本介绍他们学校的印刷品，这些印刷品华丽到了奢侈，通本照片，纸张厚重、牢固，妈妈说："这种纸头怎么这么好的啦？撕也撕不开，太浪费了。"

因为妈妈舍不得扔出去，这些太浪费了的印刷品，至今囤积在我家的地下室，满满登登好几箱。更加浪费的还有大大小小的光盘，这种东西有害环境卫生，是不能随便扔在垃圾箱里的，只能躺在角落里积灰了。

这一天爸爸从信箱里拎出来一封皱皱巴巴的从中国寄过来的信件，这不是一份印刷品，而是一封真正的信，上面手写着我的名字。妈妈一看就说："一定是个女孩子写的，怎么会从中国寄过来？"

我看也不用看就知道是贝蒂写来的。贝蒂凭借着一张大王牌——纽约大都会剧院上演了她的剧本，一时间名声大噪。哈佛大学看也不看她其他功课的成绩，就直接把她收了进去了。这就是一张坚硬的王牌，可以超级受用。不过也不容易，纽约大都会剧院是什么地方啊？不要说是一个中学生，就是一个专业人士，也很难跻身其中。我要是哈佛的招生人员，也会毫不犹豫地把她抢进来的。

贝蒂进了哈佛大学以后，发现那里有个到远东去支教的项目，她决定在大学生活开始之前，先去中国一年。我以为学文学的就是这样，一时兴起不顾一切。不料贝蒂在来信中说，她到中国去有很大的因素是因为我，她想了解一下生我的地方。其实她去的地方和我出生的地方一点关系都没有，她在信里说："这个地方鸡比人多，电话只有一部，我带过来的文具用品，甚至日常用品都送给当地的小孩子了。"

信是写在一张从墙上直接"偷"下来的广告纸上面的，贝蒂娟秀的小字挤在"专治'暗疾'"的几个大字当中。妈妈一看就大叫起来："太龌龊了，快点丢出去!"

我大笑，一边走到门口外面的阳台上打开了"信纸"。太阳底下，看不出这张纸头本来的颜色，脏兮兮的只有一半，大概写着写着发现这半张纸实在太小了，于是字迹也就越写越小。到了最后几乎看不出来，我找出好婆来的时候用过的放大镜，看见在撕裂的纸张的边边上，挤在一起的一句话简直要吓死人：她说她准备等我一年，明年和我一起在哈佛开始读书。

谁说我要去哈佛的？这样一来我更加不要去那里了。贝蒂一向关心我，可是我不喜欢有人管着我。不过信里面的一个建议倒是提醒了我，那就是我应该把"面试"这件事摆到日程安排当中了。

面试是申请大学的一个重要的步骤，特别是那所心里最想要去的梦中大学，这是一定要去面试的，还要不断地和他们沟通，让他们知道自己是多么地爱这个学校，爸爸说："就好像是'求爱'。"

后来我发现，面试对自己来说，是非常宝贵的锻炼机会。这个锻炼是从预约开始的。我在一开始先打了个电话，到最近的一所藤校预约一下，电话铃响了三下，那里有个女生的声音响起来了。了解到我是预约面试的，她便问："你的父母是不是这里毕业的？"

"不是。"

"外公外婆或者是祖父祖母呢？"她继续问。

“不是。”

“对不起，我们现在没有这样的安排。”说完了，只听到电话的那一头滴答一声，然后就是嘟嘟声了。

我好像是在黑暗里，被打了一记闷拳。

听了你的故事，我大笑起来。现实总算告诉了你什么叫现实。你一向反对我要你当心“优先权”的忠告，现在是自己撞到南墙了，应该回头。这时候伊走过来说：“有毛病啊？儿子碰了鼻子，你有什么开心的？还是一起来讨论讨论下一步的安排。”

我以为伊会建议你先到哈佛去，因为哈佛是伊的梦中学校。自己错过了机会，就把希望寄托在你的身上了。出乎意料，伊没有，伊建议你先去一所最近的、你最不想去的学校，当然这个学校不能太差，必须对你以后的面试有帮助。

我又笑起来了，说：“这样的学校大概只有隔壁的女校了，名气很大，派头不小，就是不会要小狮子。”

你说：“好的好的，我无所谓。”

伊说：“严肃一点，尊重别人也是尊重自己。”最后大家一致决定，到稍稍再远一点的一所文理学院去初试一下。电话打过去，很快就预约好了时间。之后，我又抓着你上书店，购买了有关书，回家以后全家分头“做功课”。

所谓的面试是应该包括：参观校园、了解教学情况、旁听一两节课。然后再去面试，这样可以在面试的时候掌握主动。另外还有一件事很重要，通常也是我们这些比较腼腆的中国孩子容易忽视的：那就是如果面试的工作人员和陪伴孩子去面试的父母相遇，这个孩子必须大方地向工作人员介绍，当父母的也应该大方地上前握手致谢。

得知这一条不成文的规定，我当即便说："我就想办法不去看到这些工作人员好了。省得讲话讲错，影响到小狮子的前途。"

你说："没有关系，反正对我来说是个锻炼，对你来说也是个锻炼。"

这时候，我又发现，面试还要分两种，一种是走出去，到那个学校去，在那个学校的校内进行面试，另一种是在当地，就在自己家附近，接受这个学校校友的校外面试，你后来自己也变成了这样的一个校外面试员。可是在当时，我掐指一算，不得了，这是要通过多少次的面试啊？不断地见面、讲话、微笑、握手，到了最后，真的变成死猪不怕开水烫了。这大概也就是美国文化的一部分，生活永远都在人和人的交往、面试当中递进。

"我知道，不管是校内还是校外，两者都要预约，而且同样重要。"你一边读一边说。

"还有微笑！"我说。我想起来，早几天朋友的孩子去考驾照，差一点刹车当油门，油门当刹车，自己也知道犯了好几个错，结果考官说："我喜欢你的微笑。"就让她通过了。

想到这里我急起来了，因为我知道你最不喜欢虚假的微笑，这是要吃亏的，于是说："微笑是很重要的，不管是真诚的还是虚假的，都可以带来同样的效益。"我本来还想说："这就是这个国家的虚伪的文化，在生活里的呈现。"

可是我想了想又咽回去了，世界何处不是一样的呢？

我花费了好几个晚上，把有关资料通读到滚瓜烂熟，我想我是准备好了。这天就在爸爸妈妈的陪同下，驱车来到了预约好的学校。这是一所文理学院，校园非常漂亮，面试的办公室坐落在钟楼下面。美国多数的大学似乎都有一个城堡似的钟楼，或者是尖顶的教堂，就好像是这个学校的地标一样，所以不会迷失，很快就看到了面试的地方。

妈妈在汽车里睡觉，爸爸在校园里转来转去，我一个人对着钟楼走过去。这是我的第一次面试，到一个不是我梦中的学校去面试，为此我没有穿西装，但是打了领带。因为我知道这是对别人起码的尊重。我踏过了草坪当中的步行道，来到办公室的门前，没有敲门，大门就打开了，开门的是个年轻人，他好像是在窗子里看着我走过来的。

我来不及把有关的面试程序操练一遍，他就问出来一个在所有的面试书本上都找不到的问题："你不是诚心过来面试的吧？"

不容我分辨，他又连珠炮一般地说："你爸爸的学校是全美国文理学院前三名，我们这里最多第八名；你有你们学校最高的 GPA，又有 SAT 的满分，你根本不会到我们这个学校来，是不是过来练习的？"

我吓了一跳，几乎到了张口结舌的地步。这种我们在家里商量的事情他怎么会知道？一时间全部的脑细胞都发动了起来，真的是脑子急转弯。嘴巴一张就跳出来一大段从来也没有准备过的心里话：

"你讲得很对，我爸爸的学校是全美国的文理学院前三名，我们家又住在校园里，可是换作你，你会要到你爸爸教书的学校去读书吗？在家里他是你的爸爸，在学校里他是你的教授。你读得好了，不是你的功劳，而是因为你有一个爸爸在这里当教授；你读得不好了，不仅仅是你的错，还会连累到你的爸爸，别人会指责你爸爸有这么一个笨蛋的儿子……"

我换了一口气又说："这个学校的排名是没有我爸爸学校的排名高，但仍旧是个优秀的学校，你应该为你的学校骄傲。而且我觉得这个学校更加适合我，因为我的长项除了文学之外还有生物，我知道这里的生物非常出色，有实验研究室，这就比爸爸的学校高出一筹，而且这里和英国的牛津大学有合作，将来可以到那里去深造。我可以告诉你一个秘密，牛津大学才是我真正的梦中学校。但因为他们那里是文理分校的，不能满足我在大学低年级的时候文理兼修的要求，所以我想在这里先读好大学，再到牛津——我的梦中学校去读博士。”

讲到最后，我自己也惊呆了，我怎么可能一口气说出这么多的话，而且在一个陌生人前面公布了自己心里的秘密？还好他没有在意，只是被我的话讲得激动起来，他大声地对我说：“对，对，我是应该为我的学校骄傲，谢谢你的肯定。我可以告诉你，我们学校的大门永远对你敞开，所有大学的大门都会为你敞开。”

“谢谢！”我说。这天回家，我第一件事就是给这位面试我的年轻人手写了一封感谢信，这封信写得非常真诚，一点也没有虚假，就好像我离开他的时候的微笑，完完全全的真实。

讲老实话，我心里还是有一点点想你到伊的学校，毕竟是在家边上，就算住在宿舍里，也只有几十步的距离。我脚一抬就可以看到你了。而且这个学校在美国在西方是相当有名，口碑绝对不会比哈佛、耶鲁差。有一次伊从中国回来，海关人员一看到伊是这个学校的教授，立刻肃然起敬，立马放行，旁边普林斯顿的教授也没有这样的待遇。

美国的大学大体可以分为两种，一种是带研究生院的大大学，一种是不带研究生院的小大学，大大学里分公立和私立，私立大学里面才有藤校。而小大学多数是私立的，好坏直接排名。我常常讥笑伊永远是老三。伊讲：“老三是容易的吗？全美国上千个小大学里排名老三也是非常顶尖的，这里面要把教学质量、教授水平、学生优秀以及学校的经济实力等等综合在一起，才可以评定。”

关于大大学和小大学的不同，在我这个外行眼睛里很简单，大大学的教授多重研究，小大学的教授除了研究之外还要重视教学，好的教授对待学生就好像是对待自己的孩子一样。

伊的学生会坐在伊的办公室，叽里咕噜把自己的喜怒哀乐通通倒出来，有的话是连对自己的父母都不会说的。于是又哭又笑，伊还要在办公室准备好一盒纸巾，专门提供给这些小孩子擦眼泪，也有学生会跑到家里来，问伊要吃冰激凌。这些学生毕业好几年以后仍旧常来常往，如果需要，教授也会帮助写推荐信，许多学生结婚生子都要来信相告。

而大大学就不一样了，有一次你在大学的时候，我们在饭馆吃饭，恰逢你的老师坐在隔壁餐桌上。我让你过去打一个招呼，你说："谁认得谁啊？三百多个学生上大课，从来不点名。"我当时就开始担心，将来求学求职，谁来帮忙？结果你们这种学校的学生，自己有自己生存的方法。

讲到点名，是小大学最严厉的地方，上课点名，迟到早退缺课都要扣分。功课倒不一定逼牢限时交出，差几天扣几分也就通过了，不会弄出一个零分。伊常常说："当教授又不是学生的敌人，目的是帮助他们进步，帮助他们学成。"

伊还说："学生也不容易，很多孩子弄得灰头土脸，眼睛永远是红的，应该更多地爱护他们。他们的家长更加不容易，昂贵的学费都是辛苦赚来的，怎么忍心让他们白白扔掉？"

大大学就完全不一样了，讲好了交作业的时间，这天一到半夜十二点就把电脑里收件的程序关闭，讲起来是统一设定，就是跪下来，机器也不会让步，一个零分这么产生了，一个学期的课白读。我骂这些教授太不人性，他们也有他们的理由："现实生活当中从来没有人性，到了社会上就知道老师的苦心。"

有朋友在大大学任教，他们说：一到学期结束，大考成绩一发出去，马上关机逃走，不容学生有半点讨价还价的余地。

大大学的学生，就在这种环境之下被鞭策成人。当然我这里所指的大大学，都是一些顶尖的学校。

在众多的面试当中给我最大震动的还是我爸爸的大学，应该说我就是在这个校园里长大的，又在这里修课，甚至可以说这里的一草一木都是我熟识的。可是没有想到我在这里第一次感悟到了什么叫梦中学校。

这天早上醒来的时候，天光大亮。因为是周末，可以在床上多赖一会儿。这时候只听到妈妈在楼下把锅碗瓢勺弄得乒乓乱响，其中还掺杂着叫我起来的声音:“小狮子，小狮子！不要忘记面试!”

对了，今天预约了爸爸大学的面试，这是为了妈妈才这么做的，妈妈不想我离开她。因为招生办公室就在咫尺，我拖着双拖鞋便出去了，却被妈妈一把揪回来，换好行头，重新出门。一路上埋怨妈妈让我起得太早，不料还没有到门口已经看到有人在排队。排在我前面的是一个干干净净的女孩子，一看就知道不是我们这个地区的。她手里捧着学校的介绍，还不断在记事本上做笔记，认真得有点过分。

排队排到跟前，女孩子紧张起来，手忙脚乱地不知道在找什么，这时候她向我投过来恳求的目光说:“对不起，我还没有准备好，你可不可以先行?”

我笑了笑就一脚跨进面试的房间，因为面试的工作人员都是熟识的，走过场一般就出来了，一看那个女孩又和别人换到了后面。我不经意地要把发给我的资料丢掉，不料那个女孩子见了立刻扑过来，捧起我刚刚出手的纸张，宝贝一样地抱到怀里。眼睛里的是指责，怨恨，藐视?完全不是先前的紧张。我在那里一下子感觉到，这就是梦中学校。我想大学就应该招收这样热爱这个学校的学生，我也应该对我的梦中学校怀有这样的爱心。

我说过了，我是在最后一分钟发现我真正的梦中学校——牛津大学，不能满足我文理双修的愿望，所以目光转回了美国。一开始选中耶鲁还是因为耶鲁的外观和牛津拥有相同之处，古老的建筑，让我产生幻觉。尽管那些建筑物都是人工做旧的，仍旧显示了历史的沉积。我喜欢古典的氛围，被那里的假象迷惑。

于是我想，这里应该是我的梦中学校了。先是预约了耶鲁的校外面试，那是一个十年前毕业的耶鲁校友，现在是附近一个大公司的律师。她把我让到她办公室的写字桌对面坐下，然后两只锐利的眼睛一直盯到我心里发毛。突然她问：“你是怎样看待‘义务劳动’的？”

我的后背一阵痉挛，该死，怎么会哪壶不开提哪壶？直戳我的短项？后来哈佛大学的面试者也提出一个同样让我心悸的问题，就是：“你对‘朋友’这两个字的看法？”我不知道为什么这两个学校校友的眼睛都会如此锐利，一下子就抓住了我的脚后跟？这些都是书本上找不到的面试题目，一直到后来，自己也当上了耶鲁大学的校外面试员以后，我才知道其中的奥妙。

这就是我在做校外面试员的时候，在面试之前都会仔细阅读来者的资料，最擅长的就是鸡蛋里面挑骨头，我们是什么人啊？经过这种世界顶级学校的训练，什么针尖大的瑕疵都逃不过我们的眼睛，这是要当心的。

经过了大大小小几十次的面试，我发现一般来讲校内面试比较讲究礼仪，多数涉及对学校的看法，切身的感觉。而校外面试看上去比较随意，有一次我还碰到一个面试我的人，把脚都跷到茶几上了，但问出来的问题却是犀利、具体。

最后，无论是校内还是校外，面试以后都要给那个面试你的人写一份感谢卡，表示感谢。以后有什么新的成绩、进步、活动，甚至想法都要找理由去汇报一下，按照妈妈的话是：“没话找话。”

按照爸爸的话是：“时不时地给这个人发封电信，表明你的‘爱’有多深，这就是不屈不挠的‘求爱’。”

看学校

在美国，申请大学出去“看学校”是大多数家庭都会做的。一是让孩子了解以后四年的生活学习环境，二是让那个学校了解自己，留下一个好印象。（那个带着大家参观的讲解员说不定也会起到很大的作用。）

而对于我来说，看学校是紧张当中的松弛，对于伊来说，则是松弛当中的紧张。这是因为伊在心里仍旧想把你的选择从耶鲁拉到哈佛去，为此伊也不怕辛苦啦，一次又一次开着我们的小车，从哈佛到耶鲁，又从耶鲁到哈佛。而在这来来回回的旋转当中，你也好像犹豫了，一时拿不定主意。

这天晚上，你们两个人又在讨论这件事了，我在浴室里洗澡听到电话铃狂响，于是大叫：“喂，都聋子啦？”

没有人理我，只好湿漉漉地跳出来接电话，原来是丹丹：“有点事情要你们帮忙，还记得钱先生吗？他就在我身边，让他自己和你讲吧。”

结果钱先生接过电话语无伦次地什么也讲不出来，还是被丹丹接过去继续叙述。钱先生是科州一所大学里的化学教授，夫妇俩都是中国的少年大学生，后来在英国拿了博士，在丹佛找到教职。他们有个女儿和你一般大，钱先生对她的教育极为严厉。样样功课都抓得很紧，还要拉琴、跑步等等。据说跑步跑得一两个月就要跑坏一双鞋，我感觉到钱先生是把女儿当做儿子养了。

女儿也争气，到了高中通过竞选拿到学生会主席，这在中国人当中是很少的。但是不知道是生理原因还是心理原因，女儿在高二以后感到有些力不能及了，不是女儿不努力，而是更加卖力，但是成绩仍旧上不去，不仅拿不到第一第二，连拿前十名也很困难。

丹丹那时候就告诉我："钱先生的女儿也真是给他养到了，好强得一塌糊涂，一天到晚读书，常常看到她一嘴的燎泡，还在那里熬夜。"因为钱先生就住在丹丹的对面，丹丹常常看到那里的灯光彻夜通明。于是丹丹就对钱先生说："不要逼得太紧了……"话没有说完就被钱先生接下去："小孩子自己要的，我们从来也不管她的。"

但是无论是逼的还是自己要的，女儿的功课仍旧在下降，终于有一天被数学AP的老师劝退了。钱先生气到眼睛发绿，但是他是聪明的，一咬牙想出来了一个好主意：提前毕业！

这实在会加分很多，因为弄不好女儿的成绩还会下降，所以保住现在的成绩和政绩等等，再加上提早毕业，就是一张大王牌。尽管SAT只有一门考到740分，但她也被钱先生的梦中学校——美国最厉害的理工学院录取。丹丹说："小姑娘去读这个学校完全不是她自己的愿望，她说过喜欢文科的。"

但是无论女儿的愿望是什么，钱先生是成功的。我听到了立刻过来训斥你："看看人家小姑娘，出色吧！哪天你也进了这么好的学校，妈妈走路也要唱山歌了。"

"这个学校啊？我是不要去读的，那天我去参观这个学校，想去上个厕所，门一开，一泡大便等在马桶里。你不是最讲究运气的吗？这叫什么运气？"

我大笑："这叫黄金万两，好运好运啊。"就在我们的说说笑笑当中，钱先生夫妇把女儿送到了东部。一个学期还没有过去就出了大事情。

这个学校是出了名的厉害，我们去参观的时候，有学生坐在走廊里的地板上已经睡着了。这里的学生除了智力上要顶尖以外，体力也要过得硬，不然的话真要昏过去。

钱先生的女儿马上就发现自己心余力绌了，半夜三更，一道数学题怎么也解不出来，同屋早就完成作业的女孩已经一觉睡醒，她走过来看了看说："你怎么还在做这一题啊？你这样下去到明天早上也做不完，算了，拿我的去抄一抄吧。"

压力大到了快要窒息的地步，打电话回去，钱先生在电话里说："没有关系，坚持下去，我最相信你了，我家的女儿是最棒的。"

这以后，小姑娘很少在电话里哭诉了。钱先生以为女儿已经适应，正得意到了四处宣扬自己的成功，准备在圣诞节接女儿回来，大办派对的时候，学校里寄过来了一封信。

信里询问了钱先生一个问题，那就是："还要不要保留女儿的学籍？"

这是什么意思？原来女儿早就已经私自从理工学院逃出去了，听说躲在宾州州立大学一个同学的宿舍，所以电话就打到了我这里。我浑身冰凉地站在那里听完了钱先生的故事，一时间说不出一句话来。得出一个结论就是：孩子上大学，要紧的不是选择最好的大学，而是选择最适合这个孩子的大学。

小狮子，你在选择学校的时候妈妈一定不会干涉你，无论去哪里，只要你开心，你喜欢就好了。

信箱里躺着一封从西部寄过来的信，奇怪了，这所加州的理工学院怎么会看中我的？我好像从来也没有申请过呢。本来想直接扔进废纸箱，可是摸上去有点单薄，不像是宣传材料，于是有些好奇。拆开来一看不由大笑。

这是一封校长的亲笔信，手写的。上面这么写着："我知道我的上一封信已经被你丢到了垃圾桶里，我也知道你甚至看也没有看我们的介绍。可是我还是要给你写信，我要告诉你，我们的学校并不是你想象当中的那么不好。”

接下去有学生的介绍：“在我们的学校里，读书、睡觉、找朋友，这三件事情只能做两件……”

我把这封信给妈妈看了，妈妈朝着墙角落看了看说：“这个校长好像在我家里安装了监视器，他怎么会知道我们已经把他的信丢到了垃圾桶里？看样子这个学校是不能去的，离开家里又那么远。”妈妈主要的意思是在最后一句话。

“我本来就没有想去申请这个学校，这种非常坚硬的学校不是我的菜，我想我还是到耶鲁去。”我说。

“侬已经最后决定了吗？”妈妈抬起眼睛来问。

“还没有。”我回答接着又说，“爸爸说这个周末再去看一看。”

“再去看啊？我看得眼睛里都要长出老茧来了。”妈妈说。

这时候爸爸走进来了，他说：“别人都是学校挑你，小狮子可以出去挑选学校，实在是小狮子的福气了，还不快趁机享受？”

“好了，我无所谓，我反正就在汽车的后座上安心睡觉。这两所学校都是最好的，关键是小狮子自己的感觉，只要是他喜欢的就是最佳的选择。”妈妈自从要帮钱先生找女儿以后，变化很大，似乎不再整天把“藤校”这两个字挂在嘴上了。

但是我知道，妈妈仍旧在为我担心，担心的问题还是大班对我说的：“我们的问题仍旧在于：那些成绩不如我们，但是家里有优先权的人。”

大班和我一样，也是新移民，他的爸爸妈妈来自以色列。他说他已经打听过了，我们学校的学生家长里面没有从麻省理工学院毕业的，他希望我可以和他一起去那里，避免去和那些有优先权的同学竞争。我告诉他，我不会去申请理工学院，因为我不会走理工的道路。我相信大班一定会成功的，他非常强。

“我相信你也会成功的，你一定会凭借自己的实力进入你最想去的学校。”大班对着我的肩膀击了一拳说。

我们又上路了，这次我们准备一路“看”过去，先是穿过那家最先拒绝你面试，后来又邀请你去面试的那所当地的藤校。我看到那里的学生们正三个一群五个一堆地在校园里走来走去。很快我就发现了一个现象，这里的学生们多数以肤色分类，白种人和白种人在一起，黄种人和黄种人在一起，其中日本人、韩国人、中国人也会分开。我觉得很不错，孩子们很放松，就好像在家里一样。而你却说不喜欢，因为你从来就是和大班等等在一起的，假如和中国孩子在一起，你是话也讲不通的了。

然后，我们直奔耶鲁。耶鲁大学仍旧一如既往地典雅、端庄，这里和先前看过的藤校不同，那所藤校开阔，敞开，一脚踏进去路路通。而耶鲁是由一个个大院组成的，这些大院就叫“学院”。学院和学院之间不能通行，进进出出全靠刷卡才能开门。看着那些脖子上挂着硬卡的学生，真有说不出的羡慕，想象着不久以后，你也可以成为他们当中的一员。

耶鲁大学的学生走起路来像充军，一脚只刚刚踏出去，另外一只脚已经跨到了前面，一面孔的严肃，就好像一个个都要去当总统。伊陪你去听课了，我一个人漫步在校园中心绿草地里，秋日的草坪已经失去了生命的迹象，突然想起来英国豪斯曼（A. E. Housman）的诗句，“So leave alone the grass that I am under ...”我不由低下头，感伤起来。就是伟大的诗神，到了最后，不也只是躺在青草的底下了吗？

耶鲁的校园就是这样的，处处会让人感觉到历史的沉积。这天晚上，我们住在纽黑文市中心的 Omni 旅馆，拉开厚重的窗帘，下面是耶鲁的校园，伊和你都呼呼大睡，只有我一个人坐在黑暗里想象着这里三百年以前的故事。那时候只有我一个人不知道，这里的“古老”都是假的，人工做出来的。

第二天我们前往哈佛，途经美国诗人艾米莉·狄金森的故居，那里有久居美国小大学第一名的 Amherst 大学，毕竟是第一名，很有派头，长长的步行道，从坡底下一直通到中央大楼，伊和你已经站在高高的坡顶，我还在半当中喘气。心想：“哦哟，你最好不要选中这里，老娘想来看看你也会被这条斜坡累死。”

正想着，旁边有对夫妇指着你对我说：“这是你的儿子吗？一看就像是耶鲁的学生！”

我想你大概真的会变成耶鲁的学生呢！于是立刻谢了他们。离开了 Amherst 大学以后，伊很想到 Wellesley 大学去看一看，当即遭到我和你的反对：“女校啊？不要浪费时间了吧。”

二比一，伊只好放弃说：“你们不知道这个学校培养出来的女孩子多么有风度，要是我有一个女儿一定是首选 Wellesley。”

“做下辈子的梦啊！”我大叫，你大笑。

不一会儿，哈佛到了。毕竟是世界名校，人来人往极为热闹。你们听了一节课以后，我们就穿过校园，想到教授的办公室去看一看。这时候我发现这里每一个通道的尽头都会有一扇小铁门，这些铁门之小，使你不得不侧转了身体才能过去。

我想起来耶鲁的大门，那是又高又大，我曾经用两只手一起去拉，还是很难拉开。

“我来，我来。”在耶鲁的校园里，你总是帮我开门，伸手一拉，庞大的铁门带着沉重的呻吟就打开了。

我当时就说：“这扇门真重，没有力气是拉不开的。这就是耶鲁，不花点力气是进不来的呢。”

现在看到哈佛的大门，又小又窄。我又说："要挤进这扇门也是不容易。"

伊在一边听了说："哈佛和耶鲁都以门多著称，可是哈佛的门小，小得要让人挤过去；耶鲁的门大，大到让人推不动。最后的结果都一样，很难进去。"

你一本正经地说："我这个人又高又大，挤不如用力气。"

这次到哈佛和以前有些不一样，以前到了哈佛广场，总有一种乱乱哄哄的感觉。这天我们听完了一节课的时候，正值午餐时间，爸爸的朋友欧斯卡教授和他的夫人带我们到一家僻静的印度饭店吃午饭。啊哟，这是我有生以来吃到的最有味道的一顿印度饭，那个咖喱的味道，从我的头顶心一直辣到脚底板。

欧斯卡是位大教授，我趁机向他提出一大堆的问题。他很耐心，一点架子也没有，让我感到非常有亲和力。就在我们大谈古典文学当中的《山海经》的时候，欧斯卡夫人大笑起来，她对我说："你是我看到的第一个可以和欧斯卡先生吃饭吃得一样快的人，这么辣的咖喱饭和菜通通吃光。肚子也要烧起来啦。"

接着她又说："你们先到办公室里去继续聊，我们吃不过你们，不和你们PK。"

欧斯卡教授一听就站立起来，带着我穿过了校园，来到了他的办公室。按亮了电灯，我一眼看到书架的下面一层上，站立了一本两百多年以前的善本书，我直接走过去蹲了下来。欧教授看见了，也走过来蹲在我旁边。

他说："你眼尖，这是我这里最珍贵的书籍之一，还是我在牛津大学读研究院的时候找到的。"

我说："我也有一本，是我的外公留给我的，我还以为是孤本呢，没有想到在这里看到了同样的一本，不过我的那本明显没有这本保护得好。经过了太多的磨难了。”

“那就要更加珍惜，假如要修补的话，最好不要用化学材料。”然后他又给我讲解了修书的技巧，技巧还没有说完，话题又转向书本的内容、历史，以及文学的历史、经典等等，我已经忘记了自己是在哪里，甚至忘记了我们一直都是蹲在地上。等我想到应该站起来的时候，两只脚都麻木了。

我站起来了，面对站在身边的欧斯卡教授，佩服到了五体投地。我想如果可以成为他的学生，应该是一生当中的幸运。正想把这个意愿流露出来，不知怎么一回事，我忘记了礼貌，问出一句："欧斯卡先生，可以不可以告诉我，你的本科是哪里读的？”

欧斯卡先生完全没有在意我的唐突，脱口而出："耶鲁，耶鲁是我的母校。我永远也不会忘记那里严谨的教学，给我打下了扎实的基础，那里还有一个非常强势的 Directed Studies（指导学习）……”

当我的一只脚跨出印度饭店的时候，我就感觉到嘴巴里有什么东西不对头了，对着镜子一看，不得了！满嘴的燎泡，嘴唇肿得像两根香蕉。伊看着我大笑，我也忍不住大笑起来，对着朋友说："看样子你们哈佛真的是厉害，周边的饭店都货真价实，好吃但是要付出代价。”

朋友笑道："这还不算厉害的，我们已经习惯了。厉害的是这里的咖啡，特别是招生办公室的咖啡，你去喝喝看，保证你到明天早上也不要睡觉。”

这就是哈佛了，真的是样样厉害。我又想起来朋友钱先生的女儿，因为宾州州立大学离开费城甚远，需要好几个小时的车程，没有办法帮助他们，也不知道现在他们怎么样了。想着想着已经走到了哈佛的办公楼，踏进去看到你和欧教授谈得正投缘，不忍心打扰，又退了出来。

按照朋友的指点，我们来到了招生办公室，前厅里有很多学生和家长在等待，等待面试或者等待负责导游的学生来带领大家参观。我们因为都已经经历过了，只是从咖啡壶里倒了两杯墨黑的咖啡。准备连夜开车回家，你们明天都要上课，我也要上班，这就是我们的生活，一站又一站，马不停蹄。

傍晚之前，告别了哈佛的朋友们，我们的小车又转上了高速公路。到了天黑尽了的时候，我们途经耶鲁，伊好像看穿了你的心思，又把小车开进了这座纠缠着让你放不下的校园。校园里一片寂静，各个学院里学生宿舍的窗户却灯火通明。伊和你站在图书馆的台阶上，我则远远地坐在没有出水的女生碑的旁边。

这是一大片椭圆形的黑色花岗岩，好像桌面一样。桌面的中间有一个圆孔，应该有水不断地从那里涌出，然后一轮一轮地朝着整个桌面漕出去。水波暗示着自 1873 年以后，女生在这所大学里的轨迹。可惜这天没有水，不能感觉到她们在这薄水里流动的美感。

黑色的夜幕，让我更加感觉到有一股凝重和深沉逼迫过来。我想找到我应该读大学的年代，可是在这一片漆黑当中我看不见，用手摸过去，感觉到人数不少。这些都是幸运的女生，我只能在黑暗当中，投出一个错过大学的女生的羡慕的眼光。

正想着，听到你们父子走过来的脚步，看不见你的面孔，可是我很清楚，你已经决定了你的最后选择。

Essay

自从我正式宣布了要申请耶鲁以后，妈妈就开始催我填写申请表格了，那个时候的申请表都是手写的，后来可以打字，在网上发送，要简单很多。

申请表格里的项目很多，最要紧的是一篇500字的essay。也就是一篇申请大学的文章。有人SAT考好了，面试也没有问题，最后却跌倒在这篇essay上。这种故事妈妈听得太多了，所以又紧张起来。她想了想，还是遵循她的老方法：先到她所信任的Borders书店，一去就是大半天，回来的时候车子还没有停稳，就大喊大叫："快点，快点出来帮忙！"

我和爸爸一起跑出去，不看就知道，一定是一大摞的书。搬到房间里大家一起翻看，多数都属于理论上的讲解，不大实用。只有一本又小又薄的，也不知道是哪家出版社出版的小册子，十分经典。里面收集了二十几篇essay，从头到尾读了一遍，可以看到其中的奥妙。那就是一定不可以让别人代写，要以自己切身的经验和感情，用妈妈的话是："动心动肺，真实诚恳。"

妈妈的朋友是个藤校的年轻教授，她告诉我们说，在她刚刚进校的时候，曾经被动员到招生办公室帮忙，阅读essay。她说："这种事情最辛苦了，老教授是不肯去做的，只好让我们这些小字辈义务劳动，虽说发给一定的补贴，但是和损失的脑细胞相比，绝对不值。"

她讲起到当时的情景，一直到现在还是心有余悸：每天早上眼睛一张开来，就要坐到办公室里，然后有打扫卫生的工人搬过来一箱一箱的洗衣服的筐子，里面就好像山一样装满了essay，铺天盖地。从早读到晚，读到脑筋打结，两眼一抹黑。

“要指望自己的essay从中跳出来，一定要写得精彩，写得特别，这样的话才能让我们睁开眼睛，打起精神。”她说。

“不要在我们面前耍小聪明，到哪里去抄一段，或者请人代写，不要忘记我们这些人是怎样出来的，这种事情绝对逃不过我们的眼睛，弄不好毁了自己的全部。”她又说。

我笑起来了，我说：“无论是SAT、AP、面试，还是essay等等，走过报考大学的每一步，都会给自己带来很大的益处。就好像是自己给自己上了一课。所以我很珍惜这里面的每一个过程，我会自己写的。”

因为自己知道要珍惜，所以十分认真。essay有五个题目，可以任选一题。妈妈走过来说：“我看见范文里有一篇essay写的是自己的祖父是个名人，然后在祖父身边受到了良好的教育等，这个祖父是不是可以给他加分？侬也可以写写侬对外公……”

“不好！不好！外公已经去世了这么多年，不要再把他拉出来，让他安息吧，他太辛苦了。我也看到了侬讲的那篇文章，一定不是出自美国学生的手，这不是美国人的习惯。”我打断了妈妈的话语。其实我知道妈妈自己也不喜欢把外公顶在头上的。为了我，她是不顾一切了。

但是妈妈的话却给了我另外一方面的提示：我不要写大人物，因为大家都喜欢写大人物、英雄气概。让我从小人物着手，他们虽然不能成为大人物，但仍旧活着，最低限度地活下去。妈妈常常说：“一个人的能力有大有小，就好像狗一样，大狗会大叫，小狗会小叫。声音再小，也是要叫两声的。”妈妈以为她自己就是在挣扎着的小狗，声音小，但是也要拼足力气叫一叫的。

爸爸笑起来了，他说:“你的声音还算小啊? 再响的话，天花板也要翻身啦! ”

而我认为在我们的生活里，在我的身边。几乎都是那些只会小叫的小人物，他们的声音小到几乎听不见，但是仍旧在抗争。如果可以在这些人的身上找到发光点，就是精彩，就是特别，一定会更加震撼人心。

在我上海的老家，就有这么一个人。

“他过来敲门的时候，把我的好婆吓一大跳……”你的 essay 是这样开始的。当你把这篇完成了的 essay 送到我手里的时候，我正在做一只走油蹄髈。结果站在炉灶旁边完全忘记了锅子里的蹄髈，最后把一只蹄髈炸到漆墨黑，只能丢到垃圾桶里了。

500 个字，一个字不多，却让我看到了一个小人物的挣扎、抗争和无奈，最后还是要向前。没有半句花哨的词语，呈现出来的只有一句话:“活下去有多好。”真实加上真情，我这个写情老手也被感动了。

小狮子! 我扔掉了锅铲，紧紧地抱住了你。当夜就把这篇文章传给了专门帮别人读 essay 的王小姐。第二天一大早上班之前，王小姐过来“砰砰砰”敲门，大门一开，她激动地抓着我的手不断地说:“祝贺你，祝贺小狮子，他成功了。”

“这话怎么说? 八字还没有一撇的事情，怎么可以讲他成功了呢?”我说。

“啊哟，我是什么人啊 ?! 人称我有读 essay 的慧眼啦，我一看就晓得小狮子功底，这种事情不是临时抱佛脚可以抱出来的，是长时间的积累，藤校要的就是这样的学生! ”王小姐说。

这天你把文章带到学校里，请让读，让读了比你拿到 SAT 的满分还激动。

当日，你们毕业班的辅导员打电话给伊，邀请我们到他的办公室。在美国的高中里，每一届毕业生都有一个专业的辅导员，这个辅导员的责任非常重大，其中之一，就是要帮助每一个想上大学的学生都找到他们最理想的大学。

在美国不存在辅导员会不喜欢自己的孩子，或者是没有送礼得罪了辅导员等等，因为在美国，这个辅导员的学生考到藤校、顶尖大学甚至只要是考上大学的越多，这个辅导员的业绩也就越大。这直接关系到辅导员的名誉地位甚至收益，有的辅导员直接公布自己的业绩，在校外担任辅导员，赚钱。所以没有辅导员会自己和自己作对，因为他是和学生绑在一起的。

我们到达你们辅导员办公室的时候，他正和一对中国家长趴在桌子上，紧张地计算着什么，原来这家孩子 SAT 的考分不够高，但是又想要到藤校去学习。辅导员想来想去，突然发现如果这个孩子到美国不满一定的天数，可以用托福成绩报考大学。这对在美国读过书的中学生来说方便很多啦，于是就把家长叫过来，一天一天地计算，终于达到了目的。我知道这个辅导员老师的女儿和你们同届，最后自己的女儿没有进到藤校，别人的女儿进去了一样高兴。

这天你们的辅导员老师把我们叫过去，是告诉我们，根据他的经验，他认为你不需要报很多学校，除了你最想去的学校以外，只要再报一个“安全”学校就可以了。这时候让走进来，他说：“小狮子用不到‘安全’学校啦，假如耶鲁不收小狮子，那么他们就要关门了。”

我连忙谢了谢让对你的信任，但是另一方面仍旧恳求他给你多写几封推荐信，因为在没有拿到录取书前，心里仍旧发毛。让说：“那实在是浪费钱，每多申请一个学校就要多交出去五十美金，有学生因为心里没有底，一下子申请了十几所大学，那就是五六百美金丢出去了。”

“讲老实话，我们这些辅导员老师心里都很清楚，根据学生的成绩和

essay 等等，大体上都可以预测这个学生的去向。我们会在学生申请大学的时候告诉他们，我们的预测一般不会出错。”辅导员老师在一边说。

接着辅导员老师又加了一句：“小狮子这次的 essay 实在是没有话讲，很加分。”这样看来 essay 实在是很要紧的呢。

那篇 500 个字的 essay 也称为“统一文章”，意思就是这一篇文章可以作为这一年申请所有大学的 essay，这是一定要认真的。Essay 写完以后，就要开始应对各个学校的小文章了。其实这些小文章称不上是文章，应该只是回答问题，限定几十个字最多一两百字不等。写这些小文章绝对不比那篇 essay 简单，甚至要更加当心。学校就是根据这里面的一点一滴来了解一个真实的你的。

记得最通常会有“为什么选择了本校”或者是“为什么喜欢本校”之类的问题。这里面最忌讳的就是从网上找来一大堆的介绍。

“这种东西我比你更加清楚，说不定就是我写的呢！我为什么还要你来重复一遍给我读呢？我最不要读的是大家都知道的。”妈妈的朋友——那个在藤校招生办读过 essay 的年轻教授说。

她还告诉我，这个问题一定要回答得具有个体的经验，这种个体的经验是别人代替不出来的。其实申请表格里会冒出这些问题，也就是想要窥视到学生的内心。这些小问题各个学校都不同，也是根据各个学校的特点来设定的。对此我很感谢我的爸爸妈妈一次又一次地开车带我到各个学校参观，让我对这些学校都有着自己的看法。

其中有一个问题很让我费脑筋，竟然问我：“你最喜欢什么？”看似简单，但是后面有一条好几行字的解说：“不可以和你的学习有关，不可以和你的课外活动有关，不可以和你的义务劳动有关，不可以和你的交友有关，不可以和你申请学校有关……”最后还有一句话：“用五十个字回答。”

让我坐定下来好好想一想。不得了！我发现这些年好像除了学习、办报纸、击剑、拉琴、到实验室里做实验等等，就好像没有其他的事情和喜好了。我们这一代人是不是有点可怜啊？宁可和妈妈一样经历一场“文化大革命”……

“闭嘴！”妈妈震怒。

“吃饭，吃饭，吃完饭再动脑筋。”爸爸在饭厅里催促。

对了，我想起来了，吃饭，吃东西不是我最开心的事情吗？

妈妈一听就直接反对：“不可以！不可以！人家还以为来了一个吃客了呢！要浪费多少食品啊！”

“蛮好，蛮好。这又不是三年自然灾害，在乎这点食品。生活当中吃饭就是一件很重要的事情，我们还是先吃饭吧。”爸爸说。

可是后来爸爸知道我真的用“吃饭”回答了这个问题的时候，着实吓了一跳，他说：“你的胆子也太大了一点吧，没有想过后果吗？”

我说：“我想过了，我也研究过了，这是我的真实想法。更何况耶鲁是很重视吃饭的，他们还有一个吃饭俱乐部。忘记了吗？我小时候的‘打架’老师，就是那家著名的‘蓝生姜’饭店的创主，也是耶鲁的毕业生。”

真是行行出状元，“蓝生姜”的主厨居然是耶鲁大学毕业的，当个大师傅还要去读耶鲁，有点太浪费了吧，后来想想“蓝生姜”这样大的成功，大概也只有耶鲁的学生可以掌控。由此可见，小时候辛苦一些，考进一个好学校，还是值得的。

后来因为你的成功，再加上伊本来就是大学里的教授，每到申请入学的时节，总有朋友，甚至朋友的朋友，转托过来要求帮忙指点。我常常自嘲：“我们家变成免费信息站啦，要是开一个私人辅导公司，一定赚钱。”

你说：“这种事情早就有人来找过我，一个学生要付给我五千美金，都被我谢绝了。这种事情不是随便说说就可以的，关系到一个人的前途。就好像侬以前说的那样，要动心动肺，真实诚恳。我现在做不来，我实在太忙了。而且我不会敷衍了事，我不要害人也害己。”

我知道你很忙，常常是饭也不能按时吃，觉也不能按时睡，这就是科学家的生活。而且你又过于严厉，当年你在牛津大学讲课的时候，女学生都要被你训斥到出眼泪。不过不知道为什么下一个学期，这些学生又要来选修你的课。

伊就不一样了，对于年轻学生总是极其耐心，所以有 essay 送过来，伊总会仔细阅读，然后提出意见。他的意见多数是肯定的，有时候实在看不下去了，也会很婉转地指出，鼓励为主。弄得那些求教的人还以为自己真的不错呢。当然伊对待自己的学生是另外一回事。

我笑伊内外有别，伊说：“那些中学生还是小孩子，不能把他们打得太狠，有些家长在家里已经很严格了，到我这里再不给予慰勉，那会让孩子感到一点信心也没有。到了大学里就不一样了，不严格一点，等于误人子弟。”

想想也有道理，特别是那句“有些家长已经要求很严格”，让我想起早上六点钟就起床一直忙到半夜十二点以后才睡觉的克里斯，还有那个一个星期只可以玩一个小时的老赵的儿子……

因此，那个当年在飞机上说“在美国读书要比在中国便当很多”的苹果，实在是大错特错。

在美国考大学好像比中国考大学的项目多得多，没完没了。除了 SAT 还有 SAT II、AP 等等，这里面还没有包括 PSAT。再要加上义务劳动、音乐、体育……最后加面试和 essay，简直就是没有一点点喘息的时间。还不如中国，一次性考试，最多订个旅馆，住上几天，一个星期也就过去了。

我正在越洋电话里慷慨激昂地发表着阔论，姐姐就在电话的那一头丢过来一顿训斥：“侬没有看看这里的中学生有多苦，一大早起来上自习，上了自习去上课，上了课以后去补课，补了课以后再补课……小小一个人压力大到笑不出来，这才叫没完没了呢。”

我无话，看起来无论是美国的孩子还是中国的孩子都是一样，都在拼命，只是美国的孩子拼得很释放，中国的孩子很压抑。

我正在实验室，妈妈打电话过来说：“对不起小狮子，妈妈这次要烦侬了，就是丹丹的儿子今年申请商学院，侬一定要帮他看一看 essay。”停留一下她又说：“因为是丹丹，别人我是不会来烦侬的。”

“我知道，我知道，但是我是很凶的，他吃得消吗？”我说。

“不管了，让丹丹先看，为了他好就是了。”妈妈咯楞噔一声，就把电话挂断了。

这天半夜回到家里，打开电脑开始阅读这个中学生的 essay，读了第一小节就可以看出来这是一个非常单纯的大男孩。但是里面问题一大堆。我开始回信：

> 首先，我要感谢你对我的信任，特别和我分享你的 essay。我喜欢你的诚实，尤其是其中强烈的忠诚感。你让我看到了你描写的很多细节，其中有漂亮的文采。
>
> 但是你不要忘记你的 essay 是面对着大学里的专业的招生成员。让我们试着站在他们的立场去面对你的 essay。
>
> 你想要报考的大学是一所精英大学，他们正在筛选成千上万的考生，其中大部分的考生已经被拒绝。不在我们讨论的范围。我们要讨论的是以下三种，他们的名字被分成三堆：
>
> 什么样的考生是会被简单接受的呢？那是 GPA 得到 4.0 的，SAT 满分的，SAT Ⅱ 和 AP 都是高分的，各种活动超过 8 个以上的，还有

拿到杰出国家奖励的等等（或是他们的爸爸妈妈是校友，捐献过了巨款）。他们的名字被放在第一堆。

接下来的一堆是各种成绩都具有相当不错的分数，也做到了一定小时的社区服务和参加了各种活动，对于这些人来说，essay 的质量就是非常重要的了。因为他们要更多地呈现出自己的特点，和别人**不一样的人性化**的一面，他们做到了。

最后是将被拒绝的一堆了，不幸的是，他们的成绩和业绩看起来都和第二堆非常相似，他们就是从第二堆里被踢出来的。问题就是出在 essay 上了。

好了，我现在要告诉你，你的 essay 就要被放到第三堆里了。因为，我的眼睛一张就看见了两个别字。是的，500 个字里只有两个别字，有什么关系？把你放到第三堆有点太不公平了吧？但是在现在这个社会里，就是这样不公平，假如我在我的科研报告里写了两个别字，那就会拿不到研究基金（要拿到这个基金，只有不到 10% 的机会），也就意味着，我会没有工资。

生活就是这样严峻，那一群招生成员，现在正虎视眈眈地盯着你的 essay，他们不是想帮助你，把你拉进他们的学校，而是想方设法地在你的 essay 里找错。他们这样做也是他们的工作，因为他们要把最优秀的学生从众多优秀的申请者当中筛选出来。

因此你现在赶快坐到电脑前面，仔细地阅读你的 essay，从头到尾地检查一遍。你会说你已经检查过了，不对！你用的是电脑里的程序，因为这些程序，只会查出错字，不会查出别字。你必须用你的人脑，这是什么程序也代替不了的。

可以了，现在来看看你的 essay 的内容，其中讲到了你的 GPA、各种的活动，写得不坏，你好像是想展示一下自己的业绩，但是不要忘记这些内容你在你的简历里都叙述过了，招生成员没有兴趣再重读一遍。

在你的essay里好几次出现了你家的饭桌，你说每当你在外面遇到艰险、困难的时候，你知道家里的饭桌总归是安全的，温馨的，你可以回到你的家里。看上去你有一个美好的家，你写得很有人情味，但你必须要小心这一点，你把你家的饭桌形容成了一个避难所。不要忘记，你所申请的是一所非常严格的商学院，商学院的学生绝对是要在竞争最激烈的商业场上拼斗的，要有“打不死”的精神，怎么可能允许你退回到家里的饭桌旁边?

现在，让我们来谈谈申请学校的essay的最基本的要求：

（1）正确的拼写和语法；

（2）凝聚力和逻辑性；

（3）永远是正面的形象，不可以出现负面的词句。要有积极向上、不畏艰险的个性，这将让你在大学取得成功。这是非常重要的，招生人员要确保你有力量和性格在大学里取得成功。顺便提醒一句，假如这个大学的学生在大学里坚持不下去，半途而废了，是要影响这个学校的声誉和排名的。校长大概第一个就会把招生办的人拎出来质问。你要很清楚，在这个资本主义的美国，成功就是意味着永远的积极，永远的向前奋斗。没有人喜欢抑郁，倒退，有意志弱点的人。请注意，商学院的学生尤其如此。

不幸的是，你的essay没有反映出这些。请不要见怪，我将在这里使用一些苛刻的字眼，我想告诉你：这篇essay不能帮你进入商学院，你选择了错误的方向，你必须重写。

寻找，设置你的essay，以**真实的**故事打动招生成员，让他们在阅读你的essay的时候，发出“哇”一声的惊叹。

最后，你是不是要重写 essay 掌握在你的手中，不过我劝你考虑我的建议。

还有一件事，就是希望你利用“early decision”（具有约束力的提前录取），因为在最近几年大多数的“early decision”占据了大多数的招生名额。

丹丹的儿子听从了我的所有的建议，最后他成功地进入了商学院。

写在发榜之际

小狮子啊，你累了吗？昨天下班回来，看到你正在电脑上打游戏，我没有打断你，只是站在房门口看着你，有一种欲哭无泪的感觉，我感到心痛。我几乎想不起来上一次你打游戏是什么时候了。为了那些没完没了的SAT、SAT II、AP等等大学入学考试以及有关活动，我以为你已经忘记了还有打游戏这一项娱乐。可是此刻，你狠狠地敲打着键盘，就好像是把这些年欠缺的娱乐全部补回来。

键盘在你手指底下激烈地碰撞着，我听到了你内心的烦躁。明明知道这是最无聊的游戏，却仍旧是全心全意地投入，你这是有意要在这无聊当中消磨时间，甚至是生命！我想我应该走过去阻止你，可是我不忍心。因为我知道此刻正是你最紧张的时刻，你很烦躁。还有几个小时，你的Dream（梦想）学校就要发榜了。

墙上电子钟的长针无声地一步一步向前迈进，我则好像听到很多很多年以前，上海家里那座老式挂钟的钟摆，发出的巨大呻吟。那时候我正在等待，等待恢复高考以后的第一次大学发榜，我以为那是我生命里唯一的希望。

我和我的同龄人一样，经过了漫长的黑夜，几乎到达了绝望的境地。我知道，假如我再重复一次那些年的故事，你会在心里抱怨我的啰唆，你会放空自己，闭上你的耳朵，或者是让我那些动心动肺的故事从这个耳朵进那个耳朵出。此刻，我只想告诉你一个我从来也没有告诉过你的事实真相：我落榜了。

我没有进入我所梦想要进入的“一本”，甚至二本、三本都没有进入，而是落入了一所我最不想进入的学校。我仿佛一下子跌入到了万丈深渊，从头到脚冰冰凉，面子全无。我好像一根木头，直别别地从窗前的椅子上站立起来，又从储藏室里拖出一根沉重的铁拖把，开始拖地板。

铁拖把在干涩的打蜡地板上抗争，我的手臂酸痛到了麻木。我当时并没有意识到这意味着我的道路将更加艰难，只是咬紧嘴唇，任凭鲜血染红了牙齿。那时就像是拼出性命，也要把地板上的污垢拖擦干净。母亲和姐姐都不知道怎么安慰我，小心翼翼说出来的话语好像离开我非常遥远。我认为她们讲的都是大道理，和我一点关系也没有。

终于，母亲发起了脾气：“这算什么名堂？落榜又不是末日，读大学也不是唯一的道路。面子算什么？你要做你自己要做的事情，而不是别人要你做的事情。”停了一歇母亲又说：“你不是喜欢美国的长篇小说《白鲸》吗？那个作者赫尔曼·梅尔维尔连中学也没有读完，十二岁就辍了学也能获得成功。”

这以后，我在小学里当过老师，在大学里坐过办公室，后来也从我所梦想要进入的“一本”拿到了文凭，可是到了那个时候，这张文凭对我一点用场也没有了，我已经懂得读大学并不是唯一的道路，我要做的是自己要做的事情，而不是别人要我做的事情。回过头看看，这些年一路走过来，我是这样想的，也是这样做的，我对得起自己了。

现在，在你紧张地等待你的大学录取通知的最后时刻，妈妈给你写下这几句话，不要嫌弃妈妈的啰唆，妈妈只是想让你知道：梦想大学并不是唯一的道路……

希望你放松并做好你自己。

爱你的妈妈

又及：一分钟之前，通过电子邮件，你的Dream学校给你发出了录取通知书，我的眼泪一下子流了下来。做妈妈的最知道你为此付出的辛苦，但是妈妈想要说的是：这并不代表你的成功，你只是开始了一个新的旅程。妈妈又要开始焦虑，多少好孩子，一旦进入自己的Dream学校，就以为人生的目标已经到达，甚至只是为了外表的包装，放弃了做自己，这实在是最大的失败，妈妈好担心。

Dream学校的大门为你敞开了，万花丛中隐藏的是荆棘的暗道，很容易就会被诱惑进入歧途。你要头脑清楚，做好你自己。同时妈妈还要提醒你，今后你要一个人在耶鲁那扇沉重的大门里走进走出，不是一件容易的事情。你在中学里是数一数二的高材生，只有一个大班和你竞争，可是将来，在将来的四年里，你的周边个个都是大班，妈妈担心。

此刻，妈妈站起身体，一个人走到楼下，为你端出来一杯咖啡。

小狮子啊，这是妈妈最后一次给你端咖啡了，因为从今以后你就要离开妈妈，独自面对一个全新的社会，你要自己为自己端咖啡了。回想起来，在这之前妈妈为你端了十多年的咖啡，很对不起，妈妈教了你妈妈的所有，却始终没有教你怎样端咖啡。

可是端咖啡这件事情不是妈妈可以教会你的，而是要你自己去领会，自己去学会的。渐渐地你会知道，什么时候、什么地方可以端到咖啡，你也会懂得是要加糖还是加奶，不要烫到自己也不要喝一杯过期的咖啡。

这实在不是一件简单的学问，妈妈学了一辈子也没有学好，妈妈只是祈祷，让我的小狮子可以成功地为自己端出来自己的咖啡，而且学会为别人端咖啡。

到了那个时候妈妈就可以安心了。

从国家安全部的来信开始

这是一个初夏的午后，风和日丽，清爽宜人。我坐在临街的窗前，透过亚麻的窗帘，看见邮差正走过来。那是一个年轻的墨西哥女孩，肩膀上斜背着一个超大的邮包，邮包大到好像要把她整个人都要拽到地上去了。

她是你初中里的同班同学，忘记了有没有读高中，只记得很早就辍学结婚生子了。她现在的丈夫也是你的同学，好像还比你们小两岁，是个修路的工人。冬天铲雪，夏天修路。这种体力劳动者的工资不比大学生甚至研究生、博士生少。去年圣诞节的时候你在市中心恰巧遇到他们，那个当丈夫的热情至极，执意请你在酒吧里喝了一杯，很有主人翁的风范，以后没有了来往。我似乎看见一辆大卡车和一辆小轿车在高速公路上擦肩而过，行驶在完全不同的车道上。

不过年轻的邮差一点也不在乎，她没有开汽车，也没有骑自行车，而是步行。每天都可以看到她乐呵呵地背着个大邮包，努力地挺着高高的胸脯，大声地和路人们打招呼，好像对生活赋予她的一切都极为满足，这不就是应该的态度吗？也是美国这个社会里最正常的现象了，我真为她高兴。

此刻，邮差一步步踏上了我家的台阶。还记得这个女孩子第一次看到我的时候，老远就咧开了鲜红的嘴唇，露出一排雪白的牙齿。因为美国人讲中文没有四声，孔太太在她的嘴里就变成“空太太”了。我告诉她我没有冠夫姓，她说一个门牌号一个姓氏对她来说比较容易记牢，难怪以前署名给我的信件常常会失落，好在后来混熟了，她就会笑嘻嘻地把那些放错邮箱的信件给我拿回来。

可是今天有些不一样了，面孔有些严肃，还是有些迷惑？她的手里握着一小捆用橡皮筋扎起的信札，一步一步踏上了我家的台阶。她举起信札看了看，又抬起头看了看我家的门牌号，终于立定在那里……

喀隆通，信札掉进我家那只黄铜邮箱的声音，要比我想象当中要大出许多。

我跳了起来，快手快脚地抓起一个刚刚出炉的咖喱面包，追出去想送给这个小姑娘。打开大门，却发现那只大邮包已经消失在隔壁人家的绿茵小道上了。

我想了想没有喊住她，只是把咖喱面包塞进了自己的口中，腾出手来到邮箱里取信。不料，我的手刚刚打开信箱，就大叫起来："啊哟，我的老天！这是怎么一回事啊？！"

随着我的叫声，嘴巴里的咖喱面包一下子跌落到了地上，握着信札的手便僵硬在那里了。我的后背一阵发冷，双脚一软，一屁股坐到了花坛上。

我的两只眼睛盯牢在手心里紧攥着的信札上，最上面的是一个雪白的信封，没有贴邮票，只有一个邮资已付的印戳。收信人的位置上清清楚楚地打印着我们夫妇的名字，而发信人的位置上竟然清清晰晰打印着这么几个字：国家安全部。

我吓昏了，坐在大门前的水泥花坛上。一时间头脑错位，"二战"时期日本人被关进集中营的故事撞入眼帘，雪白的信封被我扔到草地上，不敢触摸。

不知过了多久又回过神来，想了想"二战"老早已经变成历史，更何况我也不是日本人。于是轻手轻脚地站起来，慢慢弯下身体，捡起了这只雪白的信封。我屏息静气地再次查看了一下这只信封，终于从头上取下一只发卡，小心翼翼地插进信封里："哇!!!"

我简直不能相信自己的眼睛了，原来你得了大奖，将被送到英国的牛津大学公费攻读博士，国家安全部门的这封信是通知我们当父母的要到美国的国会大厦去领奖。进入国会大厦的中心，是要经过严格的安全检查的。

妈妈打电话过来的时候，我刚好完成了毕业论文，我已经有一天两夜没有睡觉了，眼睛看出去，街上的人都变得金光灿烂的。挂断了电话，我便走出校门站在树荫底下透气。四年以来，我第一次有一种如释重负的感觉。路易走过来哭丧着脸告诉我，他的手在做实验的时候烧伤了。

路易是我最早的室友，那时候我们八个新生挤在一套学生宿舍里。当中的公用房间很大，旁边睡觉的房间很小，每两个人一间，还是上下铺的。我因为生病最后一个到学校报到，剩下的一个铺位当然是最差的了。妈妈以为有一点种族歧视，怎么会专门把两个有色人种放在一起。就这样，我这个亚洲人就和路易这个非洲人住到了一起。

我们八个室友的家庭背景各异，性格脾气相差甚大，只是在外表上个个都表现出绅士风度，时间长了原形毕露，盛夏的时候放肆到了赤身露体，妈妈来的时候都不敢走进来。

我一直弄不懂路易是怎么会考进耶鲁大学的，加拿大来的贾斯丁说："因为是非洲人。"

贾斯丁和路易同修一门写作课，这实在是非常要紧的课程。无论原本的写作功夫有多深，最好都再修一次，这关系到终身的职场。我因为在一开始就进入"Directed Studies"，失去选修写作课的机会，很有些遗憾。

路易在修写作课的时候，整天跟在贾斯丁的背后，让贾斯丁帮他改文章，贾斯丁不耐烦了，干脆帮他写作业。有意思的是，最后路易的成绩是A，而贾斯丁只得到了A–。路易和我同修物理课的时候，也常常来抄我的作业。他不会直接来打搅，而是安安静静地等在我的门口，那时候我已经不和他同住一室了，多数是在我出门的时候才发现，他已经等候多时了。我不是想说路易懒惰，不努力，他的中学是拉丁学校，物理不是长项。但是他的成绩很好，眼看着成绩要掉下去了，他就会坐到教授的办公室里"磨"。

这天路易在实验室不小心打翻了酒精灯，惊慌之中又用一块蘸着酒精的抹布去擦，结果闯祸闯大了。本想骂他真是笨蛋，但是看到他那两只被纱布缠绕的手，忍不住可怜他。我忘记自己的疲惫，对他说："你先去休息吧，一会儿我到实验室去的时候，会把你的实验做完的。"

"谢谢了，不然的话，教授要把我踢出去的。"路易说。

"不会的，你总归有办法拿到A的。"贾斯丁和杰克逊抬着一箱子的啤酒走过来说。路易有些尴尬，讪讪离开了。

这时候贾斯丁又说："听说路易已经拿到那家最好的医学院的录取通知了，小狮子，今天你帮我见证，那就是我说了：如果将来我重病，就是死也不能让路易给我开刀，那是不死也要被他开死的。"

杰克逊大笑说："我也同样。他不把酒精灯打翻在我的肚子里就算是大幸啦。"

杰克逊是美国的豪门之后，家族里有过一个总统，只是这个总统不幸被枪杀，好像凶手至今还是个谜。大概是有种使命感，杰克逊一开始就决定要从政。我遇到他的第一天，看到他拿着一本签名本，到处让人签名支持他竞选学生会主席。那时候刚刚进校的新生，谁都没有心思关心这事。我已经从他的身边走过去了，看着他到处碰壁的样子，又走了回来，在他的签名本上写下了第一个名字。

我后来问你："假如有一天杰克逊真的当上总统了，他还会不会记得侬是第一个支持他当学生会主席的人？"

你回答："做梦，除非到了那个时候，我对他有利。"

这就是美国，你老早就看穿了。我还记得杰克逊到处游说要竞选学生会主席的时候，正是你去报到的第一天。那几天，你这个从来也不生病的人莫名其妙地生了一场大病，所以拖到报到的最后一天才去学校。

一路上我百般地感伤，百般地担忧，甚至为你一车子的行李怎样可以搬进宿舍而烦恼。三个多小时的车程，让我的五脏六腑都翻江倒海起来。总算到了耶鲁大学的校园，小车还没有停稳，就看到一排精干的年轻人站立在我的前面，他们便是你的室友了。这些人一转眼七手八脚地把你的行李、书籍、书架甚至还有一个小冰箱一起搬到了四楼，我只好远远地跟在后面，杰克逊也在一边。

"这么高的大楼怎么没有电梯的啦？啊哟，累死我啦！"我开始抱怨。

"这是老房子，每一个层面要比一般房子高很多，四层楼的房子要比六层楼还高。" 伊在一边拖着我说。

好不容易爬上顶楼，上气不接下气地扶着楼梯的扶手喘息，伊则忙不迭地直冲洗手间，不料一只脚刚刚踏进去，马上就缩了回来。伊说："不好了，走错啦，这是女厕所!"

"没有错，没有错，耶鲁宿舍的公共厕所都是男女合用的!"一个高挑的女孩子从厕所里跟出来说。

我和伊立刻呆若木鸡。"等一等，让我进去看一看!"说着我便抢先一步踏进了厕所，里面果真有一个西装笔挺的小伙子站在一个半掩的卫生间里小便。我好像犯了罪一般，蹑手蹑脚地钻进了他隔壁的马桶间，先是把小木门仔仔细细地关上，然后轻轻地半蹲了下去。

"不行，我不能放松……" 我系好裤子走出来苦着脸对伊说。

“哈哈哈……”伊大笑起来。

“你们在笑什么？”你从你的宿舍里走出来问，我们谁也没有回答，只是笑着跟你走进了你的房间。先看见一条横着的走廊，那里靠墙放着一排鞋柜和衣架，走廊的两头有两个宽敞的公用房间，每个房间又有两个卧室，每个卧室里住两个学生，这一套宿舍有八个室友。

公用房间侧面的墙壁当中站立着一座十分霸气的老式壁炉，虽然老旧，依然很有派头。正对面有一排巨大的钢窗，让我感觉有点像上海新康花园的老家，只是新康花园的窗户外面没有这么一个宽大的窗台。窗台原本是欧式花坛，里面有土没有花。我从来也没有看到过这么牢固的花坛，刚刚帮你搬东西的室友们正一个个爬到那里，坐在上面吹风。

“啊哟！这个窗台已经有一百多年的历史了吧？这么多人坐在上面吃得消哦？太危险了，跌下去命也没有了。侬不许做这种事情啊！”我说。

“放心，我有恐高症。”你说。

“耶鲁大学的宿舍怎么会这个样子的啦？卧室这么小，还是上下铺，像兵营一样。”我看了看你的房间说。

“我从来也没有睡过上铺，蛮有隐私的。”你有意安慰我说。

“摔下来就没有隐私啦。”我反驳。

妈妈还在那里抱怨，爸爸已经和我在公共房间里一起查看起那本被称为“史上最新、最综合、最可靠的指南”—— *Zagat Survey* 杂志，寻找吃晚饭的地方。妈妈看看她的抱怨没有了市场，便一个人在我的房间里搬上搬下地忙碌起来，爸爸对我使了个眼色，意思是这种时间最好不要去打搅她，弄不好撞到她的火头上，正好被她臭骂一顿。

等到我再次回到房间里的时候，眼睛一亮，妈妈已经快手快脚地把一个五斗柜靠在床头的墙边，上面是书架，一直延伸到屋顶，书架边上还夹着一个床头灯，我可以在上铺开灯看书，自如地伸手拿书拿笔拿电脑。妈妈得意地说："看到了吧，这是妈妈在'文革'期间，'扫地出门'的时候练就的独门功夫：把最小的地盘，变成最大的空间。"

这时候住在对过房间的阿甘把脑袋伸进来说："啊哟，你的房间怎么变大了啦?"妈妈一听更加得意起来，但是一看他的面孔立刻收敛了笑容，只是礼貌地对着他点了点头。阿甘离开以后妈妈说："这个人满面孔的胡子，有点凶相，离他远一点。"

大胡子阿甘是从美国最南端的小镇过来的，他的妈妈开了一辆破旧的别克汽车，衣着打扮也非常朴素，待人接物倒别有一番风度。大胡子对她很敬重，上下楼梯的时候，总归搀扶左右，看得妈妈也嫉妒了起来，忘记了一开始让我离他远一点的话，而是一再要我像大胡子一样懂得孝道。想起来，当初填写入学资料的时候，有一栏专门要求学生填写家里汽车的牌子和年份，至今也不知道是什么意思。

妈妈当时不知道大胡子阿甘是一个罪犯的儿子，不然的话一定吓煞。大胡子的父亲是个毒贩，家境一度相当殷实。他的母亲也有过财大气粗的时光。后来毒贩事发，锒铛入狱，从此这家人的状况一落千丈。不过大胡子奋发向上，也能考进耶鲁，并没有因为家庭背景受到影响。大胡子阿甘非常推崇马克思，不仅仅通读《资本论》，而且对其中的理论深究到了精髓，这在我们耶鲁也是罕见的。他还常常在公共房间里教育我们，很有左派领袖的风范。我以为他会成为无产阶级的政治家，没想到最后，他是我们室友当中第一个走进垄断资本集团的，成了专门为大资本家成功辩护的律师。

那天，就在妈妈教育我关于"孝道"的时候，爸爸插进来说："一切收拾妥当啦，趁着天色还亮，先到院子里看看周边的环境吧。"

我们耶鲁大学的新生一进校就被分配到 12 个住宿学院当中，我被分配到西利曼学院，据说是 12 个住宿学院中最大的一个。耶鲁大学称宿舍为学院很特别，好像在其他大学没有这么一说。哈佛大学称宿舍为House，也是独此一家。

我所在的西利曼学院里有自己的餐厅、图书馆、健身房、琴房、洗衣房、活动室、学生厨房等等完备的设施，还有院长、学监、驻院学者和Fellow（研究员）。其实每所学院都一样，只是建筑风格不同。每所学院都设有自己的讨论课程，举办自己的社交活动和院长茶会，其他学院的学生也可以来参加，包括食堂也是公开开放，只要凭学生卡就可以来吃饭。

西利曼学院东南西北有四个大门，包围在宿舍大楼中间的是个正方形的庭院，有点像个巨大的天井。妈妈说："知道吗？几年前一个早先毕业的大学生因为怀旧回到西利曼的校院里漫步，就站在这个天井当中，仰天长望，正巧一架直升机落到他的头顶上，从此在这里长眠。"妈妈说完就把我们拉到墙角边。

我还想继续下去，告诫你走路要当心，伊在一边打断了我话说："你妈妈怎么总归会听到这种不三不四的小道消息的啦？谁知道是真是假？"

我正要反驳，西利曼学院的学监迎面走过来了，这个人的两只眼睛碧碧蓝，光秃秃的头顶四周还剩着一圈可怜巴巴的小毛，有一点滑稽。他那个干枯身体和那只鹰钩鼻头，让我想起来十七十八世纪欧美小说里凶狠的老学监。我轻轻把这个想法向伊透露了，伊笑道："这是名列世界前茅的顶端大学，又不是当年的孤儿院，别胡思乱想了。"

老学监听不懂中文，也不知道我们在说些什么，他大声地邀请我们到学院的院长家里去喝下午茶。原来学院的院长就住在这个宿舍大院的东南角上，高高的台阶上面有一幢相当豪华的大洋房，宽敞的客厅和餐厅里挂满了世界名画。

因为这是最后一天的新生报到，院长在家里摆满了点心、饮料，欢迎学生和家长前往品尝。我们进去的时候，里面已经人头攒动，热闹非凡了，女院长和她的丈夫站在门口迎接客人。

后面传出来布赖恩·克雷恩的钢琴和小提琴二重奏 。我被吸引了过去。踏进那间大得可以开舞会的起居室，只看到当中摆着一架庞大的三角钢琴，一个顶着一头杂乱无章的头发，左右脚反穿一双尖头皮鞋的男青年，正坐在那里弹奏。旁边是一个朴素的中年妇女，这个女人短发齐耳，穿戴整齐，下巴颏底下夹着一把古色的小提琴。

有人轻声地告诉我："这是一对母子，妈妈当年也是耶鲁的学生。"怎么可能？这两个人的外表不搭到了水火不容的程度，但是他们的神情却是好像是天地合一，他们似乎忘记了周围的一切，包括一起演奏的人，甚至自己，完全投入到了音乐之中。

大家都在餐厅里捧了个纸盘子走来走去拿吃食，只有我一个人站在这对母子的背后。那悠扬到了就好像是在哭泣的钢琴和小提琴，时而和谐时而抗争，时而相辅相成又时而分崩离析，凄凄婉婉地拽着我不放。

窗外秋风瑟瑟，淅淅沥沥地下起了小雨，新英格兰的红叶一片片地从树枝上跌落下来，把褐色的泥土点缀得斑斓多彩。这是夏日的死亡，我一时间看呆了，只想说："假如我是一棵树，我愿意被种在这里。"

正想着，你和一个浑身是肌肉的壮小伙子走到我的面前，你说："这是卡特，我们是一个宿舍的室友，他住在我的对面房间，橄榄球运动员。"

我脑筋一下子转不过弯来，明明记得我让你在入学调查表格上写清楚，不要和运动员住在一起，怎么会冒出这么一个室友了呢？

室友们

卡特后来变成我最要好的朋友，他绝对不是妈妈想象的“四肢发达，头脑简单”的运动员。耶鲁大学的新生需要学两年的外语，除非可以通过同等资格考试。我因为不想在外语这一块花费时间了，所以在报到的第二天就去参加法语考试。我发现卡特也去参加了考试。和我们一起去考试的还有一个女孩子，不是我们学院的，是在大门口遇到的。她的手里拿着法语考试的复习材料，对着我们点了点头，我们就一起走过去了。

女孩子金色的头发在初升的太阳底下闪闪发光，我因为大病初愈，两只脚有点发软，卡特开始亢奋，手舞足蹈地一刻不停。进了考场，分头坐下，考试延续了两个小时。我和卡特都通过了，女孩子没有通过。不知道为什么我有一点沮丧，好像要是自己不通过更好。

这天晚上我要到我的邮箱里去拿“Directed Studies”的资料，我是兴奋的，因为我把耶鲁当做我的梦想大学，就是为了这个“Directed Studies”。耶鲁大学每年招一千余学生。“Directed Studies”又从中录取一百余人，有人称之为是“龙中龙”。现在我被“Directed Studies”录取了，第一反应就是想告诉欧斯卡教授，谢谢他给我的指导，可是又害怕被误认为是炫耀，于是只有在心里向他致敬。

我过去拿资料的时候天已经漆墨黑了，西利曼学院里面的每一个窗户都灯火辉煌，而走出那扇沉重的铁门，外面的世界幽黑寂静。我夹着一大摞铅印的资料走在无人的大街上，心里布满了祥和。

就在我春风满面情绪高涨的时候，突然间一根棍子捅到了我的腰间，一个陌生的声音在我背后响起:“不许动！不许回头！把钱丢在地上!”

第一反应是：我遭到传说中的抢劫了。

几乎没有经过大脑的思考，我已经把口袋里的二十美元丢了出去。回过头来一看，气到我七窍生烟！竟然是一个小瘪三，站在那里骑着一辆儿童自行车，飞速地逃跑。我怎么一点龙的风范也没有了啦？！想到这里立刻转身去追，不料被正出门的路易一把抓住。他说:“小心，弄不好他有枪，被他打死是不值得的。”

我看了看他的黝黑皮肤说:“你也害怕的吗?”

“当然，不管是什么颜色的皮肤，被子弹射中的结果是一样的。”他回答。正说着，壮实的卡特手里拿着二十美元回来，他说:“那小子被我截住打了一顿，一点点大的一个人，还想抢劫？抢我们耶鲁的学生?”

“还是小心为妙。”路易再三说。

“好了，无论是小心还是不小心，钱已经拿回来啦，小狮子请客!”卡特说。

我说:“好！请你们吃比萨。”

“不好，喝啤酒!”卡特说。

“怎么可以？我们还不满 21 岁!”我说。

“没有关系的，只要不出这扇大铁门就可以了，你没有看见铁门里面巨型的垃圾箱里装满了空酒瓶？你以为喝酒的人都超过 21 岁了吗?”卡特说着又掏出二十美元，他让路易帮他扛回来了一大箱的啤酒。我问他们:“酒店里的人怎么会卖给你们的?”

路易毫不忌讳地说:“是高年级的辅导员去买的。”

这个辅导员长得英俊潇洒，典型的美国成功者的形象，据说他就是著名的“骷髅头”社团的成员。人人都说进入这个社团是很荣耀的事情，但是卡特就是吃不消里面的规矩“逃”出来的。记得卡特被他们用一只肮脏的安全帽盛酒，灌到烂醉，又尿尿到他的身上，还要自己骂自己是“小狗屁”等等，卡特说：“这种侮辱人的折磨我受不了，放弃啦！”

卡特放弃了，大胡子却一直想进去，他把自己打扮得小丑一般，底线也没有，什么丢失尊严的事情都做得出来，就是进不去。我在旁边看他可怜，让卡特想办法帮帮他。卡特说：“这是没有办法帮忙的，我得以进去是因为我爸爸在这里当学生的时候，就是秘密社团的成员，我一进这个学校便被他们拍进去了。你看杰克逊什么事情都没有做，也进去了，这里面有家庭背景的关系，还是让大胡子断了这个念头吧。”

他的话让我感觉到：现实社会里，人和人之间的差别。要想真正进入这个社会的上层，难！

你就是在那个时候学会喝酒的，因为看到你压力太大了，我也不再限制你，只要不去吸毒就好。其实你的压力也是你自己找出来的，为什么不和路易一样，修一些简单的课程呢？还有那个吓死人的“Directed Studies”，我在中国人的网页上看到介绍，说那是“指导自杀”。

你后来告诉我，你们这一届的“Directed Studies”大班里，90%以上的学生来自私立学校或者是特别的学校，而你这样一路从公立学校出来的学生寥寥无几。第一天上课走进教室，每一个学生都从老师的讲台上拿一本天蓝颜色的练习本，坐进去才知道这是要在上面完成课堂作业的。你从来也没有经过这样的训练，只听到周边的同学唰唰地在本子上写字，不一会儿一本写完了，又上去再拿一本。而你在一开始，连一本也写不完。

接下去是阅读，一个星期一千五百页的原版作品，其中除了文史哲以外还有宗教、艺术等等。还好你在中学的时候读书读得多，不然的话真的连吃饭睡觉的时间也没有啦。

这天你过生日，因为早一个星期看望你的时候，在厕所的澡盆子发现有一个好像煤气罐一样的铁桶，你笑着告诉我们说：这是你的室友们为你准备的生日礼物——老酒！到时候会用管子泵进你的嘴巴。

我听了一吓，连忙决定在你生日的当日驱车前往耶鲁，把你带出去庆祝。不料到达耶鲁的时候恰逢你们考试，只看到教室里的学生一人一张桌子，所有的书包资料通通丢在门外，大家埋头写字。那个考官面孔铁板，手里拿着一根小棍子来回巡视。时间一到，考官叫了一声“停”字，声音不大，考生们倒被他吓一跳，连忙把手中的铅笔丢到地上。假如还想赖皮写几个字，只看到考官手里的小棍子一扫，手里的铅笔就飞出去了。

小狮子啊，你不是自讨苦吃吗？在中国考大学虽然困难，但是进了大学就相对轻松。那天你从考场里走出来看到我们，笑都不会笑了，伊立马发动汽车，把你拖到纽约时代广场上最高级的旋转餐厅，席间你差一点睡着。看得我要出眼泪，你反过来安慰我说：“没有关系，我会战胜的。”

“侬这是要战胜谁啊？侬说过最大的敌人是侬自己，这是侬永远也战胜不了的呀！”

“我一直在朝着这个方向努力，这就是一个人活着的意义。”你说。

听到这里我无话可说。又有一天我们在纽黑文最有名的比萨店门口排队，后面有人指指点点说：“这个人是‘Directed Studies’的呢。”话语当中全是羡慕。当时，我真想告诉他们：“这里面的辛苦实在不是一般人可以忍受的。”

回到家里不久，卡特的爸爸给我打电话：“孔太太，我准备请假到耶鲁去一趟。卡特和小狮子这一帮学生，为了开夜车读书的时候不打瞌睡，吃药啦！”

“不得了！毒品吗？”

“毒品倒不是，但是‘是药就是毒’。我马上过去制止他们……”

卡特的爸爸来了，第一件事情就是把我们辛辛苦苦从各处收觅过来的提神药物，甚至食品店里买过来的提神饮料，全部扔了出去。他用自己当年在耶鲁读书的切身体会告诉大家“健康最要紧”。他要我们吃饭只吃八分饱，半夜里实在坚持不住了，就带我们到校园里走一圈，或者是趴在冰冷的水泥地上做俯卧撑。

卡特的爸爸来的时候，杰克逊已经有好几天没有回来了，我们有些担心。卡特的爸爸出去找他，回来说：“不要担心，这是一个有志向的孩子，要做大事情的。”

杰克逊回来的那天，卡特的爸爸正好离开。卡特的爸爸离开之前，不知道从哪里找出来一块很专业的医用肥皂，好像知道杰克逊回来的时候会臭气熏天一样。我们联手把杰克逊推到浴室里，又把他换下来的衣服直接从窗子里扔到了大街上，杰克逊忙不迭地把脑袋从窗口伸了出去，对着下面街上的什么人大声地说了些什么，衣服就被抢走了。

当杰克逊干干净净地从浴室里走出来的时候，我们没有想到故事还没有完。杰克逊慎重地向大家宣布：“我有七个好朋友要过来看我，他们会在我们的公共房间里住一个星期，请大家忍受一下，不要去报告学监，一个星期以后，我请大家喝啤酒。”

“什么人啊？哪里来的？七个人？太挤一点了吧？还要住一个星期？”大家七嘴八舌地询问。

杰克逊不予回答，只是不断地强调，他会请大家喝啤酒，后来又加码到了再去饭店吃一顿饭。卡特说：“要去就去 League of Union！”

那是耶鲁最高级的餐馆之一，我以为杰克逊不会同意，不料他眼珠子转了几转以后说：“一言为定！”

我立刻在暗地里大呼不妙，这么苛刻的条件都会答应，一定不是好兆头。果然不出所料，杰克逊的“七个好朋友”竟然是七个流浪汉，马路上直接走进来的又脏又臭的流浪汉！他们踏进宿舍的第一分钟，我就感到要窒息啦！那股气味简直可以把整幢房子都抬起来了呢！

大家群起而攻之，把杰克逊揪到卡特的房间里差不多就要打他。“求你们了，我真的不是胡闹，我这是在做我的研究，我要写一篇有关美国社会里的流浪汉的论文，我已经和他们在大街上流浪了整整一个星期了，你们看到我自己也变成流浪汉啦。现在我想让他们到我们这个美国的最高学府来住几天，看看他们会有什么变化。”

杰克逊的眼睛里充满真诚，我第一个被他对学习执着的态度打动。卡特是个性情中人，看得出来他也开始动摇。有人说：“七天太长了，影响大家的休息和学习，最多三天。”

“五天。”杰克逊说。

“……”

“我下跪好不好？最少四天，不然就没有意义了。”杰克逊到处作揖，比他当时想竞选学生会主席的时候还要猴急。我走了出去，卡特也跟出来了。我说：“这个人弄不好真的想要当总统呢。”

卡特说：“我的肚子好痛。”

你在电话里告诉我，卡特经常叫肚子痛，我说：“一定是喝自来水喝出毛病来了。”记得一开始，我给你买了几十箱的饮用水搬到你的房间里，因为我知道东部的水管老旧，水龙头里放出来的自来水不卫生。卡特看见了对你说：“为什么买水？美国的水不能喝的吗？我打出生就喝自来水。”

你没有回答，你知道卡特是一个很典型的美国人，他非常爱国，一直爱到美国的水，就好像那个森林湖里洗碗的耶鲁女生汉娜。你没有理睬卡特，只是自顾自地喝你的饮用水，而卡特坚持在你面前喝自来水，一直喝到有一天，他生病了。我去看你的时候，他正在呕吐，我给他用电水壶煮了一杯蔓越莓的果汁，又酸又涩地灌了下去，立马他就感觉到好多了。这时候我发现卡特消瘦了许多，已经没有当时的四肢发达的腔势了。

你说："卡特放弃橄榄球啦，为了这事，他的爸爸气得不理他了。"

"其实，不打橄榄球也是好的，只是不打橄榄球也不会一下子变得这么瘦弱呢。叫他多吃一点饭。"我按照中国人的习惯说。

"他不是不吃饭，是吃不下饭。"你说。

"这不好，人是铁饭是钢，他不要出毛病就好。"我开始为卡特担心。

卡特真的出毛病了，他的病并不是喝自来水喝出来的，而是在放假的时候到秘鲁去学习语言，吃了那里的生鱼片，吃到一种奇怪的虫，大家都吃了，只有他一个人出了毛病。那时候他的专业是语言，他有语言天赋，已经学会十几种语言了。我以为他会变成一个语言专家，语言教授。但是他没有，他生病了。

我不知道一条虫的危害会这么大，卡特吃药打针最后是开刀，完全变了一个人。这一天我路过耶鲁，绕道过来看看你，正巧你正在实验室。我问卡特："小狮子的实验室在哪里啊？"

卡特站在太阳底下，雪雪白。他想了想回答："是这边，不对是这边，这边，这边……对不起，我真的不知道。"

"没有关系，我也是一个方向感很差的人。"我用力地抱了抱这个大小伙子。

我把这个故事告诉你，你说："卡特的妈妈也来了，急得一塌糊涂，生怕他要吃饭的时候找不到地方，或者是没有钱，她就把周边饭店发放的预付券都买了，希望他到处可以有饭吃。"

我说："这就是当爸爸妈妈的，一路要操心，一点点不当心就会出大问题。小狮子，侬什么时候可以让妈妈安心啊？”

卡特生病让我受到了刺激，人真是渺小无能，就好像妈妈说的一点点不当心就会出大问题。卡特是个那么健壮的人，说垮就垮了。

但是我已经没有时间为他的事情烦恼了，我自己也正面对着最棘手的问题。这天。我直挺挺地躺在床板上，两只眼睛盯着天花板，我已经这么躺着好几天了，我面临的是选择专业。

耶鲁大学的学生是在二年级的时候面对专业选择的。我说过我在一开始放弃了牛津，就是因为在英国不可能支持文理同修，但是在美国也有极限，到了一定的时间就要二选一了。当然有些专业可以双修，不过根据我们那个高年级辅导员的话（他毕业以后，公司派他回耶鲁来招兵买马）：“我们公司要的是扎实的基础，不要表面的花架子，双修必定会削弱精力，结果两门课的基础都会打折扣。”

这是我赞同的，而且心里很清楚：就算现在做一只鸵鸟，缩着脑袋不去想这个问题，可是总归有一天要面对社会，严酷的现实不会让你模棱两可，必须坚定清晰地迈出自己的脚步。不然就要走冤枉路，甚至摔个大跟头。

我说过文学是长在我的骨头里的，就好像是老祖宗不散的阴魂，始终纠缠着我；可是科学，又是我无法舍弃的，世界的奥秘，宇宙的神奇，以及人，对了，眼面前就有这么一个活生生的人：卡特，健壮如牛的卡特，因为一条虫变得好像面条一般，这是什么缘由？我讲的是缘由，不是现象，不是吃药打针可以解决的，我要找出缘由，感知的缘由。我要寻找！

“我看到小狮子在寻找。”

“他在找什么？”

“无止无尽地寻找。”

“找到了吗？”

“找了还要找。”

看起来，这就是我的命了。奇怪，我怎么也相信起命来了？我从床上坐起来，穿好衣裤，朝着实验室走过去。我不知道自己为什么会朝着那里走过去，因为我当时的老板已经卷铺盖走人了。他没有拿到研究经费，实验室倒闭了。

经费是个巨大的问题，特别是在经济萧条的时候，变得越来越紧张。许多优秀的科学家，把大部分的精力投放到申请经费当中，申请经费要比科研更加要紧。这很不正常。世界还怎么可能进步？有谁还会为科研献身？甚至出现了弄虚作假。这实在是科学家最大的耻辱，不应该称之为科学家。

前景是茫然的，就好像我踏进那间被遗弃的实验室的时候，里面一片狼藉，没有前路。我想办法跨入进去，一张翻倒的桌子堵塞了走廊。透过夕阳映照的灰尘，突然看到落地窗的旁边站着一个人，我一抖：“不得了，有人要自杀！”

想起来夏天在宾州的一家实验室里实习，第一天上班，就有人从楼上跳下来，是因为没有拿到经费，科学家走向死亡，神圣的事业正在倒退，人类的罪孽和悲哀。

这是不是一个晦气的兆头？可是我决定了，我不下地狱谁下地狱？

失败，又失败，失败在我的现实生活里是定量的模式。我从来没有学会欣赏大而化之的抽象的话题，特别是模糊和暧昧的语言，我永远无法理解这些东西怎么可能驱动和影响激情。我欣赏的是感知。

难怪妈妈惊慌失措了，因为我选择的是无路的方向。

走向国会大厦

自从收到那封要到国会大厦去领奖的邀请，我便兴奋到了失眠。回想起这四年以来，你所走过的历程以及我点点滴滴的操心。现在得到这样的结果，总算看到你付出去的回报，可以松一口气了。伊在旁边讲：“你最好不要这么想好不好，小狮子的成功应该是他新的起点，他会更加努力向前的。”

伊一讲完便倒头就睡，立刻鼾声如雷。而我则坐在床上久久不能进入梦乡。望着窗外的星斗，想到一开始曾经为你一个人睡在上铺担心，生怕你半夜里滚下来。你从小习惯独自睡大床，翻来滚去自由惯了，不喜欢受到束缚，后来事实证明，你在上铺睡得很好。又想起来那时候看到你的室友们个个都是百里挑一的优秀生，如狼似虎非常厉害，你一直在校园里长大，十分单纯，不知道会不会被别人欺负？后来发现，你就是在这样的环境里磨炼到了渐渐成熟。

现在四年过去了，你得了个大奖，不仅要到英国的牛津大学攻读博士，还要请我们到美国的国会大厦去领奖！我一天天地扳着手指计算日子，又跑进跑出为你置办新的行头，把你装扮得从头到脚焕然一新。伊对你说：“看看你妈妈，兴奋得东南西北也不认得啦！”

我不予理睬，只是抓耳挠腮地总算等到了领奖的当天，一大早我就催着大家洗澡穿衣。不知道为什么，你老是碍手碍脚地堵着我的道。我说：

“侬啥事体啦，差一点绊了我一大跤。” 你结结巴巴地说：“我，我手里的一个实验正在紧张关头，我不去国会大厦了，你们自己去好不好？”

“什么？侬怎么会动出这么个脑筋？做实验的日子以后天天都是，到国会大厦去绝不是想去就去的事情，侬是不是脑子不清楚啊！”

想起来近几年你常常会在我最得意的时候扫我的兴，有一次我们在耶鲁旁边的中餐馆吃饭遇到熟人，我正想让别人看看你是耶鲁的学生，不料眼睛一眨，你把那件印有“耶鲁”标志的雨衣脱了下来。你说：“这个人的女儿不是耶鲁的，不要刺激人家。”

后来我发现这也是耶鲁学生的风范，不会像其他藤校的学生，喜欢在车子上、T恤上印出来一个自己学校的标志。就好像《大亨小传》里的主角，明明是耶鲁毕业，却只是低调地声称自己来自纽黑文。可是这次你是有点过分了，哪有为了实验，放弃领奖的？我气到了七窍生烟。

你连忙说：“不要发脾气，今天只不过是可以受到美国参议员的接见，将来总有一天，我一定要让你们看到英国女王。”

伊在一边说：“小狮子不去一定是他的这个实验太重要了，没有关系，我们自己去吧。”停顿了一下伊又说：“你还可以不要顾及小狮子的面子，自说自话地到处乱窜。”听到这话我开心起来，就好像一只泄气的皮球又被充起气啦。

先是换上一件织锦缎的旗袍，这件旗袍从中国定做过来以后还是第一次上身，又穿上英国品牌 Clarks 的镂花皮鞋，同事的妻子是当地市长夫人的私人裁缝，特地为我设计了一只手提包。这只手提包怎么放也不会倒翻，正面还钉了一朵同样面料的太阳花。就这样，我既大气又有中国特色地坐进小车，和伊一起去国会大厦，为你领奖。

华盛顿的大街看上去笔笔直，但是小车开到路口常常会一下子没有了前路，要转过一条横街才能继续下去。总算到了国会山的跟前，却找不到请柬上注明要走的边门。围着那幢雄伟的建筑物绕来绕去，好不容易发现浓密的绿茵后面遮挡着一条石板小路，小路的尽头有一扇半掩的小铁门，推门进去，两个荷枪实弹的军人正威严地站立在那里。他们十分仔细地验证了我们的身份，核对了所有的证件，终于立正行礼放行。

一脚踏进去，先是一条狭窄的走廊，原本以为国会大厦的办公重地，一定是壁垒森严鸦雀无声。不料穿过狭窄的过道，走进大厅，里面乱哄哄的就好像一个菜市场。那时候正值总统大选，都是游说的、拉票的、辩论的。共和党的麦凯恩大概是从厕所里走出来，立刻被记者们发现，他们有的举着摄像机，有的举着麦克风在走道里面一起奔来奔去，把这个小个子的麦凯恩团团围住，紧张得一塌糊涂。

这种场景不是随随便便可以看到的：小狮子啊，别人想钻都钻不进来，侬这是放弃了一个多么难得的机会啊！

妈妈，我放弃到国会大厦去领奖，除了要做实验以外，其实还有一个原因，这是我自己也想不通的事情。这一天我和你同时拿到了获奖的通知书，我是在我耶鲁的邮箱的旁边打开这封国家安全部的信件的。那时候虽然已经接近傍晚，因为是夏天，仍旧天光大亮。我站在林荫道上，随意地撕开信封。就在这时候，我突然感觉到后肩上被人不重不轻地拍了一下。我倒抽一口气，心想："这是啥事体啊？传说中的秘密社团？我就要毕业了，还会被他们看中？"

我慢慢地转过身体，一个穿着布衣布裤的年轻人站在我的对面。这种服装一看就是无牌的，意思是只有专门的地方才可以定制，也只有专人才可以到那里去定制，不是一般人可以买到的。

大家知道，很多人喜欢追求的名牌，有些人还恨不得把个名牌的商标顶在脑门上。我的室友当中就有这么一位，他是从佛罗里达过来的，后来成为那里议员的秘书，他就喜欢这种生活。在耶鲁读书的时候，整天趴在电脑前面研究名牌，一个学期下来，要在那里花费几千美元，看着他好像是名牌店的产品一般，实在有些愚蠢。

愚蠢的还有他不知道，真正的名牌是无牌，甚至尺码也没有。穿着这种无牌的人非常随意，他们以随意的无牌，来表明了他们的身份。

我是因为内衣内裤都由妈妈亲手缝制，一度被室友们误认是那个级别的人。后来卡特生病，妈妈为卡特缝制过一件衬衣，做工特别精致，明线都是手缝的。卡特高兴得晚上睡觉也捧在手里，只有出去会女朋友的时候，才特别穿上身。

现在这么一个穿着正宗的无牌服装的男人就站在我的面前，他看上去一脸的严肃，他想要干什么？不要用这种居高临下的眼神对牢我，我是最不吃这一套的。想到这里，我的两只眼睛直视过去，相信那里面流露出来的是一副无所谓的目光，这是我最随意的习惯。

他开口说话："凯瑟琳祝贺你，她会在你领奖的当日到国会大厦去。她想先告诉你，她很高兴。"

停顿了一下他又说："我还想告诉你，她一直很关注你。"

说完他就转身离开了，留下一个我，站在林荫道上呆若木鸡。良久，我摇了摇脑袋，让自己清醒过来，看了看空空落落的周边，简直不能相信刚才发生的事情，我以为我做了一个梦，但是手里多出来一份实实在在的贺卡。

我把贺卡打开，里面没有一个字。"这是什么人啊？在我的记忆里好像没有这么一个叫凯瑟琳的女生，是不是弄错人了？"

这时候路易迎面走过来，他听到我的喃喃自语便说："你这是得了健忘症了啊？凯瑟琳就是那个一年级的时候，帮你把棉袄从实验室里拿回来的女同学，我不是告诉过你，她自己说自己叫凯瑟琳的吗？"

“对了，是有这么一回事，可是我一直也没有弄清楚这个凯瑟琳是谁，你也没有讲清楚。”我努力回忆。那天我实验做了一半，老师让我过去谈计划，回来的时候，路易说一个很有风度的女孩来看我，以为我已经回宿舍，就把我的棉袄送回去了。当时虽然已经开春，但是太阳落山以后仍旧是寒冷的。我一路打抖回宿舍，暗自臭骂：“什么人多事，让我饱尝凛冽的寒风?”

现在回过头来想想，有可能是妈妈，只有妈妈会想出来找一个女孩子过来关心我，让我先问问妈妈吧。

你打电话过来的时候，我正在皮鞋店里挑选皮鞋，我这个人买东西向来简单，就是买鞋子非常疙瘩，因为我本来就不大会走路，鞋子不合脚就更加痛苦。你的电话打过来，不断地问我“凯瑟琳”、“凯瑟琳”。

“什么凯瑟琳啊？我怎么会知道侬在大学里的事情？去问卡特，他是侬的哥们儿，好事坏事都是他和侬一起做的。”说完我就挂上手机，继续挑选皮鞋，这可是我要到国会大厦去穿的呢，不能马虎。

皮鞋挑好了，现在我穿的就是这一双，咯噔咯噔地踏在国会大厦的大理石地面上。周围的墙壁上挂满了巨幅的油画，多是极品，却没有人专心欣赏。大家奔进奔出，一个个摩肩接踵，就好像有什么大事要发生一样，弄得我也激动起来了。让我先到厕所去一下，一会儿可以集中精力领奖。

从厕所里走出来的时候，共和党的麦凯恩正好就在我的旁边，于是一眨眼我也被包围到了当中。近距离地看见这个竞选总统的矮老头一头白发，面孔上的皮肤已经松弛，淡雅的剃须液虽然有一股宜人的清香，却仍旧掩盖不了皮肤下面冒出来的衰老的气味。如此一个老外公，应该在客厅的壁炉旁边喝喝咖啡，却不甘寂寞，硬是要出来竞争，实在有点太辛苦了吧。

伊伸手把我从人堆当中拉出来说：“你忘记自己是来干什么的了？再看下去自己的事都要耽搁了。”

我笑了，一边说“这个老先生很难胜出”，一边跟着伊寻找颁奖的大厅。其实这间大厅并不大，只是很高，高到要仰直了脑袋才可以看到拱形的尖顶。那上面画着圣经里的故事，天使在空中飞翔，当中有一个华丽的水晶大吊灯。

“这里怎么没有椅子的呢？新皮鞋有一点挤脚，我想坐一坐。”我说。

“只有站直了才会显示出你这身打扮，大家都站在那里喝酒。没有人坐着的。”伊说。

我一看，这是真的。五六十个宾客手持玻璃杯，三人一堆五人一群地面露微笑地站在那里闲聊，表面上胜似闲庭漫步，心里面不知道在想些什么，这就是所谓的高层次的社交活动，我也算是领教了。

有人摇起铃铛，大家肃静，西装笔挺的参议员在他随从人员的前呼后拥之下走了进来，他打量了一下前排十七位年轻人（应该是十八位，因为你缺席。这时候我才知道，获得这个荣誉的大学毕业生，这一年全美国只有十八位），然后，这个政界首领故作幽默地说：“嗨，看上去你们都是很普通的人嘛，没有什么特别，怎么会到这里来的？”

“哈哈哈……”参议员带头大笑起来，大家自然或者不自然地跟着大笑，只有我突然感到鼻子一阵发酸，因为我知道你实在不是“哈哈哈”就可以到这里来的。

参议员走到大家中间，和大家一起举杯，整个气氛热闹起来。一个端庄的少妇走到我的前面，温柔地和我碰了一下酒杯，她微笑着好像想说什么，欲言又止地别过身体离开了。看着她的后背、光溜溜的颈脖和高高的发髻，我对伊说：“这个女人的眼睛里为什么好像包满了泪水？”

伊说：“不要胡说八道好不好？这是一种新式化妆。”

卡特站在我的对面，嘴巴张得老老大，眼睛盯着我的面孔说：“你真的不知道凯瑟琳是谁吗？”卡特现在恢复了许多，除了肌肉没有以前发达，脑子已经活泛起来了。

“……”

“就是那个开学的时候，和我们一起去参加法语考试的女孩子啊。”

“你怎么知道的？”

“怎么可能不知道？她是我的同乡，而且后来她天天早上在我们西利曼门口等你，送你去上课，大家都以为你们在约会呢。早知道你连她的名字也不知道，我就可以去追她了。”

“啊哟，是这个人啊？”我惊愕地叫出声音。我想起来了，就是那个金头发的女孩子。

还记得那时候“Directed Studies”的课程，总归喜欢安排在早上的第一节课，起个大早走出西利曼学院的大门，就看见和我们一起去考法语的女孩子站在那里了。看上去她不是住在我们一个学院的，是对过的蒂莫西·德怀特学院的，这个学院是我们西利曼学院的“敌手”，每年我们都会有一次争夺院旗的战斗。以前好几位总统在耶鲁读书的时候，都住在TD。

女孩子对着我点了点头，我们就一起朝着耶鲁大学最高处的教室走过去。空气是清新的，清新到了我可以闻到她的头发里有一股阳光底下干草的味道。太阳还没有升起来，耶鲁还在沉睡，寂静的绿荫树下只有我们两个人。

一开始我还以为她是和我同修一门课的，可是到了教室门口，她和我说了声再见，便消失在拐弯角的后面了。渐渐地我们熟识起来，我就把我在“Directed Studies”里的内容复述给她听，当然掺杂了我自己的观点，我的观点是偏激的，常常在课堂里引起争论，她倒不在乎，只是安静地听着，这有点像我的妈妈。偶尔，也会提出自己的想法。

我们谈得很多，从文学、历史、哲学，一直谈到了艺术，我发现她和我一样，挚爱的是古典，那时候时兴的是“随身听”，我就把我“随身听”里的音乐给她分享，我看到她站在街口，侧着脸庞，眼睛里充满了沉浸在艺术殿堂里的享受。

回想起来那都是大学一年级的时候发生的事情，四年以前我是那么年轻，年轻到了不知道世界上的事情每天都在变化，上帝给予一个机会，假如不去抓牢，就会流失，永不复返。凯瑟琳就是这样，我甚至都不知道她叫什么名字。一开始是不好意思问，后来熟识了，就更加开不了口，因为这种事情是应该老早就知道的。

春天即将来临，我感到功课的压力越来越大，常常有些烦躁。早上的阳光变得庸俗起来，反而怀念深冬里的天寒地冻。女孩子仍旧一如既往，每天站在那里，微笑着等待我推开西利曼学院的大门。我仍旧不知道她叫什么名字，见面的时候只是“嗨”一声，就开始了重复前一天的路程。

我的话越来越少，甚至不想说出一句话，脑子里全是每一天都要发生的考试。有一天我发现她也在沉默，我问:“你在想什么?”

“不要讲话，就这样，什么也不要讲，永远永远，每天都一样，不要变化……”

“当然，天天都是一样。”我心不在焉地回答。

这天下午，就发生了棉袄的事情。第二天的清晨，我推开了西利曼的大门，原本应该是女孩子站立的地方，空无一人。我拍了拍脑门，让自己清醒，仍旧没有人。女孩子就好像是空气一般蒸发了，再也没有出现过。

“这是不是一个梦啊?”我摇了摇脑袋说。

卡特说:“这不是梦，凯瑟琳把棉袄送过来的时候我正要出门，这是凯瑟琳第一次也是最后一次来我们宿舍。她本来是想来和你告别的，但是你不在，她只说了一句话‘上帝的意愿啊’，说完就离开了，我并没有想到她第二天就被转校转走了。”

记起来那时候卡特的厚棉袄已经寄回家里，因为他正准备到智利去。于是就盼着我回宿舍，然后穿我的棉袄出门。所以那天卡特一看见我的棉袄回来了，顾不得多问，穿上就出去上晚间课了。后来他放假的时候回家，参加中学同学的订婚，这个同学是当地的“官二代”，不料未来的新娘竟然就是凯瑟琳。

我不想重复我的心情，这天我到酒吧喝到烂醉。一个不年轻的醉醺醺的女人坐到我的身边，她说：“你以为你很聪明，进入了美国的最高学府就可以和我们一样了吗？最多在美国的东西两岸，会捡到一点点我们丢弃的骨头，可是你到我们美国的深处去看看，你们什么都不是，你们什么都没有！”“你，你是永远也擦不掉你身上的颜色的！”这个女人说完了最后一句就从椅子上溜了下去，醉到不省人事了。后来还是我想办法把她拖进她的凯迪拉克豪车里的。

半路上，我几次要把她扔在马路上不管，有一次几乎已经把她扔在地上了，她突然睁开了眼睛，叫了一声：“杰米。”很快，我知道了，杰米是她的哥哥，因为艾滋病死亡，一年以后她的父母也相继离去，现在这个世界上，她已经没有亲人了，她看着我头顶上的星空，伸出两只手，好像在乞讨着什么。她说：“我有钱，有很多很多的钱，都是我的爸爸妈妈哥哥留下来的，可是钱有什么用？没有亲人、没有友人，甚至没有一个人要理睬我，在这个世界上，我是一个陌生人，陌生人啊！上帝，我好冷，冷到要冰冻了呀，有谁可以给我一丝温暖，一丝光亮？不然的话，就让我到我的爸爸妈妈哥哥那里去吧！”

我打了一个寒战，她的寒冷，透过了冷漠的空气已经传染到了我的身上。这个世界就是冷漠的，无论是什么肤色都会感受到同样的冷漠。我不知道是可怜她还是可怜我自己，我想到有一天，我的爸爸妈妈都离去了，我不是和她一样，也会变成一个陌生人了吗？

我的头，痛到要爆裂开来。

第二天，路易知道了这个故事，以为我还在为我的肤色苦恼，他走过来坐在我的身边说："小狮子，无论我们再出色，再优秀，也没有办法改变我们的肤色。这是没有办法的事情。"

这几句话，把我原本已经抛之脑后的"种族歧视"这几个字，又勾引出来了，我冷笑了一声说："对不起，你我不一样，你是一个黑人，至少还是一个人。是的，你们也会被歧视，被讥笑，甚至在那些人的眼睛里你们都是笨蛋，但是他们不敢公开欺负你们，还要给你们一定的好处，捋顺你们的毛。因为你们会反抗，动不动就跳起来大叫种族歧视，这是你们的权利。美国是一个崇拜权利的国家，只要你有权利，就会有一席之地。"

可是我们算什么？就好像黑格尔在他的《历史哲学》里讲的："中国人都缺少自己独立的人格。"这是什么话，中国人是没有灵魂的机器？他还以为：中国人，人与人之间没有一种个人的权利，自贬自抑的意识便极其通行，他指责：中国人以爱撒谎著名，随时随地都能撒谎，朋友欺诈朋友……他把中国人看作是卑微的、驯服的和自愿卖身为奴的人……

我一直弄不懂中国人为什么会喜欢黑格尔，是不是因为马克思，忘记了黑格尔从根子上否定了中国人？弄得那些欧洲人看不起中国人，他们表面上是友好的，但骨子里看中的只是中国人口袋里的钱。他们把一些劣质的商品推销给中国人，因为中国人最容易被骗。

中国开始强大、有钱，我们这些在国外的黄皮随之扬眉吐气了。但是一些中国人就是不争气，来到国外旅游时吐痰、擤鼻涕，在大街上撒尿都不算出格的了，竟然在科学的领域出现了欺骗，他们作假、抄袭、剽窃。这种行为在外国的败类当中也有呈现，但是中国人大明大方、不知廉耻。我真害怕，怕我自己有一天也会变成这样的坏人。现在我开始相信起黑格尔来了，悲哀……

毕业典礼的那天，路易拿到了你们学院的第一名。对此，你的室友们一个个表现出来的都是怏怏不服。特别是贾斯丁，他在校园里大声地说：“这个人是第一名啊？那么我就是第一名的老师啦！”

卡特也说：“无论是在学业还是在能力方面，我们学院里比他优秀的人多得是了。”

只有你一个人走过去向他祝贺，你对我说：“我早就猜到路易会拿到第一名的，他就是有这样的本事的人。能够有这个本事去拿 A 的人也是不容易的，实在是社会竞争当中的高手呢！”

我听了很伤感，我知道这就是不公正的事实，但是却不得不面对。将来你走出这扇校门，你还会遇到很多的路易，这就是人生。那时候不会有杰克逊、卡特等等站出来说话，妈妈也不可能冲在前面为你开路，一切都要靠你自己。

毕业典礼刚刚结束，大家都纷纷走散，我坐在空空落落的草坪上面，呆呆地凝视着抛成一地的花朵，心里泛滥起一股凄凉的感觉。我想说：“假如我是一朵花，千万不要做被抛弃在这里的花。”

这时候脱下了毕业袍子的卡特，已经换上运动服装，在大街上跑了一大圈回来。

他笑着对我说：“我浑身都是臭汗……”

我没有理会，迎上前去，用力地抱了抱这个孩子。我说：“卡特，你不知道我有多么地感谢你，在这四年里，你就好像小狮子的兄弟一样支持他。作为一个独生子女的妈妈，最担心的就是孩子远离父母的时候的寂寞，你都帮我解决了。”

我觉得我说得有些多余，无论卡特是不是听进去，我只是把我想说的话都说了。你的室友当中卡特是我最为关心的，他虽然不是独生子女，但是他的妈妈也非常疼爱他。有一次学期结束，卡特的妈妈和我一起过来为你们打扫房间，她发现卡特把平时的脏衣服都堆在墙角里，最下面的竟然发霉到了和墙壁黏在一起。这就让我发现，卡特实在和你有很多的相似之处，而且更加不拘小节。

然而假如卡特和你完全一样我就要哭了，自从那条智利的虫钻到他的身体里以后，便再也不肯出去，据说要一辈子和他在一起了。卡特原本想到国家情报机构工作，但是因为他的身体不允许，卡特不得不放弃了这个念头。后来卡特突然从语言学专业转向宗教，而且虔诚得一塌糊涂。有一天清晨，你看到他光着脚跪在房间里的木头地板上，祈求上帝原谅，原谅他早一天在吃晚饭的时候，面对丰盛的食物忘记了祷告。

卡特跪在那里，惨白的晨曦跌落在他瘦骨嶙峋的背脊上，你被他感动，你说这是上帝叫到他了。

毕业以后，卡特一直在耶鲁一家老教堂的地下室里抄写经文资料，不计报酬不计时间。我再次看到他的时候，他头顶上的头发也没有了。但是他的心态是平静祥和的。我和当年毕业典礼的那天一样，用力地抱了抱这个已经不是孩子的孩子。

没有结束的结束

我站在《白鲸》的作者赫尔曼·梅尔维尔书桌前，书桌对面是一扇老旧的小窗，窗子外面是一片败落的干草地，草地不可以用一望无际来形容，只是在草地的尽头横卧着一望无际的山脉。

我的两只眼睛紧紧盯牢那些山脉，企图窥视出这些层层叠叠的山脉是如何赋予梅尔维尔灵感的。梅尔维尔自己认为，就是这些山给予了他写作的魂，他就是看着这些山，写下了被誉为美国乃至世界文学经典之一的《白鲸》。但是半个多小时过去了，我什么也没有感觉到。

梅尔维尔是在他的父亲去世以后辍学离开了学校，当过农夫、水手、小学教员等等。早年创作的小说相当畅销，就在这时候，他花费了十七个月的时间，写出来一部第一年只卖出去五本的《白鲸》。

这本小说以后，梅尔维尔的人气每况愈下，后来出版商甚至拒绝给他预付稿费。但是他不后悔，他写下了这样的文字："……我写不成了——因为它'无利'可图。可是要我改弦更张不这么写，我办不到。"

是什么力量支撑着梅尔维尔就是穷困到死，"无利"可图也不改变？博物馆里一位满脸挂着皱皮的老妪对我说："那就是山，坐落在伯克郡的纪念碑山！一天，他在那里偶遇了《红字》的作者纳撒尼尔·霍桑。因为暴雨，他们滞留在一座山洞里，雨过天晴以后，有人看到他们遗留在那里的空酒瓶，却没有偷听到他们之间的谈话。只是梅尔维尔下山以后，他的写作方法完全改变了，开始了他不朽的《白鲸》。”

梅尔维尔是在1891年去世的，一直到七十年以后，几乎到了被人们彻底忘记的时候，才又被认可，这里面到底发生了什么故事？

“我要上山去看看！”我说。

“有一点危险……”妈妈说。

“我要上山去看看！”

“碰到野兽怎么办？”妈妈又说。

“我要上山去看看。”说完，我拍了拍妈妈的背脊，然后别转身体，一头钻进了幽远阴深的山间小路。小路越来越狭窄，头顶上参天大树越来越浓密，就好像是一只魔鬼的手，遮挡住了头顶上的天空。压抑，难呼吸，我开始昏眩。

前面是悬崖峭壁，后面是万丈深渊，我走到了岔路上。我怎么会落到这样的境地？我没有办法停息，这里没有停息的落脚地。我也没有办法后退，那是死的灵魂。我只有手脚并用，像一只壁虎一样紧紧贴在苍白的石英岩上向前。我知道任何一个小小的疏忽都会导致失败，甚至灭亡。

没有路，这就是我的前程！这些年来，我不是一直都在朝着没有路的方向攀岩吗？常常感觉到一头撞进了无缝的石壁被弹回来，咬了咬牙齿又重新开始。这就是我自己选择的科学。

我趴在岩石上喘了喘气，一只巨大的红蜘蛛正虎视眈眈地盯着我，无数的蚊子、小咬包围着我，远处仿佛还有不知名的动物在注视着，就好像是期待着我摔倒下去，立刻过来啮啃我的尸体。这时候我感觉到曾经摔裂的右腿膝盖骨隐隐作痛，这是在一年以前发生的故事……

一年以前，你打电话过来的时候，我刚刚从你西部的住处回到东部的家里，还没有放下行李，电话铃就狂响起来。伊拎起话筒，神色严峻，看了看我，对着话筒说："妈妈马上就过来。"

你在实验室里把脚骨摔伤了，我拎起了没有打开的拉杆箱，又登上了回程的飞机。这些年从美国的东部到西部，来来回回，乘坐飞机对我来说就像是乘坐公共汽车一样。不年轻的航空小姐递过来一瓶矿泉水，我一口气吞咽了大半瓶，心里仍旧失了火一般。

伴随着飞机巨大的轰鸣，我不知道是闭着眼睛还是睁着眼睛，朦朦胧胧地似乎听到巫婆在我耳朵旁边说："为了这个小孩，你有得操心了……"

我打了一个寒噤，一下子清醒过来，笔笔挺地坐在座椅上，两只眼睛直别别地盯牢前方，我以为我全部的神经都快要绷断了，我有点吃不消了。

当飞机停稳在圣地亚哥机场的时候，天空已经漆墨黑了。抬起手来，打了一辆出租车，回到你的住处，早上为你准备的饭菜还留在冰箱里。冰箱的门上贴了一张便条："我在实验室，大概要到明日清晨，开车过来接我。"

小狮子啊，你这是发疯啦？！骨头也摔裂开来，还要站在那里通宵达旦地做实验，这是为了什么？值得吗？回想起来，当年你决定选择科学的时候，我心里就打鼓。在我们家族里，你实在是开天辟地的第一个。假如你选择了文科，再困难我们也可以帮助你，可是现在，最多为你开开汽车。

把手搁在你的纸条上面，抚摸一下你刚刚从医院里出来的时候留下的字迹，百感交集。假如你没有上藤校，没有拿到大奖到牛津去，我现在也许根本用不着花费这么大的力气，付出这么多的操心。做一个普通人就好，假如别人这么说，一定会被指责是吃不到葡萄就讲葡萄是酸的。可是现在你什么都拿到了，你走过了一条最辉煌的读书的道路，吃到了最大的葡萄，最后的结果却是一无所有。你没有普通人的悠闲，没有在花前月下的浪漫，没有酒吧里的疯狂，没有小家庭的温馨，你有的只是没完没了重复的实验，以及竞争。

科学里的竞争是激烈的，甚至是龌龊的。老早就听说过有些学校的学生在实验室的时候，连厕所也不敢去上，生怕对手在他离开的时候，塞点什么东西到他的实验里。你听了对我说：“人心没有这么坏，科学是最神圣的事业，其中的严谨严肃是不可以掺杂半点的虚假。欺骗和恶搞最后都不会有好下场。”

我立刻反驳：“不要太天真好不好？忘记了吗，你的一个朋友毕业以后，他的导师马上跳出来和他作对？想方设法抢走他的成果。而且那个导师还混得很好，到处发表演讲，把自己伪装得好像是个天才一样。”

我一下子把心里憋了很久的话语放了出来，一出口就后悔了，因为我知道这是你的最痛。当时那个导师的手下偷偷告诉你这些事情的时候，你不让自己相信，后来被当面证实这一事实，你就好像生了一场大病，你说你没有想到，人比老虎还要凶，会吃自己的儿子。

有朋友从国内过来对我说：“‘售后服务为昨天，销售服务为今天，开发工作为明天，科学研究为后天。’小狮子可惜了，这么聪明的一个孩子选择了科学。谁会为‘后天’没有影子的事情付钱啊？也不知道有没有结果，小狮子会很苦……”

难怪许多中国朋友逼牢他们的孩子选择可以直接赚钱的专业，这些都是当爸爸妈妈的苦心。此刻，我想起来赫尔曼·梅尔维尔“无利可图”的坚持，穷困当中的坚持。我想哭。

人为财死，鸟为食亡，我不要这样演绎我的人生！但是道路是艰难的。记得上班的第一天，我在停车场上找到了我的车位，这是离开实验室最远的一个位置。我无所谓，因为我知道一头钻进实验室就再也看不到天空了。加州的天气阳光灿烂，每天上下班可以在户外步行三十分钟，虽然不能达到锻炼的效果，但可以呼吸一下新鲜的空气，我的心情是愉快的。

一路上，不断有车辆开出开进，人们匆匆地从车子里出来，又匆匆地朝着实验室的方向行进，好像每一个人都肩负着重任，紧张得一塌糊涂。夹在这些科学精英的当中，感觉有点飘飘然起来。不一会儿，两只脚就好像踏在弹簧上面一样，轻巧地踏入了实验室的大楼。

不大正常，办公室里的气氛为什么这样紧张？四周围投射过来的目光为什么都是敌意、警戒？绝对没有欢迎。一个棕褐色头发的年轻人走到我的面前说："喂！告诉你，不要过来问我任何问题，也不要指望我会帮助你。我最恨的就是和你这种没有价值的人讲话，浪费我的时间。你做不出来就表明了你是个笨蛋。这里是全美国最顶尖的研究院，你以为你会成功吗？滚回你的老家去！"

我一下子蒙掉，就好像五雷轰顶，当头被击中一大棒。在我的生命里，从来也没有人这样无理地和我讲过话，我受到了伤害。立刻想到好婆说的："别人打过来一定要狠狠地打过去。"

但是此刻，我已经被伤害到了一点回击力气也没有了。我走出去洗手，想在厕所里松弛一下。等我再次回到办公室的时候，只有一个加拿大过来的博士后比斯利等在那里。这时候我已经知道，刚才那个棕褐色头发的人叫布拉特，我将和布拉特、比斯利在同一个办公室工作，而且是同一个研究小组。

我做出一副什么也没有发生过的样子和比斯利打了一个招呼，比斯利立刻满脸堆笑地凑了上来说："我知道你是牛津过来的，那里的学生非常优秀，欢迎你加入我们的队伍。"停顿了一下他又说："冰箱里有一些蛋白，我过滤了一遍，但是没有提炼出来，也许你可以。假如成功了，就可以开始你以后的实验了。"

看上去他的神情是真诚的，但是我却从中听到了挑战，这种笑面虎最凶了，恶斗即将开始，我不可以输。等我从冰箱里搬出来那"一些"蛋白的时候，才真正体会到这场恶斗的凶险。这“一些”蛋白混在上千个小格子的蛋白和“垃圾”当中。要把这“一些”有用的蛋白从这上千个小格子当中分解出来，是一件非常繁琐无聊的事情，而且一不小心就会前功尽弃。

我走回办公室，远远地就听到那里发出了刺耳的奸笑，布拉特的声音：“还是你厉害，他起码要跌在这些蛋白里一个多星期，到了那个时候，再犀利的狮子也会锐气全无。”

比斯利说：“这是上千个小格子，混在‘垃圾’当中的蛋白大概只有一两个是有用的，连我自己也不知道在哪里。”

布拉特说：“就让这只从耶鲁、牛津出来的狮子跌死在那些没有价值的蛋白里吧，也许他根本找不到那两个有用的蛋白。”

我别转身体就回到实验室里，开始工作。我选择了一种老式得已经没有人再会使用的方法，那还是我十六岁那年，在国家实验室里，一个老科学家教我的，记得那时候他一边教我一边说：“有时候在手足无措的时候，就让我们回到最原始的时候，这不仅仅是方法，还是老祖宗留给我们的对人生的态度。”

渐渐地，在这些蛋白的分解当中我平静了下来。我做得很顺手，几个小时以后，我再次回到了办公室。我直视着那两双奸诈的眼睛说：“我找到了，而且已经开始了下一步。那两个蛋白，很快就会变成最漂亮的水晶。”

这天一直等到第二天的清晨，也没有等到你的电话。我就好像一只热锅上的蚂蚁，在房间里走来走去，最后再也按捺不住，发动了汽车，直冲你的实验室。汽车仪表盘上显示的是清晨四点，我把车窗打开，冰冷的空气让我清醒。小狮子你在这个实验室和那两个蛋白已经纠缠了快一年了，你说你要把这两个被别人丢弃的蛋白变成有价值的水晶。妈妈不会怀疑你，可是你为此付出太多，现在把腿也献出来了，妈妈心疼。

很快我的小车停稳在你实验室大楼的前面，推开锃亮的玻璃大门。熟识的墨西哥看门人打了个哈欠对我说："小狮子在计算机室，正和芝加哥的实验室对话。"

我知道你的实验结果必须送到芝加哥，通过激光束的验证，这是最紧张的时刻，我深吸一口气，走向神秘的计算机室，还没有打开大门，就听到里面发出的卡在喉咙里的欢呼声。迫不及待地破门而入。只看到你坐在电脑前面一张高高的座椅上，受伤的一条腿架在旁边的架子上。此刻，你的两只眼睛里发射着光芒，声音都颤抖了。你说："妈妈，我成功了。"

我紧紧地抱住了你，所有的埋怨和责怪都化为乌有，一句话也说不出来了。有人走过来祝贺你，可是我却看到这一年以来，你受到的委屈和打击，你失败过，一次又一次，但是你不放弃。

你把食指竖到嘴唇中间，示意大家小声。因为，这一次送出去了十几个实验结果，只有你一个人是成功的，这表明许多人好几个月的努力都付之一炬了。你很为这些人难过，包括那个布拉特。

我有点气不过，那是竞争对手，"敌人有什么可以同情的，假如今天失败的是侬，他笑都来不及了呢。忘记他是怎样'欢迎'侬的？"我说。

"妈妈，不要这么说，他是因为没有底气，才做出那样的姿态。假如我看见一个处处比我强势的人，我也会心虚的。他那样讲话只能够说明，他的教养有问题。难堪的是他自己。"你说。

这一天，你一直忙到下班的时候才离开实验室，我看着你拖着受伤的腿，一步一步地挨到车子旁边。我恨不得摔伤的是我，让妈妈代替你受苦好了。后面有人超过了你，甚至撞到了你，我愤怒了！为什么？这么多人健步如飞，摔瘸腿的只有你一个？

"上帝是公平的，这么多人都在研究，今天拿到结果的只是我一个。"你说完，就让我把小车开到了海边。太阳已经掉下去了，黑色的天空把最后的光亮逼迫到了海的尽头，渐渐地，再也没有了。

起风了，远处，看不见的大海的深处，风儿聚集起吞吐着白沫的浪头，就好像一条条阴险的毒蛇，无声地朝着海岸线滚动。一排又一排，无止无尽，前仆后继。当它们的身体撞击到了岩石上的时候，立刻消失了。好像钻进了黑暗里的石缝当中，窥视着我们，时时刻刻都会扑将上来，狠狠地咬上一口，这就是现实。

“侬要小心，有人会嫉妒的。”我说。

你没有回答，只是伸手拧开了车子里的Bose音响，俄罗斯著名音乐家斯克里亚宾的演奏立刻充满了密闭的小车。小车隔绝了空气里的寒冷和外界的嘈杂，世界上好像只剩下了斯克里亚宾。我仿佛看到这个疯狂的音乐家坐到了我们的面前，对着我们割裂了他的双手，鲜血顺着他的指尖一滴滴地流淌到钢琴的琴键上，当即，丰富、清澈、柔和以及犀利的旋律一直震撼到了灵魂。如此视热爱为生命，到了疯狂的地步，让我打了一个寒战，我很害怕。偷偷瞄你一眼，发现你已经完全忘记自我，彻底地沉入斯克里亚宾的演奏当中。

差不多二十个小时，飞机上的座位变得越来越小，浑身上下没有一块肉是舒服的，我以为再也不可以回到地面上的时候，墨尔本到了。我到这里来是为了参加一个国际会议，发布我的研究成果。

因为早到了，会场里没有几个人，一眼就看到了我在牛津的导师，他是一个很有绅士风度的人，想起来在他身边学习的时候，除了专业，学到了更多的是看“人”，他教给我许多对待生活的态度。他不慌不忙地走到了我的对面，和我握了握手说：“我真心地为你高兴，不过在这里有很多是你的同行，凡是同行就是竞争对手，包括你在美国的导师。”

他停顿了一下又说：“其实他很可怜，压力很大，和他一讲话，就可以感觉到他神经质到了极点，我认为他已经发疯了。”

“奇怪了，是他把我送进现在的研究所的，我一直不知道他为什么会把我送到他的竞争对手那里。这个新老板相当强势，他的工作方法是：一个课题出来了，让大家都去做，谁先做出来就是成功。其中的竞争不是日日夜夜，而是分分秒秒，倒也是有效。这更让我体会到了赢者为王败者为寇，最现实的体验。”我说。

“到哪里都一样，这时候就要看良心了。”这个英国绅士用拳头敲了敲自己的心脏，又敲了敲我的胸口。

这时候我已经知道了，我的研究成果一出来，许多人差一点点昏倒。法国的一个研究所，他们已经在这个课题里苦苦研究了十四年，今天却让我一下子发表出来，难怪这些法国人看到我气不打一处来。

纽约一个和蔼的老教授走过来，他很仔细地观看了我的科研成果，然后不断地称赞了我。牛津导师小声地对我说：“小心，他的一个得意门生也是这个领域的研究者，已经好多年了，据说马上就要出成果了，让你抢先了一步。”

“我为这个学生难过，其中的艰难困苦是我最知道的。我希望他的学生也可以把他的研究成果发表出来，也许对其他研究者有帮助。”我说。

“会的，你看他的导师这么仔细地查看了你的成果，一定不会放过你。”

“你说的就是刚才那个和蔼的老先生吗？不会那么凶狠吧，不过我的科研成果如果对他有帮助，我是非常高兴的，这些成果都已经发表了，大家都可以运用。假如我的成果对大家来说是有价值的，我不就是为人类的发展做了一件有益的事情吗？”

“你有这样的心态，我为你骄傲。我很放心，你会有更大的成功。”牛津导师最后说。

我本来告诉他，离开了他以后，我已经在这个竞争的社会里摔打得遍体鳞伤，长进了很多。我还想告诉他，不要认为我成功了，事实上过去的都已经过去，我又成了 nothing，什么都没有了。可是我什么也没有说，我想他是懂我的。

我感觉到自己爬在纪念碑山的岔路上，处处是凶险。我说过了我没有办法停息，这里没有停息的落脚地。我也没有办法后退，那是死的灵魂。我只有手脚并用，像一只壁虎一样紧紧贴在苍白的石英岩上向前。

至于上到前面是什么？我不知道。我会不会爬到最上面？我不知道。我只知道我爬的是没有路的方向，也许一辈子也爬不上去，只希望我的脚底板底下留下来的脚印，无论是正确的还是不正确的，都会让后面上来的人得到借鉴。

这是我自己的选择，没有办法……

后语——我的故事开始了

小狮子啊！很奇怪的事情发生了。

一开始你是我的孩子；可是不知道从哪天开始，你变成了我的朋友；又不知道从哪天开始，你变成了我的老师。我不断地从你身上得到新的信息，学到新的东西。有时候，你的姨妈从上海打电话过来会说："是不是小狮子又在教育侬啦？"

我无语，我想历史大概就是因此而发展的。我不会忘记在一开始，我的情绪低落到了极点，坐在你牛津的博士生宿舍，对着空白电脑屏幕，一天又一天，我的手指是僵直的。那时候，我工作了十余年的公司倒闭了，我失业了。我不知道如何开始我今后的故事，不知道怎样才能不要荒废我的余生。

你过来了，把手搁在我的后背，后来你告诉我，在这之前，你已经注视着我好久了，你说我一动不动地盯着电脑，后背上涂满了苍凉。

那时候你刚刚从你的导师那里回来，你把挂在胳膊上的 Subfusc（学生制服）递给了打扫卫生的女人，女人殷勤地用软刷刷了一遍，就挂到衣架上去了。

这个女人原本是牛津郊区的农妇，男人还在家里种地，她便出来做工。有点像中国的保姆，不过她们做事要比中国的保姆巴结很多。第一次看见她跪在地板上擦地板，我难过得差一点跪到她的旁边和她一起干活。

可是后来她不断地问我：“你们什么时候可以回你们的老家去？”言语当中流露的是说不出的优越感，甚至歧视，我便不再搭理她了。倒是你早已习以为常，就是看到她把手伸到你的马桶里擦洗，也不会不好意思，只是她离开的时候，放一个二十便士的硬币在门口，那个女人便感恩不尽，一点优越感也没有了。

此刻，当你看到那女人把你的Subfusc挂到衣架上以后又吩咐说：“拿到楼下的洗衣店去干洗一下，周末要参加酒会。”

女人听了，便捧起Subfusc下楼了。这件Subfusc实在是件蛮奇怪的衣服，有点像披风，只是竖起了两只高高的肩膀，就好像鸟的翅膀一样。然而就是这件奇怪衣服，显示出来的是一个人的身份，你的博士生的身份就表明出来了。于是在牛津这个处处以身份为标志的学府里，每逢要紧的活动，就都要披上这件Subfusc，甚至到食堂里吃饭。

等到那个女人下楼以后，你从酒柜里拿出一瓶Porto，斟满了酒杯，喝了一口，又递到我的唇边，我闭上眼睛。顷刻间，那厚重、令人昏眩的Porto就好像鲜血一般，渗透到了我的全身。你开口说话：“走吧，到图书馆去一次。”

我站起身来，跟在你的背后，穿过空旷的校园，走进一条通往地下室的走廊。你用一把特殊的钥匙打开了门锁，又一个门锁……

我们走进了一间无人的阅览室。你说：“妈妈，侬一个人先在这里坐一下，我去找一本书。”

你走开了，我坐了下来。我是靠着背后的石壁坐下来的，冰冰冷的石壁一直渗透到背脊的里面。我想放松，放松不开来。不知道过了多长时间，你回来了，你说：“小心，侬压到我老朋友的脑袋了。”

我吓了一跳："哪里有侬的老朋友？"

你拍了拍我背后的石壁说："在这里。"

这时候我才发现，刚才背靠着的石壁，竟然是一具石棺。抬起头来巡视，发现在这间阅览室里，横卧着许多石棺。

"牛津大学怎么会有这样的安排，图书馆放在墓室里面？"我惊魂未定地说。

你说："试想一下，假如这些石棺里的人都会坐起来，那是怎样的场面啊？"

"侬不要吓死妈妈好不好？"

你没有接茬继续说："这些人在这里已经躺了三百多年了。他们也有过精彩的人生，只是现在不会再发出声音，把他们的故事永远埋葬。我常常在情绪低落的时候，身体疲惫的时候坐到这里来，企图和他们对话，可是再也没有回音，很可惜。"

停了一停你又说："妈妈，为什么不在侬可以说话的时候，把侬的故事写下来呢？为什么自己要给自己留下人生的遗憾呢？"

我沮丧地回答："妈妈试过了，但是没有成功，因为我没有受过正规的训练，我也没有学过小说的原理。我担心不能连贯。"

"写作是没有定规的，就好像是一个人从 point A 走到 point B，置于当中的 path，就是故事，就是小说了。侬不是曾经想写塞万提斯的传记吗？他最精彩的小说《堂吉诃德》就是小说的原本。在一开始，堂吉诃德满怀梦想，雄心勃勃地从 point A 开始，出去寻找他的骑士，一路碰壁，最后又回到了 point A，但这已经不是他的出发的 point A 了，而是他的 point B 了。他的雄心折断了，梦想破裂了。这一切是怎么会发生的？精彩的就是发生在这条 path 上的故事当中。仔细读起来，那里的故事都可以独立成篇，情节和情节之间也没有内在的联系，特别是人物，那里的人物，除了堂吉诃德本人和他的随从以外，都是直进直出，甚至连一个交代也没有，就一下子消失了，找也找不到了。认真想想，这不就是生活的原版吗，就连最最亲爱的好婆，不也是话也没有说一句就离开了么？生活，这就是最真实的生活。”

我提起耳朵，继续听下去：“写下来，不要顾虑小说的人物、情节和环境，更不要被其中的原理、结构等束缚，回到三百年以前，在小说的原始森林里，跟着侬最原始的感觉，一个字一个字地写下来。那里面有好婆、太好婆，有童年、青年，还有上海和美国……不要把它当作小说，那只是侬的记录，历史的记录，心的记录。为我而写，为我的后代而写，因为我们需要知道你们这一代所走的路，就好像需要知道三百年以前，堂吉诃德那一个时代的社会经济、政治文化和风俗习惯一样。”

我的心平静了下来，再次打开电脑，这时候天空当中突然响起了浑厚的钟声，这是牛津教堂里的钟声。这钟声每到夏日都会敲响，一响起来一遍一遍就好像不会停止一样，从敞开的窗户外面冲进房间里的每一个角落，又一串串地滞留在天空当中回荡。

一时间我整个的人，整个的灵魂，都好像被这个从中世纪里延续下来的古老的钟声震动了。推开窗户，头顶上是一片蔚蓝的天，似乎泼上了小时候在上海的文具店里零售过来的纯蓝墨水，这种颜色让人感到心颤。据说只有在牛津的夏日，才看得到这种颜色的天空。

我把我电脑的底色调整到和天空一样的颜色，然后按下键钮。

天亮了，下雨了，我的故事开始了。这里面的故事都是真实的，人物是虚构的。假如你发现其中的人物很像你，那一定不是你，只是你也许有过类似的经历，纯属巧合——

我唱一个人以及他被流放的命运

…………

我只求缪斯给我灵感，

让我能讲述这一切是怎样开始的

…………

——维吉尔《埃涅阿斯纪》

图书在版编目（CIP）数据

小狮子/章小东著. —上海：上海人民出版社，2015
ISBN 978-7-208-12977-1

Ⅰ.①小… Ⅱ.①章… Ⅲ.①纪实文学-中国-当代 Ⅳ.①I25

中国版本图书馆CIP数据核字（2015）第095111号

策划编辑　姚映然
责任编辑　陈欢欢
装帧设计　储　平

世纪文景

小狮子
章小东 著

出　　版　世纪出版集团 上海人民出版社
（200001 上海福建中路193号 www.ewen.co）
出　　品　世纪出版股份有限公司 北京世纪文景文化传播有限责任公司
（100013 北京朝阳区东土城路8号林达大厦A座4A）
发　　行　世纪出版股份有限公司发行中心
印　　刷　北京汇瑞嘉合文化发展有限公司
制　　版　北京百川东汇文化传媒有限公司
开　　本　680×980毫米　1/16
印　　张　20.25
插　　页　2
字　　数　233,000
版　　次　2015年6月第1版
印　　次　2015年6月第1次印刷
I S B N　978-7-208-12977-1/I·1375
定　　价　32.00元